Joy Ellis

Das Gewissen der Toten

PIPER

Zu diesem Buch

DS Carter McLean, Kollege von DI Rowan Jackman und DS Marie Evans, kehrt nach dem tragischen Unfalltod seiner vier besten Freunde zurück in den Dienst. Doch er leidet immer stärker unter Wahnvorstellungen, meint schließlich sogar, die Geister seiner toten Freunde zu sehen. In seinen Visionen bitten sie Carter, ihnen jeweils einen letzten Gefallen zu tun. Und der Geist von Tom Holland hat nur eine Frage an den Polizisten: Was ist mit seiner Frau Suzanne passiert, die auf mysteriöse Weise verschwand?

Joy Ellis kam über ihre Arbeit als Buchhändlerin zum Schreiben. Bei den Ermittlungsdetails ihrer Fälle verlässt sie sich auf ihre Partnerin, eine pensionierte Polizeibeamtin. Sie lebt in den Lincolnshire Fens, wo auch ihre Kriminalromane spielen.

Joy Ellis

DAS GEWISSEN DER TOTEN

Jackman und Evans ermitteln

Aus dem Englischen
von Sonja Rebernik-Heidegger

PIPER

Mehr über unsere Autoren und Bücher:
www.piper.de

Wenn Ihnen dieser Krimi gefallen hat, schreiben Sie uns unter Nennung des Titels »Das Gewissen der Toten« an *empfehlungen@piper.de*, und wir empfehlen Ihnen gerne vergleichbare Bücher.

Von Joy Ellis liegen im Piper Verlag vor:
Fenland Police:
Band 1: Der Sohn der Mörderin
Band 2: Die verschwundenen Töchter
Band 3: Das Gewissen der Toten
Band 4: Die Schuld der Zeugen

FSC
www.fsc.org
MIX
Papier aus verantwortungsvollen Quellen
FSC® C083411

Deutsche Erstausgabe
ISBN 978-3-492-31667-5
September 2020

Titel der englischen Originalausgabe:
»The Fourth Friend«, Joffe Books, UK 2017

Redaktion: Sabine Thiele
Umschlaggestaltung: zero-media.net, München
Umschlagabbildung: Rekha Garton/Arcangel; Finepic®, München
Satz: Satz für Satz, Wangen im Allgäu
Gesetzt aus der Freight Text Pro Book
Druck und Bindung: CPI books GmbH, Leck
Printed in the EU

Für Snowy

In liebevoller Erinnerung
an eine gute Freundin

Doreen Wells
Januar 1937 – Juli 2017

PROLOG

Carter McLean starrte durch das winzige Flugzeugfenster auf die gewaltigen Gewitterwolken hinaus. Der Pilot hatte ihnen versichert, dass sie es durch den Sturm schaffen würden, und Carter vertraute ihm. Er war schon früher mit ihm geflogen.

Das Flugzeug verlor abrupt an Höhe, und sein Magen machte einen Satz. Im nächsten Moment sah er nur noch Grau, und Regen peitschte ans Fenster. Sie waren mittendrin.

Carter liebte es, wenn das Adrenalin durch seine Adern jagte. Sein Leben lang hatte er nie den einfacheren Weg eingeschlagen, und mittlerweile war er dank seines Jobs im Drogendezernat immer dort, wo es ihm am besten gefiel – an vorderster Front. Mit einem grimmigen Lächeln zog er daher den Sicherheitsgurt fest und stellte sich auf einen holprigen Weiterflug ein.

Rückblickend hätte er nicht so lässig reagiert, hätte er zu diesem Zeitpunkt schon gewusst, dass das Flugzeug etwa dreißig Sekunden später abstürzen würde.

Die Motorengeräusche veränderten sich mit einem Mal. Das beständige Brummen verstummte und setzte dann stotternd wieder ein. Carter starrte mit zusammengekniffenen Augen durch das regennasse Cockpitfenster und runzelte die Stirn. Waren das etwa Bäume? Das Flugzeug kippte wie ein Betrunkener zur Seite, und ein Kreischen erklang. Carter presste sich die Hände auf die Ohren. Sein Mund war staubtrocken. Er sah zu seinen vier besten Freunden. Gerade noch hatten sie sich über Rays Hochzeit und den Junggesellenabschied unterhalten, den sie dieses Wochenende feiern wollten. Nun spiegelten sich Entsetzen und Fassungslosigkeit in ihren Gesichtern wider. Sie wussten, was auf sie zukam.

Carter hatte keine Angst, sondern fühlte sich vielmehr betrogen. Er war sechsunddreißig, fit und gesund. Er hatte noch alle Zähne und dichtes Haar. Es war zu früh.

Alles in der Kabine wirkte dumpf und wie in Zeitlupe, und der Aufprall erfolgte nicht unmittelbar. Die sechssitzige Piper Seneca schoss zunächst ruckelnd und schwankend über den unebenen Boden, dann ertönte ein weiteres metallisches Kreischen. Ein Flügel brach, und kurz darauf bohrte sich die Nase des Flugzeugs in die Erde. Das Heck wurde nach oben katapultiert und die Insassen nach vorne in Richtung Cockpit geschleudert.

Carter konnte sich nicht bewegen. Er hatte keine Ahnung, warum, und auch keine Lust, es herauszufinden. Eine Zeit lang schien er in einer gespenstischen Stille zu schweben. Sie war kalt, verstörend und wurde nur von dem Klingeln in seinen Ohren durchschnitten.

Er war wie gelähmt. Stunden schienen zu vergehen, vielleicht sogar Tage. Doch dann sprühte plötzlich ein herunterhängendes Kabel im zerstörten Cockpit Funken, und er wusste, dass er etwas unternehmen musste.

Er stöhnte und versuchte, sich zu bewegen, aber er wurde von etwas gegen den Sitz des Piloten gedrückt. Erst nach einer Weile erkannte er, dass es Jacks lebloser Körper war, der ihm die Luft aus den Lungen presste.

Er versuchte, darunter hervorzukriechen, und schrie auf, als Schmerz seine Brust durchfuhr. Der Sicherheitsgurt war zwar gerissen, aber davor hatte er ihm wohl noch ein paar Rippen gebrochen. Er dachte an das zischende Kabel und wusste, dass sie so schnell wie möglich aus dem Flugzeug rausmussten.

Er zwängte sich ächzend unter Jack hervor.

»Leute ...?« War das seine Stimme? Er klang wie ein Achtjähriger. »Hey, Leute? Alles klar bei euch?« Er wartete.

»Scheiße!« Toms Stimme hallte durch die dunkle Kabine. »Carter? Bist du das?«

Erleichtert schloss er die Augen. Tom war sein bester Freund. Hochgewachsen, dunkel und alles andere als gut aussehend, aber mit einem großen Herzen. »Ja, ich bin's. Bist du verletzt, Kumpel?«

»Keine Ahnung, aber mein Kopf tut verdammt weh.« Er hielt inne. »O mein Gott! Wo sind die anderen?«

Carter sah zu Jacks leblosem Körper hinüber. Er hatte schon viele Leichen gesehen. Das gehörte zum Job. Doch auch wenn diese Toten oft schrecklich zugerichtet gewesen waren, waren es Fremde gewesen. Das hier war einer seiner engsten Freunde.

Jacks Kehle war aufgeschlitzt. Sein Hemd glänzte dunkelrot. Etwas hatte seine Luftröhre zerfetzt, und durch das schaumige Blut waren die weißen Knochen seiner Wirbelsäule zu erkennen. Carter unterdrückte ein Schluchzen und sah sich nach den anderen um. Auch für den Piloten gab es keine Hoffnung mehr. Er hing zur Hälfte aus dem aufgebrochenen Cockpit, und sein Genick war offensichtlich gebrochen.

Wenigstens Matt atmete noch. Gott sei Dank! Carter hörte das unregelmäßige Keuchen und sah, wie sich die Brust seines Freundes hektisch hob und senkte. Einer der Sitze war aus der Verankerung gerissen worden und klemmte Matts Beine unter sich ein.

Aber wo war Ray? »Ich kann Ray nirgendwo entdecken«, rief Carter.

»Er ist hier. Hängt in seinem Sitz fest«, antwortete Tom. »Er ist ohnmächtig, und sein Arm ist hinüber, aber ich spüre einen Puls.«

Das Kabel sprühte erneut knisternde Funken. Carter versuchte, die aufsteigende Panik zurückzudrängen. »Wir müssen hier raus. Tom, ich glaube, die Tür ist hier irgendwo. Wenn ich sie öffnen kann, können wir die anderen hinausziehen.«

»Der Pilot ist tot, oder?«, flüsterte Tom. »Und was ist mit Jack und Matt?« Seine Stimme zitterte.

»Matt lebt, aber wir haben keine Zeit, uns um die Verletzungen zu kümmern. Wir müssen die beiden aus dem Flugzeug schaffen und so schnell wie möglich verschwinden. Hier kann jeden Moment alles in die Luft fliegen.«

Carter kroch auf die Tür zu und machte sich am Griff zu schaffen.

»Ah! Verdammt!« Ein stechender Schmerz durchfuhr seinen Nacken, den Arm und die Schulter. Die Tür rührte sich nicht. »Tom, du musst mir helfen! Das verfluchte Ding ist verbogen. Ich bekomme es nicht allein auf.« Er stöhnte erneut. »Ich habe mir ein paar Rippen gebrochen. Und den Arm auch, schätze ich. Ich habe zu wenig Kraft!«

Gedämpftes Fluchen erklang, und dann kroch Tom

in den engen Spalt zwischen Jack, Wrackteilen und der Tür.

»Jack! O nein!« Er warf einen Blick auf seinen Freund und bekreuzigte sich.

»Die Tür!«, keuchte Carter. »Konzentrier dich auf die Tür! Wir müssen die beiden anderen hier rausschaffen!«

Tom atmete tief durch und kniete sich neben ihn. »Okay, schon gut. Du versuchst, den Griff zu öffnen, und stemmst dich mit dem Oberkörper dagegen. Ich probiere, sie mit den Beinen nach außen zu drücken. Bereit?« Er setzte sich und hob die Füße an die Tür.

Carter nickte und drückte den Griff nach unten. Ein gellender Schrei entfuhr ihm, die Tür flog auf, und er wurde wie ein menschliches Projektil aus dem Flugzeug geschleudert.

Er schlug schmerzhaft auf dem feuchten Boden auf. Die Piper steckte im spitzen Winkel im Boden. Ein Flügel war abgebrochen, und der Flugzeugrumpf ragte in die Höhe. Entsetzt stellte er fest, dass sich die offen stehende Tür etwa drei Meter über ihm befand. Er schrie gegen den Wind an. »Tom, ich kann nicht wieder rein! Schieb die anderen einfach durch die Öffnung, und ich versuche, sie fortzuziehen!«

Tom erschien in der Öffnung. »Ich hole zuerst Ray und Matt. Vielleicht haben sie noch eine Chance.«

Sein Gesicht verschwand, dann tauchte es wieder auf. »Ich habe Ray«, keuchte Tom. »Er ist noch immer ohnmächtig. Bist du so weit?«

»Schieb ihn einfach raus!«, röchelte Carter und starrte zu dem dunklen Loch hinauf.

Ein plötzlicher Regenschauer und ein gewaltiger Windstoß trafen das Wrack, und die Tür schlug zu.

Carter erstarrte.

»Tom?«

Carter sah die dunkle Silhouette seines Freundes, der sich verzweifelt gegen die Tür warf. Er rappelte sich schwankend auf und starrte fassungslos nach oben. Im hellen Gegenlicht, das aus der Kabine drang, konnte er Tom gut erkennen. Er machte einen Schritt zurück, und seine Augen weiteten sich. Das war kein Licht, sondern Flammen. Toms freundliches Gesicht war mittlerweile schmerzverzerrt.

Carter stieß einen Schrei aus und rannte auf das Wrack zu. Er versuchte, zu der geschlossenen Tür hochzuklettern, und vergaß in seiner Verzweiflung jeglichen Schmerz.

Im nächsten Augenblick explodierte das Flugzeug.

Am nächsten Morgen wachte Carter McLean im Morgengrauen auf und versuchte, sich in dem unbequemen Krankenhausbett hochzustemmen. Bei jeder Bewegung raubte ihm der Schmerz den Atem. Er holte keuchend Luft, und als die Schmerzen verebbt waren, sah er Tom am Fußende des Bettes sitzen. Sein Freund betrachtete schweigend seine mit Brandblasen überzogenen Hände.

Aber Tom war nicht allein. Auf der gegenüberliegenden Seite des Zimmers lehnten Matt, Ray und Jack an der Wand und diskutierten laut darüber, ob Manchester United die Europa League gewinnen oder nur unter den ersten vier landen würde.

Carter wandte den Blick ab. Hier stimmte etwas nicht. Warum hatte man ihn sofort behandelt, während sich niemand um seine Freunde gekümmert hatte? Er sah genauer hin. Man hatte nicht einmal Jacks Hals gereinigt, und sein Kopf wackelte seltsam, wenn er redete. Wenn die Ärzte nicht bald etwas unternahmen, würde er noch abfallen.

Und der arme Matt! Seine Beine waren wie rohes Fleisch. Er würde sich noch eine Infektion holen. Carter klingelte besorgt nach der Schwester.

»Bemüh dich nicht, Kumpel«, meinte Tom leise. »Ruh dich lieber aus und vergiss uns für eine Weile.«

»Aber ich verstehe das nicht«, flüsterte Carter.

»Natürlich, das weiß ich doch. Versuch zu schlafen, okay?«

Carter starrte seinen besten Freund an, und Tränen liefen über seine Wangen. Er erkannte Tom lediglich an der Stimme. Die Hälfte seines Gesichts war verschwunden, und die Knochen blitzten hervor. Er roch grauenhaft. Der scharfe Geruch legte sich wie eine zweite Haut über Carter.

»Warum tut denn niemand etwas?«, wimmerte er. Er erkannte seine eigene Stimme kaum wieder.

»Weil es zu spät ist. Also ruh dich aus. Wir müssen jetzt gehen, aber wir können uns später noch unterhalten. Jetzt werde erst mal gesund.« Tom erhob sich, winkte den anderen zu, und sie verließen gemeinsam das Zimmer.

Wahrscheinlich waren sie jetzt endlich mit der Behandlung an der Reihe. Carter hoffte es zumindest. Er biss sich auf die Lippe. Er wusste, dass das Gesundheitssystem in einem schlechten Zustand war, aber es war entsetzlich, wie hier mit seinen Freunden umgegangen wurde.

Seufzend drückte er auf den Knopf der Morphiumpumpe, rutschte wieder unter die Decke und wartete auf das Vergessen.

KAPITEL 1

Achtzehn Monate später

DI Rowan Jackman reichte DS Marie Evans ein Memo. »Haben Sie das schon gesehen?«

Marie überflog es und gab es ihm zurück. »Carter McLean? Ja, er soll ab nächster Woche wieder voll dienstfähig sein.«

Jackman hob die Augenbrauen. »Sie klingen nicht gerade begeistert.«

Marie zuckte mit den Schultern. »Ich weiß, ehrlich gesagt, nicht, was ich davon halten soll, Sir.«

»Er schiebt jetzt seit fast sechs Monaten Innendienst – und macht, nebenbei bemerkt, einen verdammt guten Job. Ich bin mir sicher, dass er so weit ist. Ich habe gehört, dass er die medizinische Beurteilung mit Bravour absolviert hat.« Jackman lächelte.

»Mhm.«

Sein Lächeln verblasste. »Was soll denn das heißen, Marie? Wo liegt das Problem?«

Marie setzte sich und seufzte. »Ich bin schon sehr lange mit Carter befreundet, Sir, und es tut mir leid, aber ich glaube nicht, dass der Amtsarzt und die entscheidungsberechtigten Stellen das Gesamtbild sehen.« Sie hielt kurz inne. »Ich glaube, Laura Archer hat auch Bedenken, aber gegen die anderen wird sie nicht ankommen.«

»Aber als psychologische Gutachterin hat ihre Stimme doch sicher am meisten Gewicht?«

Marie nickte. »Ich denke, sie will Carter nicht im Weg stehen. Wenn er glaubt, dass er so weit ist, wird sie dem Amtsarzt zustimmen. Zumindest auf Probe.«

»Man wird ihn sicher genau im Auge behalten«, meinte Jackman, doch Marie wirkte immer noch besorgt. Er stand auf, schloss die Tür und kehrte wieder an seinen Schreibtisch zurück. »Wenn Sie sich wirklich so große Sorgen machen, sollten wir vielleicht ausführlicher darüber reden.«

Marie seufzte. »Ja. Vor allem, weil er bei uns arbeiten wird und wir mitten in den Ermittlungen im Fall der verschwundenen Suzanne Holland stecken.«

Jackman nickte. »Ah, ich verstehe. Es geht dabei ausgerechnet um die Witwe eines seiner verstorbenen Freunde.«

»Carter sagt, dass er sie natürlich kannte – schließlich war sie die Frau seines ältesten Freundes. Aber er hatte nie viel Kontakt zu ihr. Doch auch so ...« Marie schüttelte den Kopf.

»Mmm, aber der Fall stellt eine Verbindung zu seiner Vergangenheit her. Und das braucht Carter gerade ganz und gar nicht.«

»Genau«, erwiderte sie. »Ich glaube, er will beweisen, dass er allen Anforderungen gewachsen ist, und seien sie auch noch so schmerzhaft.«

»Schmerzhaft *und* gefährlich«, fügte Jackman hinzu. »Ich habe Polizisten und Soldaten mit Flashbacks erlebt, und es war nicht gerade angenehm.«

»Die oberen Etagen denken, solange er die Tests bestanden hat, ist alles gut. Es interessiert sie nicht im Geringsten, ob seine Welt zusammenbricht, wenn er abends nach Hause kommt und die Tür hinter sich schließt«, erklärte Marie wütend.

Jackman sah sie an. »Glauben Sie wirklich, dass das der Fall ist? Nach außen hin scheint er außerordentlich gut klarzukommen. Der Chief Constable meinte, seine Erfolge wären unglaublich, wenn man bedenkt, was er durchgemacht hat.«

»Mein Gott! Das klingt, als dürfte man sich nur nichts anmerken lassen, und schon geht es einem wieder gut. Man macht einfach stur weiter.« Marie wurde immer lauter.

Jackman betrachtete sie überrascht. Ein solcher Ausbruch passte gar nicht zu ihr. Dann lachte er. »Das habe ich doch gar nicht gemeint, und das wissen Sie auch. Carter McLean hat gerade einen sehr wichtigen Fall an die Staatsanwaltschaft übergeben. Die Sache war komplex, aber er hat es geschafft. Und zwar, ohne das Büro zu verlassen.«

»Ja, genau. Sie sagen es ja selbst, Sir. Er war im *Büro*. Hier ist er sicher. Hier hat er die Kontrolle. Solange Gott nicht so grausam ist und direkt über uns ein Flugzeug zum Absturz bringt, ist die Chance gering, dass er sich im Ermittlungsraum seinen schlimmsten Ängsten stellen muss.« Marie runzelte die Stirn. »Richtig schlimm wird es erst, wenn er abends allein im Bett liegt.«

»Hat er noch immer Albträume?«

Marie nickte. »Carter McLean wird vermutlich noch sehr lange Zeit unter Albträumen leiden. Dazu kommen Schlafprobleme, Angst- und Panikattacken, eine klinische Depression und ... ach ja, die Flashbacks, die Sie vorhin erwähnt haben.«

Jackman sah sie an. »Sie wissen gut Bescheid.«

»Ich weiß kaum etwas – abgesehen von dem, was mir Carter selbst erzählt hat. Wir haben viel geredet.« Sie lächelte traurig. »Er war der Partner meines Mannes, als die beiden noch auf Streife gingen, und sie standen sich sehr nahe. Carter war vor Bills Tod oft bei uns, und ich habe das Gefühl, dass ich es Bill schuldig bin, mich um seinen alten Freund zu kümmern.« Sie hielt kurz inne. »Jemand musste sich seiner annehmen. Nach diesem verdammten Absturz hatte er niemanden mehr.«

Jackman nickte bedächtig. »Ich verstehe natürlich, was Sie damit sagen wollen, aber er hat sich während der Arbeitszeit bemerkenswert gut unter Kontrolle.«

»Wie schon gesagt, das Büro ist ein sicherer Ort, und er hat ja sonst nichts. Er braucht die Stabilität eines Jobs, den er liebt. Die Schreibtischarbeit lag ihm schon immer, und wahrscheinlich ist er für diesen aktuellen Fall einfach sämtliche Akten noch einmal durchgegangen. Ich bin mir nur nicht sicher, wie er in der großen weiten Welt zurechtkommen wird.«

»Wir müssen es ihn versuchen lassen, Marie. Sie wissen ja: *Die, die aufstehen, nachdem sie gefallen sind, sind um vieles stärker als die, die niemals fallen.*«

»Du meine Güte, Sie klingen wie einer dieser entsetzlichen Life Coaches.«

»Ich sollte also lieber bei der Polizeiarbeit bleiben?«

»Das wäre eine sehr gute Idee, Sir«, erwiderte Marie grinsend.

»Okay, aber bevor wir uns der richtigen Arbeit widmen: Haben Sie die neue Weisung der Superintendentin gesehen?«

»Ja, aber ich lege keinen besonderen Wert darauf.« Sie verzog das Gesicht. »Und die anderen Officer auch nicht.«

»Ich persönlich habe kein Problem damit.« Jackman lehnte sich zurück. »Wir dürfen es natürlich nicht zu weit treiben, aber wir arbeiten in einem extrem herausfordernden Job und sind ein zusammengeschweißtes Team. Es wäre vielleicht gut, ein paar der ›Sirs‹ und ›Ma'ams‹ aufzuweichen. Ich bin jedenfalls einverstanden, dass meine Kollegen mich einfach nur Jackman nennen. Sie stehen mir näher als ein Großteil meiner Familie! Manchmal glaube ich sogar, sie *sind* meine Familie.« Er grinste. »Wir müssen nur sicherstellen, dass Max die Superintendentin nicht ›altes Haus‹ nennt.«

»Gott behüte!« Marie lachte. DC Max Cohen war einer der wenigen, die kein Problem mit den gelockerten Umgangsformen haben würden. Der junge Detective aus dem Londoner East End hatte seine saloppe Ausdrucksweise nie ganz abgelegt. »Trotzdem wird es den meisten nicht leichtfallen, und, ehrlich gesagt, finde ich, dass es Grenzen geben sollte. Einige der jüngeren Kollegen brauchen sie dringend.«

»Aber wir Höhergestellten sollten uns deren Respekt doch mit unserem Verhalten und unserer Arbeit verdienen, oder? Die meisten Reviere haben die Regeln vor Jahren gelockert. Wir in den Fens sind der Zeit eben hinterher.«

»Das ist ja nichts Neues.« Marie war immer noch nicht überzeugt. »Außerdem sind wir nicht wie ›die meisten anderen Reviere‹. Ich kann mir nicht vorstellen, dass das hier bei uns funktioniert, Sir.«

»Gut, dann fragen Sie die anderen nach ihrer Meinung, und ich gebe anschließend der Superintendentin Bescheid.«

Marie nickte gedankenverloren. »Ist sie eigentlich einverstanden, dass Carter in unser Team kommt, obwohl wir den Holland-Fall bearbeiten?«

»Sie ist sehr wortkarg, was Carter betrifft. Die beiden waren noch nie beste Freunde.« Jackman hob eine Augenbraue. »Aus ihrer Sicht gibt es scheinbar keinen Interessenskonflikt. Sie sieht kein Problem darin, dass Carter Teil der Ermittlungen ist, es sei denn, er käme nicht damit klar. In diesem Fall muss sie ihn natürlich versetzen.«

»Dann lassen wir es also drauf ankommen?«

»Ja, wir warten erst mal ab.« Jackmans Gesicht wurde ernst. »Marie, Sie kennen Carter McLean am besten von uns. Behalten Sie ihn ganz genau im Auge, okay?«

Marie nickte ernst, auch wenn er ihr das nicht eigens hätte sagen müssen. Sie machte sich schreckliche Sorgen um Carter, und sie würde ihn auf keinen Fall aus den Augen lassen. Nicht eine Minute.

Jackman und Marie waren nicht die Einzigen, die sich über Carter McLean Gedanken machten. Laura Archer starrte missmutig auf ihren Computerbildschirm und fragte sich, ob die wissenschaftliche Abhandlung, an der sie gerade arbeitete, wohl jemals veröffentlicht werden würde.

Sie fluchte leise, stand auf und wanderte im Büro auf und ab. Wer hätte gedacht, dass ihre Studie zur Traumaforschung eine solche Herausforderung sein würde? Andererseits wusste sie genau, dass es nicht die Arbeit war, die ihr Sorgen bereitete.

Sie speicherte das Dokument und schloss widerstrebend das Programm.

Bei ihrer ersten Begegnung mit Carter McLean hatte ihr Herz einen Sprung gemacht. Allerdings nur, weil er das perfekte Fallbeispiel für ihre Arbeit war. Er war komplex und einer der interessantesten Klienten, mit denen sie es jemals zu tun gehabt hatte. Mittlerweile stellte sie den Entschluss, ihn zum Schwerpunkt ihrer Studien zu machen, allerdings infrage. Tatsächlich stand sie kurz davor, die ganze Sache abzublasen und noch einmal von vorne anzufangen. Sie seufzte und machte sich auf den Weg in die Küche. Zeit für einen weiteren Kaffee.

Sie löffelte das Pulver in die Kanne und dachte an die Besprechung mit Barry Richards, dem Amtsarzt. Sie war mit einem mulmigen Gefühl nach Hause gegangen, und seine Worte hallten in ihr nach. Vor sechs Monaten hatte ein medizinischer Fachausschuss beschlossen, dass Carter McLean körperlich fit genug war, um wieder in den Dienst zu treten. Nur Superintendentin Ruth Crooke war dagegen gewesen, die aber an der endgültigen Entscheidung nicht beteiligt gewesen war. Laura und Richards waren sich einig gewesen, dass Carter alle Kriterien erfüllte und wieder loslegen durfte. Er sollte zwar noch eine Weile hinterm Schreibtisch sitzen, aber wenn sich sein Zustand nicht verschlechterte, durfte er danach wieder zurück in den aktiven Dienst.

Mittlerweile hatte Laura ein ungutes Gefühl bei der Sache und keine Ahnung, warum. Ihr Bauchgefühl sagte ihr, dass etwas nicht stimmte, und es hatte sich noch nie geirrt. Sie traf Carter noch immer einmal im Monat zu einer Therapiesitzung, und allem Anschein nach ging es ihm sehr gut. Zumindest im Job. Sie hatte die starke Befürchtung, dass es abseits des Büros vollkommen anders aussah. Denn Carter McLean war ein talentierter Schauspieler. Manchmal führte er sogar sie hinters Licht, und sie war immerhin seine Psychologin. Mit seinen Arbeitskollegen hatte er also leichtes Spiel.

Sie holte einen Becher aus dem Schrank, gab zwei Stück

Zucker hinein und wartete, bis der Kaffee fertig war. Das letzte Gespräch mit Richards ließ ihr keine Ruhe.

»Es ist absolut unglaublich, wie gut er damit zurechtkommt. Wenn Sie ihn in seinem Arbeitsumfeld gesehen hätten, wären Sie sicher genauso erstaunt wie ich, Laura. Er ist ein echter Held, dass er sich wieder so gut erholt hat. Die Chefetage ist sehr beeindruckt. Es ist sogar davon die Rede, ihn zu befördern, falls er so weitermacht«, meinte Richards.

Laura atmete tief durch und hob die Augenbrauen. »Also das würde ich im Moment auf keinen Fall empfehlen. Tatsächlich wäre ich strikt dagegen, wenn Sie mich fragen. Wenn er erst einmal seine Komfortzone verlassen hat, wird Carter McLean sich nicht mehr so verhalten, wie es seine Arbeitgeber erwarten.«

»Sobald seine Vorgesetzten ihn als dienstfähig erachten, ist er auch dienstfähig – und zwar mit allem, was dazugehört, einschließlich etwaiger Beförderungen. Aber ich respektiere Ihre Einschätzung natürlich und werde sie in die Entscheidung einfließen lassen. Im Moment ist noch nichts beschlossen, aber ich stehe ungern der Beförderung eines Kollegen im Weg.«

»Und ich bin ungern dafür verantwortlich, wenn jemand die Kontrolle verliert.«

Der Amtsarzt zuckte mit den Schultern. »Gut, Sie haben gewonnen. Wir stellen ihn eine Zeit lang unter Beobachtung. Das wird auch Superintendentin Crooke zufriedenstellen. Sie war die einzige Gegenstimme.«

»Das war wohl nicht anders zu erwarten. Carter hat mir erzählt, dass Crooke ihn noch nie leiden konnte, und es ist allgemein bekannt, dass er beim letzten Mal nur deshalb befördert wurde, weil sie mit der Jagd nach dem Golfplatz-Mörder beschäftigt war.«

»Ich wusste gar nicht, dass die alte Fehde immer noch besteht. Hey, haben Sie schon gehört, dass Carter beim Marathon mitläuft?«

Sie grinste. »Ja. Er ließ nicht locker, bis ich meinen Namen und einen stolzen Betrag auf die Liste seiner Sponsoren gesetzt habe. Er läuft anstelle von Matthew Blake.«

»Ah, einer seiner verstorbenen Freunde.«

»Mhm. Ein netter Kerl, was man so hört. Er war Zimmermann. Carter will seinem Freund ein ›bedeutungsvolles Andenken‹ schaffen.«

»Weil er ein schlechtes Gewissen hat?«

»Da bin ich mir fast sicher. Er gibt sich selbst die Schuld an der ganzen Katastrophe. Seiner Meinung nach ist er jedem Freund etwas schuldig.«

»Aber er war doch nicht dafür verantwortlich, dass der Pilot versucht hat, ein Sturmtief zu durchfliegen, und dieses plötzlich die Richtung geändert hat. Ich habe den Unfallbericht gelesen. Er hätte den Sturm umfliegen sollen, hat sich aber offenbar dagegen entschieden – und dafür mit dem Leben bezahlt.«

»Mit seinem eigenen und dem von vier jungen Männern. Trotzdem glaubt Carter, dass es seine Schuld ist. Er hat den Junggesellenabschied in Amsterdam organisiert. Er hat das Flugzeug gechartert. Wäre es nach den anderen Männern gegangen, hätten sie sich in einem Pub betrunken, Ray die Hose vom Leib gerissen und ihn an einen Laternenpfahl gefesselt, bevor sie alle nach Hause gegangen und am nächsten Morgen mit einem Mordskater aufgewacht wären. Ende der Geschichte.«

»Aber stattdessen sind sie alle gestorben. Alle außer Carter.«

»Genau. Alle außer Carter.«

»Wie schafft er es, im Job so gut zu funktionieren?«

»Wie schon gesagt, es ist ein Umfeld, das er kennt. Er hat die Kontrolle darüber, was passiert. Glücklicherweise waren seine

toten Freunde keine Polizisten, also gibt es keine Verbindung. Er wird nicht jedes Mal an einen von ihnen erinnert, wenn er eine Uniform sieht.«

»Wie kam es, dass sie eine derart zusammengeschweißte Gruppe waren? Was ich in der Zeitung gelesen habe, waren sie völlig unterschiedlich.«

»Carter kannte Tom Holland aus der Schulzeit. Die anderen lernten sie bei Freiwilligenarbeit für behinderte oder benachteiligte Kinder kennen. Ich glaube, es war ein Ferienprojekt. Die Chemie stimmte von Anfang an. Irgendwann stießen sie auf ein altes Rettungsboot, das in einer kleinen Werft an der Flussmündung verrottete. Sie verbrachten die letzten fünf Jahre damit, es zu restaurieren. Carter stellte das Geld zur Verfügung, und sie nutzten das Wissen jedes Einzelnen und arbeiteten hart. Soweit ich weiß, war es beinahe fertig.«

»Oft helfen die besten Pläne nichts. Hoffen wir, dass er das verdammte Boot so schnell wie möglich loswird. Er wird nie wieder einen Fuß an Bord setzen können, ohne an seine Freunde zu denken.«

Laura lächelte. »Ich glaube, Carter sieht das anders. Es ist sehr wertvoll für ihn, und er will keine übereilten Entscheidungen treffen.«

»Gut, um die Sache abzuschließen: Ich bin sehr zufrieden mit seinen Fortschritten. Und da wir noch zwei weitere Fälle besprechen müssen, sollten wir jetzt besser weitermachen.«

Laura drückte den Knopf der Stempelkanne nach unten.

Das war's also. Carter ging es gut. Ende der Geschichte. Jetzt konnten alle weitermachen.

Sie schenkte den Kaffee in den Becher, rührte um und verschüttete ein paar Tropfen. Carter McLean ging es ganz und gar nicht gut. Das war klar. Vielleicht stand sie ihm näher als die meisten – aber das sollte sie auch, denn das war immerhin ihr Job. Sie wollte nicht, dass er durch die Ignoranz der Entscheidungsträger unter Druck geriet. Er brauchte Stabilität und Ordnung in seinem Leben und nicht den Stress, den eine neue berufliche Situation mit sich brachte – die Verantwortung, den Papierkram und die endlosen Teamsitzungen, die nun mal dazugehörten. Der einzige Punkt, in dem die Vorgesetzten auf sie gehört hatten, war sein Ausscheiden aus dem Drogendezernat gewesen, wo er ständig an Razzien im Morgengrauen hätte teilnehmen müssen. Sie lachte leise auf. Andererseits war das Dezernat wie so viele andere Spezialeinheiten aufgelöst worden, was bedeutete, dass es auch ohne ihren Einspruch dazu gekommen wäre.

Aus irgendeinem Grund hatte sie das Gefühl, Carter McLean beschützen zu müssen. Sie war nicht dumm. Sie wusste, wie katastrophal es enden konnte, wenn sich Therapeuten auf persönlicher Ebene mit ihren Klienten einließen. Aber sie mochte Carter. Mehr nicht. Manche Menschen mochte man einfach, und Carter war einer von ihnen.

Sie nahm den Kaffee mit ins Büro und öffnete das Dokument noch einmal. Leider war genau das das Problem. Carter McLean war ein essenzieller Teil ihrer Arbeit. Ein unvorhersehbarer, schlimmer Unfall, wie er ihn erlebt hatte, war ein einschneidendes Ereignis im Leben eines Menschen und eine große Gefahr für die geistige Gesundheit. Und genau damit befasste sich ihre Abhandlung – mit traumatischen Lebensereignissen, ihren Auswirkungen und den entsprechenden Bewältigungsmechanismen.

Sie las das zuletzt Geschriebene zum fünften Mal durch und fragte sich, ob es nicht besser wäre, es eine Weile ruhen zu lassen. Jedes Mal, wenn sie zu schreiben begann, schlich sich die Sorge um Carter wieder zurück in ihre Gedanken, und ihre Konzentration war dahin. Vielleicht sollte sie die Arbeit verschieben, bis Carter McLean ihre Gedanken nicht mehr in diesem Ausmaß in Beschlag nahm.

Laura seufzte, schloss das Dokument und warf einen Blick in ihren Kalender. Dann ging sie ihre Liste mit den Computerspielen durch, wählte Mah-Jongg aus und legte los.

KAPITEL 2

Carter stolperte über die Ziellinie, drückte den Knopf an seiner Stoppuhr und brach auf dem Asphalt zusammen. Seine Lungen brannten, und seine Beine waren wie Gummi.

Die Atmosphäre und der Kameradschaftsgeist, der beim Laufen mit Tausenden anderen Sportlern entstand, hatten ihn unbeeindruckt gelassen. Er hatte die ganze Strecke allein mit seinem Schmerz hinter sich gebracht.

Ein Ordner legte ihm eine Thermodecke über die Schultern. Als er dem Mann danken wollte, versagte seine Stimme, und Tränen liefen über seine Wangen.

Er hatte es geschafft! Er hatte es tatsächlich geschafft! Nicht für sich selbst. Nein, er hatte es für Matt getan. Oder genauer gesagt: für Matts Dad.

Nach dem Tod seines Vaters hatte Matt sich vorgenommen, ihm eine besondere Ehre zu erweisen. Tom hatte einen Marathon vorgeschlagen, und Matt war einverstanden gewesen, doch egal, wie hart er trainiert hatte, er hatte die nötige Fitness für den langen, zehrenden Lauf nicht aufbauen können. Nun hatte Carter es für ihn erledigt. Das war das Mindeste, was er tun konnte.

Auf dem Rücken trug er zusammen mit der Startnummer ein Bild von Matt Blake senior und die Aufschrift »Ich laufe für Matt und unterstütze den Macmillan Fund«.

Carter stemmte sich schwankend hoch und sah, wie zwei seiner Polizeikollegen über die Ziellinie liefen. Er hatte sie überholt, ohne es zu bemerken.

»Mann! Das nenne ich Kampfgeist!«, keuchte DC Max Cohen. »Ich war mir sicher, dass ich Sie mindestens um einen Kilometer abhänge.« Die beiden jungen Polizisten ließen sich neben ihm auf den Boden sinken.

»Ja, Sie waren total fokussiert, Sir. Wie in einer eigenen Welt.« Auch DC Charlie Button rang nach Luft.

Carter zwang sich zu einem schmerzverzerrten Lächeln. »Sonst hätte ich es nicht durchgestanden.«

Sechs Monate hatte er trainiert und war dabei nicht nur gelaufen, sondern hatte sich auch mit der Wissenschaft dahinter beschäftigt. Wie ein Profi hatte er sich einen Ernährungs- und Trainingsplan zusammengestellt, und es hatte funktioniert. Er hatte eine Menge Geld von seinen Sponsoren eingenommen und Matt versprochen, den Betrag aus eigener Tasche zu verdoppeln.

Carter ging langsam hinter seinen beiden Kollegen her, um seine Medaille abzuholen. Matts Medaille. Beinahe ehrfürchtig berührte er das glänzende Metall.

Es war vollbracht.

Einige Officer aus dem Revier holten die teilnehmenden Kollegen mit dem Auto ab und brachten sie nach Hause. Die meisten trafen sich nachher noch zum Feiern im Pub, doch Carter lehnte ab. Er wollte den Abend nicht mit einem lärmenden Haufen Polizisten verbringen, die sich volllaufen ließen. Außerdem erwartete er Gäste.

Er duschte und schlüpfte in eine bequeme Hose und einen Pullover, bevor er die breite offene Treppe hinunter ins Wohnzimmer ging. Er öffnete die Glastür auf die Terrasse, lehnte sich ans Geländer und ließ den Blick über die gepflegten Gärten bis zur Stadt und den Feldern dahinter schweifen. Er sollte dankbar sein. Die meisten Leute kannten eine Wohnung wie diese nur aus Zeitschriften, und er konnte sie mit dem Besten vom Besten einrichten, ohne ein einziges Mal auf seinen Kontostand achten zu müssen. Doch sein Reichtum bedeutete ihm nichts. Wie kam es, dass er sich so leer und unbeteiligt fühlte? So abgeschnitten vom Leben.

Er ging wieder hinein und schenkte sich einen Drink ein. Es hatte keinen Sinn, nach Antworten zu suchen, außerdem würden sie bald hier sein. Er warf einen Blick auf die Uhr, setzte sich auf die Couch und griff nach der Fernbedienung. Eine Weile zappte er durch die Kanäle, dann machte er das Gerät wieder aus. Er fragte sich, warum er den besten Fernseher hatte, den man für Geld kaufen konnte, wenn er sich ohnehin nicht konzentrieren konnte.

Carter warf die Fernbedienung auf die weiche Ledercouch und sah sich um. Wie immer war die Wohnung makellos aufgeräumt. Alles lag an seinem Platz, und nirgendwo herrschte Unordnung. Carter lächelte bitter. Seine Mutter wäre stolz auf ihn gewesen. Er erinnerte sich, was Laura zu dem Thema gesagt hatte: »Ihr ganzes Leben ist zusammengebrochen, Carter. Es ist im Chaos versunken. Es ist normal, dass Sie auf eine sorgfältig strukturierte Umgebung Wert legen. Sie haben die Kontrolle über Ihr Leben, solange alles an seinem Platz steht.«

Sie hatte natürlich recht. Laura Archer war eine verdammt gute Seelenklempnerin. Manchmal fragte er sich, warum sie bei der Polizei arbeitete. Mit ihren Fähigkeiten und der unerschöpflichen Geduld hätte sie als private Therapeutin ein Vermögen verdient. Außerdem sah sie gut aus.

Carter gähnte. Sein ganzer Körper schmerzte, als hätte er mit einem Bären gekämpft. Er schloss die Augen. Matts Wohltätigkeitsfonds würde einen stattlichen Scheck bekommen. Er hatte heute beinahe dreitausend Pfund erlaufen, und dazu kam noch sein eigener Anteil. Carter seufzte. Es war nur eine kleine Geste, aber mehr konnte er nicht tun. Er hoffte, dass es seinen Freund glücklich gemacht hatte.

Er hatte die Augen immer noch geschlossen, aber er wusste, dass sie da waren. Der ekelerregende Gestank nach verbranntem Fleisch breitete sich langsam im Zimmer aus. Tief in seinem Inneren wusste Carter, dass sein Gehirn ihm einen Streich spielte. Einen heimtückischen, gemeinen Trick. Er wusste, dass es keine Geister gab. Wie die meisten Polizisten war er ein standhafter Skeptiker – doch seine Freunde sah er trotzdem.

»Dann hast du es also tatsächlich geschafft?« Tom klang bewundernd. »Das ist großartig, Kumpel.«

»Ja, gut gemacht!«, stimmte Jack ihm zu. »Ich wette, es hat verdammt wehgetan. Wie viele Blasen hast du?«

»Genug, danke«, erwiderte Carter trocken.

»Respekt, Mann. Ich ziehe meinen Hut vor dir. Ich hätte das sicher nicht durchgehalten.« Ray war immer so freigiebig mit Lob.

Carter öffnete die Augen. »Wo ist Matt?«

»Ich soll dir seinen Dank ausrichten«, sagte Tom leise.

Carter sah seine Freunde an. Sie besuchten ihn oft, doch heute fehlte zum ersten Mal einer von ihnen. »Geht es ihm gut? Stimmt etwas nicht?«

»Es ist alles okay«, antwortete Ray. »Es geht ihm gut. Sehr gut.«

Warum war er dann nicht da? Carter runzelte die Stirn. »Aber der Marathon. Ich ... Ich wollte ihm sagen ... Ich habe es für ihn getan. Und für seinen Dad.«

»Das ist nicht notwendig, Kumpel. Er weiß Bescheid.«

Carter schloss die Augen, und der Geruch verflüchtigte sich. Als er sie wieder öffnete, war er allein.

Marie saß auf ihrem Sofa, und ihr Untermieter lümmelte ihr gegenüber in einem bequemen Lehnstuhl.

PC Gary Pritchard war von der benachbarten Dienststelle in Harlan Marsh nach Saltern-le-Fen versetzt worden und wohnte derzeit in Maries Gästezimmer. Es war als Übergangslösung gedacht gewesen, bis Gary entschieden hatte, ob er jeden Tag kilometerweit durch die Fens pendeln oder sein Haus in Harlan Marsh verkaufen und nach Saltern ziehen wollte. Mittlerweile waren mehrere Monate vergangen, und keiner der beiden verspürte den Wunsch, etwas an der Situation zu ändern. Gary war ein ausgezeichneter Koch, und Marie hatte bereits zugenommen, was sie aber ignorierte. Sie selbst hasste Kochen. Sie war groß und athletisch gebaut, vor allem in ihrer Motorradkluft. Sie kam mit einigen zusätzlichen Kilos zurecht, wenn sie dafür mit Garys Energiefrühstück in den Tag starten konnte. Als Dank war sie die perfekte Vermieterin. Sie sorgte dafür, dass es immer sauber und geheizt war, und es gab keine Einschränkungen für ihren Mieter. Er musste lediglich die Katze füttern, wenn sie abwechselnd Schicht hatten. Zwei einsame Leute, die beide einen wichtigen Menschen verloren hatten, waren nicht mehr so allein. Beide profitierten von diesem Arrangement.

Marie sah Gary über das Weinglas hinweg an und grinste. »Ich habe gehört, dass Carter vor Max und Charlie im Ziel war.«

»Ich weiß.« Gary schüttelte den Kopf. »Ich habe für alle drei ein Vermögen an Sponsorengeldern ausgegeben.«

»Ich auch. Carter war sehr überzeugend, nicht wahr?«

»Er will alle Spenden verdoppeln.« Gary starrte in sein Glas. »Ich dachte, DI Jackman wäre gut dran, aber Carter spielt noch mal in einer anderen Liga. Er ist stinkreich, oder?«

Marie verzog das Gesicht. »Kann man so sagen. Aber sein Leben war schon vor dem Unfall nicht gerade leicht. Keine liebevolle Familie, keine Geschwister, nur ein kalter, distanzierter Vater, der nur gearbeitet hat. Seine Mutter starb, als er noch ziemlich klein war. Er war ein sehr trauriger kleiner Junge.« Sie sah Gary an. »Mein Bill war sein bester Freund, als die beiden noch Streife gingen. Noch ein Verlust, den er erleiden musste.«

»Sein Ruf eilt ihm voraus, oder? Es heißt, er scheut kein Risiko, und es gibt nicht viel, was er nicht tun würde, wenn er dadurch einen Kriminellen der Gerechtigkeit zuführt?« Gary zuckte mit den Schultern. »Wie auch immer. Ich kenne ihn noch nicht lange, aber ich mag ihn.«

»Ich auch, und ich kenne ihn schon seit Jahren. Mir gefällt nur nicht, was gerade mit ihm passiert.«

»Ich glaube nicht, dass ich wieder arbeiten könnte, wenn mir so etwas zustoßen würde.« Gary erschauderte. »Aber er ist jünger als ich. Da kommt man vielleicht besser mit dem Schmerz klar. Es bleibt nur zu hoffen, dass er mit der Zeit einen Weg findet, um mit den schrecklichen Erinnerungen zu leben.«

Marie hätte Gary gerne zugestimmt. Aber wenn sie ehrlich war, sah Carters Zukunft düster aus.

Jackmans Blick wanderte über die flachen Felder hinweg bis hinaus zum Marschland und dem Mündungsbecken. Es war ein traumhafter Sommerabend, und die untergehende Sonne sorgte für ein spektakuläres Schauspiel. Der dunkel werdende Himmel wurde von feuerroten und orangefarbenen Streifen durchzogen, und violette Wolken ballten sich zu hohen Türmen. Jackman würde sich niemals daran sattsehen.

Er seufzte zufrieden, trat in die zu einem Wohnhaus umgebaute alte Mühle und schloss die Tür hinter sich. Heute wollte er früher ins Bett gehen, um endlich im Fall Suzanne Holland voranzukommen, und das klappte nur, wenn er ausgeruht war. Er dachte an das Blut in ihrem Haus. Man hatte keine Leiche gefunden, und niemand hatte etwas gesehen oder gehört.

Seine Zufriedenheit war wie weggeblasen.

Er setzte sich an den Küchentisch zu dem Stapel aus braunen Mappen. Ganz oben lagen der kriminaltechnische Bericht und eine detaillierte Analyse der gefundenen Blutspuren. Jackman war sich sicher, dass diese auf ein Fremdverschulden und nicht auf einen Unfall hindeuteten, wie am Anfang vermutet worden war. Suzanne Holland war seit achtzehn Monaten verschwunden, doch der Fall war nie aufgeklärt worden. Vor Kurzem hatte Superintendentin Ruth Crooke allerdings den Befehl des stellvertretenden Chief Constables erhalten, ihn endlich abzuschließen. Im Internet kursierten mittlerweile wilde Spekulationen. Natürlich war auch bekannt geworden, dass Suzanne die Ehefrau von Tom Holland war, der kurz nach ihrem Verschwinden beim Absturz eines Leichtflugzeuges ums Leben gekommen war. Die Leute verlangten nach Antworten und erwarteten, dass die Polizei größeres Engagement zeigte. Nun war Jackman das unglückliche Los zugefallen, den Fall zu übernehmen, bevor er viral ging.

Jackman seufzte genervt. Diese verdammten Medien! Außerdem sah es zu allem Überfluss auch noch so aus, als hätte Suzanne Holland eine Art Doppelleben geführt. Zumindest hatte sie eine sehr bewegte Vergangenheit, und jede Spur, der die Detectives folgten, warf am Ende noch mehr Fragen auf.

Jackman schloss die Akte und gähnte laut. Er brauchte unbedingt etwas Schlaf. Suzanne Holland musste bis morgen warten.

Doch sein Gehirn hatte andere Pläne, und so wanderte er um drei Uhr morgens in seinem Schlafzimmer auf und ab. Er hasste Ermittlungen ohne erkennbare Struktur. War die Frau tot? Hatte sie einen schweren Unfall gehabt und danach verwirrt die Flucht ergriffen? Hatte man sie entführt? Offenbar war sie kein Kind von Traurigkeit gewesen, doch die Nachforschungen hatten keine rachsüchtige Ehefrau und keinen eifersüchtigen Liebhaber zutage gefördert. Suzanne hatte bereits eine kurze, gescheiterte Ehe hinter sich, und ihr Ex-Mann lebte mittlerweile ein sehr alkoholumnebeltes Leben als Touristenanimateur in Spanien. Bei der Durchsicht der alten Ermittlungsakten war Jackman aufgefallen, dass noch niemand persönlich mit ihm gesprochen hatte. Er nahm sich vor, gleich morgen früh jemanden darauf anzusetzen.

Jackman ließ sich aufs Bett fallen.

Es gab noch ein zweites Problem.

Marie war eine positive, energiegeladene Frau, doch im

Moment schien sie die Sorge um McLeans bevorstehende Rückkehr in den Außendienst aufzufressen. Jackman vertraute Maries Urteilsvermögen, und wenn sie besorgt war, war er es auch. Vielleicht sollte er ein paar Hebel in Bewegung setzen, um Carter von dem Holland-Fall fernzuhalten. Wenn es nach Ruth Crooke gegangen wäre, hätte Carter ohnehin den Rest seines Berufslebens hinter dem Schreibtisch verbracht. Er hatte keine Ahnung, warum die beiden einander partout nicht ausstehen konnten, aber er würde sie sicher nicht danach fragen. Die Fehde lief schon seit Ewigkeiten, und er wollte sich nicht hineinziehen lassen.

Zum ersten Mal seit Jahren hatten sie genügend Mitarbeiter. Die Kriminalpolizei hatte in den letzten Monaten einige erhebliche Umstrukturierungsmaßnahmen über sich ergehen lassen müssen, doch mittlerweile hatte sich die Lage beruhigt. Die Detectives von Saltern-le-Fen arbeiteten inzwischen eng zusammen, und neue Fälle wurden an jene Teams vergeben, die gerade am meisten Kapazitäten frei hatten. Endlich konnten Jackman und Marie auf mehrere gute Officer zurückgreifen und dank Ruth Crooke alle Hilfe anfordern, die sie benötigten.

Seine langjährigen Detectives Max und Charlie arbeiteten gemeinsam an Suzanne Hollands Verschwinden, unterstützt von dem Neuzugang DC Robbie Melton, der aus einer anderen Abteilung zu ihnen gewechselt hatte und von allen herzlich willkommen geheißen worden war. Robbies ehemalige Partnerin war im Dienst schwer verletzt worden, und nach ihrer Kündigung hatte er nicht mehr in seinen alten Job zurückgefunden. Der Abteilungswechsel hatte jedoch Wunder gewirkt, und vor allem mit Marie verstand er sich besonders gut. Er war schmächtig gebaut, trug meistens Jeans und einen Hoodie und sah beinahe aus wie ein Teenager, obwohl er schon über dreißig war. Seine Stärke war, dass er auf der Straße sofort unterging. Er war stolz darauf, dass ihn niemand eines zweiten Blickes würdigte. Außerdem war Robbie ein überaus scharfsinniger und intelligenter Detective.

Dann waren da noch DC Rosie McElderry, die im Moment ziemlich tief in einem Drogenfall steckte, ihnen aber trotzdem zur Hand gehen konnte, sowie der gute alte PC Gary Pritchard.

Und jetzt noch DS Carter McLean.

Seufzend schlüpfte Jackman zurück unter die Decke.

Nein, er würde Carter nicht dem Holland-Fall zuteilen. Es gab noch andere Ermittlungen, mit denen er sich beschäftigen konnte. Sich mit der dunklen Seite der verschwundenen Frau seines verstorbenen Freundes zu beschäftigen war keinesfalls ratsam. Er schloss die Augen. Zumindest würde diese Entscheidung Marie ein wenig beruhigen. Das hoffte er zumindest, denn er mochte den besorgten, angsterfüllten Ausdruck nicht, der sich in letzter Zeit auf dem Gesicht seiner zuverlässigen Kollegin breitgemacht hatte. Er wollte die alte Marie wiederhaben.

KAPITEL 3

Marie?« Es war drei Uhr morgens.

Sie erkannte Carters Stimme sofort. »Alles okay?«

»Abgesehen davon, dass ich nicht schlafen kann und ziemlich Schiss habe, geht es mir gut.«

»Das ist aber verständlich, oder? Morgen ist nun mal ein großer Tag. Es geht zurück an die Front.« Sie schüttelte den Schlaf ab und sprach so unbekümmert wie möglich, doch sie war alles andere als das.

»Ja, wahrscheinlich. Aber deshalb rufe ich nicht an.« Er seufzte. »Verdammt, Marie, ich weiß, das hätte auch bis morgen warten können, aber ich wollte dir noch einmal sagen, wie sehr ich es schätze, dass du mir eine so gute Freundin warst, seit ... seit dem Unfall. Du bist mein Fels in der Brandung. Ehrlich gesagt, weiß ich nicht, was ich ohne dich getan hätte.«

»Blödsinn. Du hättest es auch so geschafft. Was habe ich denn schon Großartiges getan? Du solltest lieber Laura danken.«

»Wir wissen doch beide, dass das nicht stimmt. Du hast mein irres Gefasel ertragen und mich kein einziges Mal kritisiert. Laura war unglaublich, aber das ist ihr Job. Sie wird dafür bezahlt, dass sie sich um mich sorgt. Bei dir ist das etwas anderes. Du warst eine echte Freundin.«

»Ich bin *noch immer* deine Freundin, Carter. Und du warst Bills bester Kumpel. Da kann ich dich doch nicht mit deinem Schmerz allein lassen. Abgesehen davon, hätte man dich sofort eingesperrt, wenn du all das anderen erzählt hättest, und dafür bist du ein viel zu guter Polizist.«

Carter lachte leise. »Mit dem Einsperren hast du vermutlich recht.«

»Machst du dir wirklich so große Sorgen wegen morgen?«, fragte sie leise. »Drei Uhr morgens ist ziemlich extrem. Sogar für dich.«

»Ich komme schon klar. Es wird immer besser. Das ist es nicht.«

Er schwieg lange.

»Ich sehe sie.«

Marie brauchte einen Moment, bis sie wusste, worauf er hinauswollte. »Klar. Ich habe Bill noch Monate nach seinem Tod gesehen. Am Bahnhof, im Garten, beim Einkaufen ...«

»Nein, ich meine, ich *sehe* sie.«

»Aber das ist normal, Carter. Verleugnung ist eine der Trauerphasen. Das weißt du doch.«

»Ich *verleugne* es aber nicht. Ich weiß, dass sie tot sind. Ich war dabei, als sie verbrannt sind. Was ich meine, ist ...« Carter stolperte über seine eigenen Worte, dann flüsterte er verzweifelt: »Ich sehe sie. Wirklich. Und ich rieche ihr verbranntes Fleisch.«

Marie stieß die Luft aus. Darauf war sie nicht vorbereitet. Er sollte mit Laura Archer darüber reden. Aber abgesehen von Laura war sie die Einzige, mit der Carter über das Erlebte sprechen konnte, und das lastete schwer auf ihr. Es war nicht einfach, das Richtige zu sagen, und manchmal hatte sie keine Ahnung, wie sie seine Fragen beantworten sollte. Sie wollte unbedingt etwas sagen, das ihm auch wirklich half, doch jedes Mal, wenn sie den Mund aufmachte, kam wieder nur eine alte, abgenutzte Plattitüde heraus.

Sie wusste, dass Laura Carter ihn gewarnt hatte, dass er seine Freunde »sehen« würde – vor allem an belebten Orten oder auf der Straße. Er würde sie überall dort sehen, wo sie gemeinsam gewesen waren. Nach seinem Tod hatte Marie ihren geliebten Mann ständig irgendwo entdeckt. Laura hatte Carter erklärt, dass er aufgrund der schweren Traumatisierung am Anfang vielleicht sogar halluzinieren würde. Doch jetzt waren viele Monate vergangen, und Marie fragte sich, was er ihr da gerade anvertraute. Redete er von Erscheinungen? Von Geistern? Sicher nicht. Doch nicht der sonst so bodenständige Carter McLean. »Wie und wo siehst du sie denn?«, fragte sie leise.

»Wie alle anderen auch. Sie sind so real wie du und ich.« Carter klang schrecklich nüchtern. »Ich sehe sie seit dem Absturz. Sie besuchen mich meistens abends in meiner Wohnung, aber es kann immer und überall vorkommen.«

Marie erschauderte. Sie hatten mittlerweile unzählige Stunden über seine Freunde gesprochen, und manchmal hatte sie das Gefühl, als redeten sie über nichts anderes mehr. Aber davon hatte er noch nie erzählt. »Und was machen sie?«, fragte sie vorsichtig.

Carter atmete tief durch. »Wir hängen einfach miteinander ab. Versuchen, schlau aus dem Ganzen zu werden.«

Das ergab keinen Sinn. Tatsächlich fand sie es ziemlich unheimlich. Vier Tote, die in Carters Wohnung »abhingen«. Wahrscheinlich versuchte sein Gehirn, eine Erklärung für alles zu finden. Die Vorstellung, dass seine Freunde bei ihm waren, half ihm, seine verwirrten Gedanken in den Griff zu bekommen.

»Du weißt doch, dass sie dir nie die Schuld geben würden, oder?«

»Ja, ich weiß. Das sagen sie mir auch immer wieder. Es ist nur so vieles unerledigt geblieben. Sie hätten nicht sterben dürfen. Sie hatten alle noch etwas abschließen wollen. Dinge, die ihnen unglaublich wichtig waren.«

Marie massierte sich den schmerzenden Nacken mit der freien Hand. Niemand war bereit zu sterben, egal, unter welchen Umständen. Es gab immer Dinge, die unerledigt bleiben mussten.

»Das Seltsame ist …«, begann Carter und hielt dann kurz inne, »… dass ich das Gefühl habe, ich müsste es für sie zu Ende bringen.«

Jetzt verstand Marie endlich, worauf er hinauswollte. »Ah. Wie beim Marathon?«

»Genau. Am Anfang war mir noch nicht klar, warum ich mitlaufen wollte. Ich habe mich angemeldet, weil es Matts großer Traum war. Aber jetzt ist er fort, Marie. Er ist in dem Moment verschwunden, als ich die Ziellinie überquert habe. Die anderen kommen immer noch, aber Matt ist nicht mehr dabei.«

»Du glaubst, du hast seine Seele befreit, indem du für ihn den Marathon gelaufen bist?«

»Ja.«

Marie schwieg. Sie fragte sich, was Laura dazu sagen würde. Vermutlich, dass es etwas mit den Schuldgefühlen des einzigen Überlebenden zu tun hatte. Carter wollte Wiedergutmachung leisten, und wenn sie so darüber nachdachte, ergab das durchaus Sinn. Carter hatte sich selbst von der Schuld befreit, die er gegenüber Matt zu haben geglaubt hatte. Das war im Grunde sogar eine verdammt gute Nachricht!

»Wer ist der Nächste?«, fragte sie.

Carters Antwort kam prompt. »Ray, glaube ich. Immerhin ging es bei der ganzen Sache um ihn, nicht wahr? Der beste Junggesellenabschied aller Zeiten?« Er stockte.

Marie wurde von einer tiefen Traurigkeit erfüllt. Sie mochte Carter auf eine Art, die kaum zu erklären war. Seine unglaubliche Verletzlichkeit und seine Schwermut lösten starke Gefühle in ihr aus. Marie hätte ihr Leben für ihn gegeben, genauso wie für Jackman. Und Carter hätte dasselbe für sie getan. Er hatte einmal einen Angreifer mit einem Messer abgewehrt, der Bills Leben noch früher als ohnehin schon beenden wollte. Im Gegenzug hatte Bill ihn vor einem Drogensüchtigen mit einer Pistole gerettet. Wobei Carter alles andere als ein Engel war. Gary hatte ihn als risikofreudig bezeichnet, und er hatte recht. Carter lotete die Regeln bis zum Anschlag aus und ging ohne schlechtes Gewissen an sämtliche Grenzen, um Fälle zu lösen. Seiner Meinung nach mussten sämtliche Verbrecher hinter Gitter, egal, wie. Carter war ein Opportunist, doch Marie kannte auch den einsamen kleinen Jungen in seinem Inneren, der sich beweisen wollte.

Was konnte sie also in der derzeitigen Situation anderes tun, als ihn zu unterstützen? Seine Verletzungen waren verheilt, und er war körperlich fit. Nach außen hin war er wieder der Alte, abgesehen von ein paar Kleinigkeiten wie etwa einer neu entwickelten Klaustrophobie. Carters wahre Wunden blieben der Außenwelt verborgen. Nur Marie und Laura wussten Bescheid.

»Hast du eine Ahnung, was Ray noch erledigen wollte?«

Carter grunzte. »Hmm. Ich bin mir nicht sicher, aber ich werde ihn fragen, wenn ich ihn das nächste Mal sehe.«

Die Vorstellung, dass Carter sich zwanglos mit einer Handvoll Toter unterhielt, vertrieb den Schlaf endgültig, und um vier Uhr dreißig hatte sie bereits zwei Mal den Kühlschrank geplündert. Sie überlegte, Gary zu wecken und ihm alles zu erzählen, entschied sich dann aber dagegen. Carter war allein ihr Problem.

Was hatte er damit gemeint, dass er verbranntes Fleisch roch? Er hatte doch draußen im Freien gestanden, als das Flugzeug Feuer gefangen hatte, und als die Krankenwagen eingetroffen waren, war er ohnmächtig gewesen. Er hatte also ganz sicher nicht gerochen, wie seine Freunde in Flammen aufgingen – was war es dann?

Marie griff nach dem Brot, schnitt eine dünne Scheibe ab und bestrich sie dick mit Erdnussbutter.

Sie nahm den Snack mit in den Wintergarten und setzte sich auf einen der Korbstühle. Rover, ihr bereits etwas älterer Tigerkater, kam zu ihr. Er war ein guter Zuhörer, der sich nie beschwerte und sie nie unterbrach. Also erzählte sie ihm von ihrem Entschluss. Sie würde Carters Probleme nicht allein schultern. Sie hatte allerdings nicht vor, Jackman damit zu belasten, der gerade mit einer wichtigen Ermittlung beschäftigt war. Stattdessen würde sie sich gleich morgen einen Termin bei Laura Archer geben lassen.

Marie schluckte den letzten Bissen ihres vorverlegten Frühstücks hinunter und ging wieder zu Bett, wo sie sich eine Stunde lang unruhig und mit vollem Magen herumwälzte.

Carter verbrachte eine noch weitaus schlimmere Nacht. Um vier Uhr fünfzehn schlüpfte er schließlich in seine Laufklamotten und verließ die Wohnung.

Er lief den schmalen Treidelpfad entlang in Richtung Mündungsgebiet. Der Mond brach immer wieder durch die Wolken, und der Fluss schlängelte sich wie eine glänzende Ölspur durch die Landschaft. Seine Füße klatschten auf den Boden, und er war von Dunkelheit umgeben, doch er kannte die Strecke gut. In Nächten wie dieser, in der ihm nur der Mond Gesellschaft leistete, lief er gerne die längere Strecke zwischen dem Meer und dem Marschland und kehrte über einen schmalen Weg entlang der vor Anker liegenden Fischerboote nach Hause zurück. Es war mörderisch, aber besser, als im Bett zu liegen und auf den nächsten Albtraum zu warten.

Er dachte an Marie. Sie sah in letzter Zeit müde aus, und er befürchtete, dass er der Grund dafür war. Er hatte sie nie belasten wollen, doch sie war die beste Zuhörerin, die er je gekannt hatte, und unendlich geduldig. Doch vor allem verurteilte Marie ihn nicht, und er fragte sich, was er ohne sie wohl getan hätte. Wie hielt sie es bloß mit ihm aus? Carter war klar, dass er sich verändert hatte. Er konnte sein neues, ungeduldiges, sprunghaftes Ich nicht leiden, aber er hatte keine Kontrolle darüber. Er hoffte, dass sie ihn nicht aufgeben würde. Nach Bills Tod waren Marie und er zu Vertrauten geworden. Immerhin hatte Bill ihnen beiden viel bedeutet. Aber mittlerweile setzte er sie gehörig unter Druck, und er hasste sich dafür.

Carter wurde langsamer und sah sich um. Er war an der Kreuzung zwischen dem Pfad, der am Meer entlangführte, und dem Weg mit den Booten angelangt und musste anhalten, um das schwere, alte Tor und das dahinterliegende uralte Viehgitter zu überwinden. Man musste hier sehr vorsichtig sein. Ein falscher Tritt oder ein Ausgleiten auf den Metallstreben des Gitters konnte einen gebrochenen Knöchel nach sich ziehen, und bis in diesen Teil der Marsch schaffte es kein Krankenwagen.

Der Gestank verbrannten Fleisches stieg ihm in die Nase. Er drehte sich zu seinen Freunden um.

»Wenn du dich weiter so verausgabst und dich zwischendurch nicht ausruhst, klappst du bald zusammen«, murmelte Tom ihm ins Ohr.

»Ja, Mann, das ist nicht gut«, meinte auch Ray.

Drei dunkle Gestalten standen neben ihm.

»Du willst doch nicht, dass es dir genauso wie uns ergeht, oder?«, flüsterte Jack.

Carter schluckte. Zum ersten Mal jagte ihm ihre Anwesenheit Angst ein. Er machte einen Schritt zurück. Das war ihm noch nie passiert. »Leute? Seid ihr wütend auf mich?«

Tom seufzte. »Natürlich nicht, Kumpel. Wir haben nur manchmal Heimweh.«

»Ja«, sagte Jack. »Wir sind im Moment überall.«

»Und Matt?«, fragte Carter.

Doch er bekam keine Antwort. Seine Freunde entfernten sich ein Stück.

Carter atmete tief durch. Offenbar hatte er recht. Sie wollten wirklich, dass er etwas für sie erledigte. »Okay, sagt mir, was ich für euch tun kann. Ray? Du zuerst. Wie kann ich dir helfen?«

Ray trat näher, und Carter begann beinahe zu würgen, als ihm der Gestank in die Nase stieg. »Ich habe einen Notgroschen, Carter. Niemand weiß davon. Du findest ihn nicht unter meinem Namen. Du kannst dir sicher vorstellen, warum?«

Ja, das konnte er. Rays jüngere Brüder waren als »die bösen Zwillinge« bekannt und hatten mehr Zeit im Jugendgefängnis verbracht als zu Hause. Carter vertraute niemandem aus Rays Familie; sein Freund musste ein Findelkind gewesen sein. Das war auch einer der Gründe gewesen, warum er sich als Rays Trauzeuge entschieden hatte, den Junggesellenabschied weit fort von zu Hause zu feiern. Er wollte nicht riskieren, dass Rays zwielichtige Brüder die Party sprengten.

»Ja, klar.«

»Ich will, dass Joanne das Geld bekommt.« Rays Stimme zitterte. »Sie wird es brauchen. Erledigst du das für mich, Carter? Gib ihr das Geld und richte ihr aus, was ich ihr nie wirklich sagen konnte. Dass ich sie von Herzen liebe.«

»Natürlich mache ich das, Ray. Sag mir nur, wo es ist, und ich erledige es gleich morgen.« Carter wartete begierig auf die Antwort. Es bedeutete seinem Freund offensichtlich sehr viel, dass Joanne das Geld bekam.

»Ray?« Carter sah sich um. Es roch nach Meer, und Mondlicht fiel auf den leeren Pfad.

»Verdammt!« Was jetzt? Sein Freund hatte ihm gesagt, was er von ihm wollte, aber nicht, wie er es bewerkstelligen sollte. Carter seufzte tief und lief nach Hause.

KAPITEL 4

Charlie Button eilte in Jackmans Büro, wo sich dieser gerade mit Carter unterhielt. »Die Superintendentin will Sie sehen, Sir. Und Sie auch, Sergeant McLean.«

Carter warf Jackman einen Blick zu und verzog das Gesicht, dann machten sie sich auf den Weg.

Superintendentin Crooke war die Sache offensichtlich unangenehm. Sie presste die dünnen Lippen aufeinander und suchte nach Worten. Nach einiger Zeit atmete sie tief durch und erklärte: »Meine jüngste Nichte ist in Schwierigkeiten.«

Na, da trifft es die Richtige, dachte Carter und erinnerte sich an die abfälligen Bemerkungen, die er bereits von ihr hatte einstecken müssen. Sein Gesicht blieb jedoch ausdruckslos.

Jackman hob eine Augenbraue.

»Sie glaubt, dass sie verfolgt wird.«

Carter zog die Luft ein. »Ja?«

»Wie können wir helfen?«, fragte Jackman.

»Ich weiß, dass Sie gerade mit der verschwundenen Frau beschäftigt sind, aber ich würde Sie bitten, DS McLean und vielleicht auch DS Marie Evans zu erlauben, ein paar diskrete Nachforschungen anzustellen.« Sie lehnte sich zurück und sah Carter an. »Hören Sie, ich weiß, dass wir nicht immer einer Meinung waren ...«

Da hast du verdammt recht, dachte Carter. *Und nach der Hölle, durch die du mich all die Jahre geschickt hast, habe ich keine Ambitionen, dein bester Freund zu werden, bloß weil du plötzlich meine Hilfe brauchst. Warum ausgerechnet ich? Du hasst mich. Bitte doch Jackman um Hilfe. Nicht mich.*

»... und ich kann nicht erwarten, dass Sie nachvollziehen können, wie es mir geht. Ich habe letztes Jahr meine Schwester verloren und ihre Tochter danach sozusagen unter meine Fittiche genommen.«

Carter biss die Zähne zusammen und schwieg.

»Aber ich weiß, dass ich Marie und Ihnen vertrauen kann. Sie werden diese persönliche Angelegenheit sicher ... ähm ... diskret lösen.«

»Dann hat es also nichts damit zu tun, dass DI Jackman gerade einen Fall höchster Priorität bearbeitet, dass ein umfangreicher Drogenfall für die Staatsanwaltschaft vorbereitet werden muss und dass die anderen bis zum Hals im Papierkram zu dem Geldwäschefall stecken, den wir gerade abgeschlossen haben?« Carter konnte nichts dagegen tun. Es sprudelte einfach aus ihm heraus.

Er spürte, wie sich Jackman neben ihm versteifte, doch Ruth Crooke ergriff zuerst das Wort.

»Ich wusste, dass Sie so reagieren würden, McLean.« Ihr Gesicht wurde hart, doch dann seufzte sie. »Hören Sie, wir beide wissen, dass Sie immer am Rand der Legalität gearbeitet haben. Für Sie sind die Regeln eine Zusammenstellung vager Vorschläge, die verdreht werden können, wie es Ihnen in den Kram passt. Sie reizen sämtliche Möglichkeiten aus und ...«

»Ich erziele Ergebnisse«, erklärte Carter ruhig.

»Sie erzielen Ergebnisse, und auch wenn ich es ungern zugebe, ist genau das der Grund, warum ich will, dass Sie meiner Nichte helfen.«

Carter hätte am liebsten laut aufgelacht. Plötzlich waren seine Methoden akzeptabel, oder wie? Bloß, weil die Bedrohung mehr oder weniger vor der Haustür wartete? Er atmete tief durch. *Vorsicht, Carter.* Er durfte diesen Job nicht verlieren. Er war alles, was er noch hatte. So ungelegen es auch kam, er musste ihrer Bitte professionell begegnen, genauso wie allen anderen Fällen. Er musste die ganze Scheiße vergessen, die diese Frau ihm bereits angetan hatte.

Also riss er sich zusammen und richtete sich auf. »Okay, Ma'am. Wenn DI Jackman einverstanden ist, fangen wir sofort an. Wo finden wir Ihre Nichte? Wir müssen natürlich zuerst einmal mit ihr persönlich sprechen.«

Ruth Crooke nickte. »Danke. Jackman?«

»Kein Problem, Ma'am.«

Sie reichte Carter einen Zettel mit mehreren Namen, Telefonnummern und Adressen. »Fangen Sie schon mal an. Ich muss noch etwas mit Rowan besprechen.«

Carter verließ das Büro und war sich nicht sicher, was er von der Sache halten sollte. Seine Abneigung Ruth Crooke gegenüber beeinflusste ihn zu sehr, aber irgendwie war es ein Kompliment gewesen, dass sie ihn mit der Sache betraut hatte. Andererseits fragte er sich, warum sie ausgerechnet *ihn* haben wollte. Er seufzte. Mit dieser Entwicklung hatte er nicht gerechnet, aber er würde guten Willen zeigen. Ein paar Nachforschungen waren schnell erledigt.

Robbie Melton ging die Notizen durch, die er während der Morgenbesprechung gemacht hatte. Mittlerweile dachte er ständig an den Fall Suzanne Holland. Bei einer Ermittlung wie dieser versuchte er, in den Kopf des Opfers einzudringen. Er war sich sicher, dass die Lösung bei der Frau selbst zu suchen war. Eine ihnen noch unbekannte Person war verantwortlich für ihr Verschwinden. Robbie musste Suzanne lediglich finden – tot oder lebendig.

Er hatte alle alten Berichte gelesen. Am interessantesten war das Fehlen sämtlicher kriminaltechnischer Beweise. Abgesehen davon, dass eine Menge Blut gefunden worden war, war Suzannes Angreifer sehr sorgfältig gewesen. Normalerweise glaubte Robbie an den alten Spruch, wonach man immer Spuren hinterließ – egal, wohin man ging oder was man anfasste. Doch in diesem Fall war es anders.

Marie sah lächelnd auf ihn hinab. »Du siehst nachdenklich aus.«

Er hielt das Foto von Suzanne Holland in die Höhe. »Diese Frau fasziniert mich. Sie war zwar verheiratet, hatte aber jede Menge männliche Freunde. Sie hatte so viele Facetten, dass es schwer zu sagen ist, wer sie wirklich war.«

»Konntest du den Ex-Mann in Spanien erreichen?«

Robbie grinste. »Ja. Aber ich versuche es lieber noch mal, wenn er nüchtern ist.«

»Irgendeine Ahnung, warum sie sich haben scheiden lassen?«

»Nein. Er war so hinüber, dass er keinen zusammenhängenden Satz herausgebracht hat.« Robbie lachte.

Marie ließ sich ihm gegenüber nieder. »Robbie, ich möchte, dass du dir Suzannes Ehe mit Tom Holland näher ansiehst. Aber bitte so diskret wie möglich. Ich will wissen, ob es irgendwelche Leichen im Keller gibt, die bei den ersten Befragungen vielleicht übersehen wurden.« Sie runzelte die Stirn. »Du weißt sicher, dass Carter ab heute wieder uneingeschränkt Dienst versieht, aber Jackman und ich wollen ihn aus dem Fall raushalten. Es ist besser, wenn er den Namen Tom Holland nicht zu oft hört. Er behauptet zwar, es wäre okay, aber wir sind da anderer Meinung.«

Robbie nickte. »Das sehe ich auch so. Keine Sorge, Sarge, wenn ich etwas finde, komme ich direkt zu dir.«

Marie nickte ebenfalls. »Ach, übrigens. Hast du das Memo über die Lockerung der Umgangsformen gelesen? Dass wir uns beim Vornamen nennen sollen und so?«

»Klar, Sarge. Aber ich würde das nicht über mich bringen. Wenn ich die Wahl hätte, würde ich lieber so weitermachen wie bisher.«

»Guter Mann, geht mir genauso.«

Marie ging, und Robbie starrte wieder auf das Foto.

Suzanne Holland hatte dichtes, kastanienbraunes, beinahe rotes Haar. Ihre haselnussbraunen Augen waren sorgfältig geschminkt, die vollen Lippen zu einem verführerischen Lächeln verzogen. Robbie schüttelte den Kopf. »Sie ist zwar nicht mein Typ. Aber ich verstehe, was ihre Bewunderer in ihr sahen.«

»Ja, ich auch.« Max Cohen beugte sich über seine Schulter. »Sie ist heiß.« Er ließ sich auf den Stuhl sinken, von dem Marie sich gerade erhoben hatte. »Langsam glaube ich, dass sie bloß zur falschen Zeit am falschen Ort war. Ich habe jetzt tagelang Freunde und Bekannte befragt, ohne Ergebnis. Niemand wünschte ihr den Tod.« Er knurrte. »Und ausnahmsweise glaube ich ihnen sogar. Vielleicht ist ein Überfall außer Kontrolle geraten, oder sie ist jemandem über den Weg gelaufen, der etwas gegen Rothaarige hat.«

»Nein, ich bin mir sicher, dass sie das Ziel des Angriffs

war.« Robbie betrachtete die haselnussbraunen Augen. Welche Geheimnisse lagen dahinter verborgen? »Sie ist eine mysteriöse Frau.«

»Na, dann hoffe ich, dass sie ihre Geheimnisse bald mal lüftet. Der Fall geht mir gehörig auf den Senkel.«

»Stimmt.« Robbie kaute an seinem Daumennagel. »Aber wir werden ihn lösen und herausfinden, was passiert ist.«

»Glaubst du, dass sie tot ist?«

»Ja. Und du?«

»Schätze, schon.«

»Wir werden sie finden, Max. Sie wird uns alles erzählen, wenn sie so weit ist.«

»Typisch Frauen. Es muss immer alles nach ihrem Kopf gehen.« Max kehrte an seinen Schreibtisch zurück. »Sogar, wenn sie tot sind.«

Marie saß vor ihrem Computer und starrte ins Leere.

»An was denkst du gerade?«, fragte Carter.

Sie zuckte zusammen und sah dann freundlich zu ihm hoch. »Hey! Wie ist es gelaufen? Was wollte die Superintendentin?«

Carter verzog das Gesicht. »Es war echt schräg. Sie hat auch eine menschliche Seite.« Er zuckte mit den Schultern. »Es ist wahrscheinlich reine Zeitverschwendung, aber sie will, dass wir beide ein paar Nachforschungen für sie anstellen.«

Marie runzelte die Stirn. »Was ist mit dem Fall, an dem ich gerade arbeite?«

»Es ist keine große Sache, wir sollen nur ein paar Fragen stellen. Jackman ist einverstanden, und wir sind sicher schnell fertig.«

»Warum hat sie es dann so eilig?«

»Ob du es glaubst oder nicht: Sie wollte ausdrücklich, dass wir beide uns darum kümmern.« Er senkte die Stimme. »Offenbar braucht es Takt und Fingerspitzengefühl, und sie denkt, dass wir dafür die Richtigen sind.«

»Das hat sie gesagt? Über dich?«

»So gut wie. Na ja, eigentlich hat sie es genau so gesagt. Ich glaube, Jackman war genauso schockiert wie ich.« Er grinste reumütig. »Aber er hat nicht so unhöflich reagiert.«

Marie lachte ungläubig. »Jackman ist *nie* unhöflich. Du allerdings ... Aber das gab es noch nie, oder? Ruth Crooke und du – ihr seid wie Sherlock und Moriarty. An der Sache ist doch ein Haken.«

»Seltsamerweise glaube ich das nicht.« Er flüsterte. »Es geht um ihre Nichte. Ich erkläre es dir, wenn wir allein sind.«

Die beiden verließen das Gebäude. Im Auto konnten sie ungestört reden.

»Du hast sie sicher schon ein- oder zweimal hier gesehen, wenn sie ihre Tante besucht hat.« Carter startete den Wagen und ließ die Fenster hinunter.

Marie nickte. »Leah, nicht wahr? Groß, schlank, lange dunkle Haare, Pferdeschwanz und so weiße Zähne, dass sie damit die Pferde zum Scheuen bringt?«

»Genau die. Sie ist neunzehn und studiert Psychologie an der Fenland University.«

»Und?«

»Sie glaubt, dass sie verfolgt wird.«

»Was? Bei diesen Zähnen?«

Carter grinste. »Du bist böse! Offenbar hat sie echt Angst.«

»Tut mir leid. Achte gar nicht auf mich. Das ist nur der

Neid auf ihre Beißerchen. Es ist ein schreckliches Gefühl, wenn man gestalkt wird.« Maries Blick wurde düster. Einmal war ein Mann von ihr besessen gewesen, und sie wusste, dass es einem höllische Angst einjagte.

»Genau. Aber jetzt reden wir erst mal mit ihr.« Er fuhr los. »Und wenn wir fertig sind, hast du vielleicht noch Lust auf ein Bier auf dem Boot?« Er klang unbekümmert, doch Marie wusste, dass ihn etwas bedrückte.

»Das klingt schon besser.« Sie lächelte, doch ihr Herz wurde schwer. Eine Einladung auf das Boot bedeutete, dass er reden wollte, und das hieß, dass sie alles noch einmal durchkauen würden. Ein weiterer grauenvoller Abend stand ihr bevor, an dem sie ihrem lieben Freund dabei zuhören musste, wie er sich selbst verdammte. Und das alles nur, weil er noch am Leben war.

Marie versuchte, sich auf Leahs Stalker zu konzentrieren. Das war sehr viel weniger belastend.

»Es fing mit einem Strauß Blumen vor der Tür an.« Leah Kingfield sah von Carter zu Marie. »Ich dachte mir nicht viel, aber jetzt ...« Sie zuckte mit den Schultern.

»War eine Karte dabei?«, fragte Carter.

Sie nickte. »Es stand nur ein einfaches X drauf, und ich habe sie leider weggeworfen.« Sie senkte den Blick. »Ich habe einen Freund, wissen Sie?«

»Sind Sie sicher, dass nicht er Ihnen die Blumen geschickt hat?«, meinte Marie.

»Ja. Blumen sind definitiv nicht sein Ding. Ein Buch über parapsychologische Phänomene vielleicht, aber vierundzwanzig rote Rosen? Auf keinen Fall.«

Marie hob die Augenbrauen. »Zwei Dutzend? Der Kerl ist schon mal kein Geizhals.«

Carter runzelte die Stirn. »Wann genau lagen die Blumen vor der Tür?«

Leah griff nach einem Zettel auf dem Couchtisch. »Tante Ruth hat mir geraten, alles aufzuschreiben – Datum, Ort und so weiter.«

»Sehr professionell.« Carter nahm den Zettel aus ihrer schlanken Hand.

Marie sah sich in der Wohnung um. Es war bei Weitem keine typische Studentenbude. Es sah zwar nicht so antiseptisch aus wie bei Carter, aber es war aufgeräumt, und nirgendwo lag Staub. Marie nahm an, dass Tante Ruth Leah finanziell unter die Arme griff und sich diese mit dem Geld auch eine Putzfrau leisten konnte. »Wohnen Sie allein?«

»Nein. Ich habe eine Mitbewohnerin, aber sie ist gerade mit ihren Eltern im Urlaub an der Algarve.«

»Das heißt, Sie wohnen tatsächlich allein, bis sie wieder da ist?«

»Es klingt sicher albern, aber ich schlafe so lange bei Tante Ruth. Ich bin heute nur hergekommen, um mit Ihnen zu reden und ein paar Klamotten und andere Kleinigkeiten zu holen. Die Sache hat mir ziemliche Angst eingejagt.«

»Das ist gar nicht albern«, meinte Carter. »Sondern sehr vernünftig.«

Marie sah sich immer noch um. Nicht gerade billig. Nette Gegend. »Gibt es eine Videoüberwachung?«

»Das ist ja das Seltsame. Irgendwie ist er den Kameras immer ausgewichen, und ich habe keine Ahnung, wie er das gemacht hat. Die sind hier überall.« Sie stand abrupt auf.

»Tut mir leid, wo sind nur meine Manieren? Darf ich Ihnen etwas zu trinken anbieten? Polizisten lieben doch Tee, oder?«

Die beiden nickten. »Zwei Mal, mit Milch, ohne Zucker, bitte«, bestellte Carter.

Leah verschwand in der Küche, und Carter reichte Marie die Liste, die diese schnell durchging. Es hatte mit Nachrichten unter den Scheibenwischern begonnen. Dann wurden Liebesbotschaften unter der Tür durchgeschoben, und da war dieses Gefühl, beobachtet zu werden. Irgendwann hatte Leah tatsächlich eine männliche Gestalt entdeckt, die aus dem Schatten zu ihrer Wohnung hinaufstarrte, und in letzter Zeit folgte ihr jedes Mal ein dunkler Van, wenn sie die Wohnung verließ. Sie war ihm allerdings noch nie nahe genug gekommen, um das Nummernschild zu entziffern. Dazu kamen die anonymen Anrufe, meistens in der Nacht. Der Mann sagte zwar nie etwas, aber Leah hörte leises, schnelles Atmen. Die Anrufe jagten ihr am meisten Angst ein.

Marie nahm ihren Teebecher entgegen und stellte ihn auf den Couchtisch. »Haben Sie einen Verdacht, wer es sein könnte? Ein Ex, von dem Sie sich getrennt haben? Ein Kommilitone? Vielleicht jemand, der zu schüchtern ist, um Sie anzusprechen?«

Leah setzte sich auf das Sofa und zog die langen Beine unter sich. »Ich zerbreche mir schon die ganze Zeit den Kopf darüber, Detective, und Tante Ruth hat mich bereits dasselbe gefragt. Aber ich habe keine Ahnung, und das macht mich echt fertig.«

Marie fand es ebenfalls bedenklich. Stalker waren nicht normal. Es war eine perverse und unheimliche Art, sich jemandem zu nähern. Sie sah durch das große Panoramafenster nach draußen zu einem dichten Waldstreifen, der gleich hinter dem Haus begann. Na toll! Der perfekte Platz für einen Spanner. Sie fing Carters Blick auf und deutete mit dem Kopf in Richtung Fenster. Er nickte. Er hatte es auch gesehen.

Carter wandte sich an die junge Frau. »Hören Sie, Leah. Wir nehmen die Sache sehr ernst. Ich würde vorschlagen, Sie bleiben bei Ihrer Tante, bis wir ihn haben. Und achten Sie darauf, dass Sie nie allein unterwegs sind. Ich werde einen Officer abstellen, der Sie im Auge behält, und wir geben Ihnen unsere Handynummern. Wenn Sie Angst bekommen, rufen Sie sofort an, und falls der Kerl nicht bald verschwindet, überwachen wir Ihr Handy. Einverstanden?«

Leah nickte. »Was will dieser Typ von mir?«

Das willst du nicht wissen, dachte Marie.

»Vermutlich gar nichts, Leah«, antwortete Carter. »Wahrscheinlich ist es ein liebeskranker Teenager, der sich in Sie verknallt hat. Falls er Ihnen einmal auf der Straße begegnen sollte, läuft er sicher gleich davon, weil er viel zu große Angst hat, Sie anzusprechen.«

Ein liebeskranker Teenager, der sich zwei Dutzend rote Rosen leisten kann? Der Typ ist pervers, und wenn er den üblichen Mustern folgt, wird er sich bald nicht mehr mit anonymen Anrufen zufriedengeben.

Marie bemühte sich um ein beruhigendes Lächeln. »Sergeant McLean hat recht. Wir schnappen uns den kleinen Mistkerl, ziehen ihm die Ohren lang, und Sie haben wieder Ihre Ruhe.«

Carter erhob sich. »Ich würde sagen, Sie holen Ihre Sachen, und wir folgen Ihnen bis zu Ihrer Tante nach Hause. Einverstanden?«

Marie fragte sich, wie viel von dem Schwachsinn Leah ihnen tatsächlich abgekauft hatte. Nicht viel, vermutlich. Sie wirkte intelligent und studierte immerhin Psychologie. Nein, sie wusste mit Sicherheit genauso gut Bescheid wie sie beide. Sie hatten schrecklich gönnerhaft geklungen! Marie öffnete die Tür und wünschte, sie hätten Leah die Wahrheit gesagt. Dann hätte sie zumindest gewusst, wo sie stand – auch wenn es keine angenehme Position war.

Jackman verbrachte den Rest des Tages damit, aus Suzanne Hollands Leben schlau zu werden. Es war nicht einfach.

Robbie Melton war in diesem Fall bei Weitem der Engagierteste. Er befand sich auf einer Art Kreuzzug, und Jackman hatte nichts dagegen. Max und Charlie mochten keine aufgewärmten Fälle. Ihnen gefielen der Adrenalinschub beim Entschlüsseln frischer Beweise und die Befragung von Zeugen, die sich tatsächlich noch an etwas erinnerten.

Ungelöste Fälle waren am Anfang immer mühsam. Bis zu dem Punkt, an dem man einen neuen Hinweis fand. Dann änderte sich mit einem Mal alles.

Bis jetzt hatten sie allerdings nichts gefunden, abgesehen von einem alkoholkranken Ex-Mann, der jedes Mal viel zu betrunken war, um ihn zu befragen.

Jackman sah auf die Uhr. Schluss für heute. Morgen ergaben sich vielleicht neue Erkenntnisse.

Stone Quay war ein einsamer Ort, an den es kaum Besucher verschlug. Der Westland River war hier besonders breit, und so war der Kai kilometerweit von jeglicher Zivilisation entfernt. Vor Jahren war hier eine kleine Werft gewesen, doch die war mittlerweile verlassen, und das einzige noch stehende Gebäude hatte keine Fenster mehr und war im Verfall begriffen.

Das einzige Schiff weit und breit war ein altes Rettungsboot mit dem Namen *Eva May*. Es stammte aus den 1930ern, und in seinen Glanzzeiten hatte es selbst gegen die stürmischste See bestanden und in Seenot Geratene und seine eigene tapfere Besatzung jederzeit sicher nach Hause gebracht.

Im Moment war das Boot auf einem schweren Holzgestell aufgebockt und wartete darauf, wieder zu Wasser gelassen zu werden.

Carter und Marie saßen nebeneinander auf dem glatten, sandgestrahlten Achterdeck und tranken Bier. Die Sonne ging langsam unter, und der Himmel wurde von atemberaubenden Streifen in Lila, Rosa und flammendem Orange durchkreuzt.

»Wenn ich die Superintendentin wäre, würde ich mir sehr große Sorgen um meine Nichte machen«, bemerkte Marie.

»Und der Umstand, dass sie die Nichte einer hochrangigen Polizeibeamtin ist, macht es noch schlimmer, was?«

»Klar. Es kommt zwar nicht oft vor, dass die Familie in die Schusslinie gerät, aber dort draußen gibt es einige echt miese Typen, und ich wette, Ruth Crooke hat eine Menge davon in den Knast gebracht.«

Carter nickte. »Ja. Ich mag sie zwar nicht – ich würde sie nicht einmal anpinkeln, wenn sie in Flammen stünde –, aber sie hat zahllose einwandfreie Verhaftungen auf dem Konto. Wenn ich Kinder hätte, würde ich mir vor Angst um sie in die Hose machen. Ich muss sagen, dass Leah mich überrascht hat. Sie ist nett, oder? Ganz und gar nicht wie ihre Tante.«

»Die Superintendentin kann eine ziemliche Schreckschraube sein, Carter, aber ich finde sie durchaus fair. Ich hatte jedes Mal das Gefühl, dass sie hinter mir stand, wenn es Probleme gab.«

»Gut, genau so soll es sein. Es ist eine alte Geschichte,

Marie, und das ist allein etwas zwischen ihr und mir. Reden wir nicht mehr darüber, okay?«

Marie nickte und nippte an ihrem Bier.

Eine Zeit lang saßen sie in angenehmes Schweigen versunken nebeneinander, und in Marie wuchs die Hoffnung, dass Carter bloß einen friedlichen Sommerabend am Fluss verbringen wollte.

»Ich weiß, was Ray von mir will«, durchbrach Carter schließlich die Stille.

Ah, jetzt ist es so weit, dachte Marie.

»Er hat Geld beiseitegelegt. Er will, dass ich es finde und seiner Verlobten Joanne gebe.«

»Das klingt doch lösbar. Warum machst du so ein Gesicht?«

»Weil ich nicht weiß, wo das Geld ist.«

»Mmm. Verstehe.«

»Er meinte, ich würde es nicht unter seinem Namen finden. Also liegt es vermutlich auf einer Bank oder auf einem Sparkonto. Aber wie kommt ein ganz normaler, ehrlicher Kerl wie Ray an einen falschen Namen?«

Marie zuckte mit den Schultern. »Ganz leicht, vermutlich. Wenn ihm wirklich etwas daran liegt.«

»Auf jeden Fall. Seine Familie ist Abschaum, vor allem seine Zwillingsbrüder. Sie hätten das Geld sofort zum Fenster rausgeworfen.«

»Kennst du Joanne?«

»Ja, sie ist nett. Sie war Ray total ergeben und wollte ihm das Leben so schön wie möglich machen. Am meisten Freude machte ihr ein Ausflug zu IKEA, und sie verbrachte ihre Freizeit damit, für den Gefrierschrank vorzukochen und in Frauenmagazinen nach neuen Einrichtungsideen zu suchen.«

»Ach, herrje.« Marie konnte sich ein solches Leben nicht vorstellen.

Carter seufzte. »Ich weiß, aber Ray hat es geliebt, was bei seinem Vorleben auch nicht verwunderlich ist. Sie waren das perfekte Paar. Das Arbeitstier und die Hausfrau. Mittlerweile kocht Joanne für sich allein Abendessen, und Ray steht in einer Urne auf dem Kaminsims. Dank mir.«

Marie runzelte die Stirn, schwieg aber.

Carter seufzte erneut. »Stellen wir uns vor, ich wäre Ray und wollte etwas Geld für meine Hochzeit beiseitelegen. Ich hielte zwar nicht allzu viel von den Banken, aber dort würde ich wenigstens ein paar Zinsen bekommen, oder?«

»Ja, aber die sind heutzutage mehr als mickrig, und nachdem deine Hochzeit kurz bevorsteht, musst du zumindest an einen Teil davon kurzfristig rankommen, weshalb du es nicht anlegen kannst. Vielleicht suchst du dir einfach einen sicheren Ort und versteckst es.«

Carter nickte. »Vielleicht wollte Ray mir tatsächlich sagen, dass sich das Geld nicht auf der Bank befindet. Glaubst du wirklich, dass er es versteckt hat?«

Marie dachte kurz nach. »Falls ja, hat es seit über achtzehn Monaten niemand entdeckt. Auch nicht, als seine Hinterbliebenen seine Sachen durchgegangen sind.«

»Stimmt. Aber wo wäre das Geld sicher? Auf jeden Fall nicht in seinem Elternhaus. Also bleibt nur die Wohnung, aber Joanne macht dort ständig sauber. Sie schiebt die Möbel genauso oft durch die Gegend, wie sie sich die Zähne putzt.« Er hielt inne. »Außerdem bin ich überzeugt, dass Joanne nichts von dem Geld weiß. Sie ist nicht dumm, aber naiv, und eine derartige Täuschung käme ihr nie in den Sinn.

Wenn ihr jemand eine Frage stellt, gibt sie eine ehrliche Antwort. Selbst, wenn es die bösen Zwillinge sind. Nein. Ray hat ihr sicher nichts erzählt.«

»Was ist mit seinem Arbeitsplatz?«

»Nein. Ray arbeitete als Maschinenschlosser bei einem großen Traktorenhersteller in der Nähe von Swineshead. Seinen Arbeitskollegen hat er vielleicht vertraut, aber dort waren immer viele Fremde. Das ist kein Ort, um Geld zu verstecken.«

»Wo dann?« Marie gingen die Ideen aus.

Carter richtete sich so abrupt auf, dass er beinahe sein Bier verschüttete.

»Aber klar! Die *Eva May!* Genau hier. Wenn Ray nicht gerade bei Joanne war, war er auf dem Boot. Manchmal mit mir gemeinsam, manchmal mit den anderen, aber auch oft allein. Einmal war Joanne bei irgendeinem Kurs, und er hat drei Nächte lang hier geschlafen. Ein besseres Versteck gibt es nicht.«

»Aber das Boot ist doch sicher ein leichtes Ziel für Vandalen und Penner. Würdest du einen Haufen Kohle unbeaufsichtigt mitten im Nirgendwo zurücklassen?«

Er lächelte hintergründig. »Die *Eva May* ist nicht unbeaufsichtigt.«

»Das musst du mir erklären.«

»Der Kai gehörte meinem Dad. Und die Werft auch. Ihm gehörte mehr oder weniger das halbe Land.« Er räusperte sich. »Egal. Man sieht es nicht, aber die *Eva May* hat einen Nachbarn. Schon mal von Silas Breeze gehört?«

»Der verrückte Silas?«

»Genau der. Bloß, dass er gar nicht so verrückt ist, wie er tut. Klar ist er ein bisschen seltsam, aber er ist sehr loyal, und er mag mich.«

»Moment mal. Du hast seinen Bruder vor dem Ertrinken gerettet, oder? Als du noch in der Ausbildung warst?«

»So ähnlich. So dramatisch war es nicht. Stockbesoffen war er, und ich habe ihn mit dem Bootshaken rausgefischt. Aber Silas war mir dankbar.«

»Und?«

»Silas arbeitete in der Werft meines Vaters. Er hat mir das Schießen und Fischen beigebracht, und wir waren auf Dads Land wildern. Eine schöne Zeit.«

»Komm zum Punkt, Carter. Wo ist er jetzt?«

»Er wohnt in einem kleinen Cottage, etwa fünfhundert Meter von hier. Man sieht es weder von der Straße noch vom Kai aus. Es versteckt sich an einem kleinen Seitenarm des Flusses, umgeben von Schilf und niedrigen Bäumen.« Er deutete lächelnd in die entsprechende Richtung. »Dort.«

Marie schüttelte den Kopf. Sie sah keine Hütte.

»Ich glaube, nur eine Handvoll Leute wissen, dass sie da steht, und das ist ihm nur recht.«

»Wohnt sein Bruder bei ihm?«, fragte Marie.

»Eli ist vor ein paar Jahren gestorben. Silas lebt allein mit seinem Hund in dem Cottage. Auch deshalb besucht ihn niemand. Klink – der Hund – ist nicht gerade freundlich.«

»Seltsamer Name.«

Carter grinste. »Hast du denn gar nichts gelernt, nachdem sie dich aus Wales rausgeworfen haben? *Klink* heißt *wundervoll.*«

»Man lernt nie aus. Außerdem stammte mein Dad hier aus der Gegend. Er war genauso einheimisch wie du.«

»Geboren und aufgewachsen in Lincolnshire.« Carter lächelte stolz.

»Also behalten Silas und sein Köter das Boot für dich im Auge? Nett von ihnen.«

»Nach dem Tod seines Bruders wollte er nicht in seinem alten Haus bleiben. Ich habe ihm das Cottage angeboten und zahle ihm ein monatliches Taschengeld, seit die *Eva May* hier steht. Wir haben einen Dieselgenerator und einige Werkzeuge und andere Ausrüstung an Bord. Das hätte nicht funktioniert, wenn niemand in der Nähe gewesen wäre. Du hast es ja selbst gesagt: Ein verlassenes Boot wirkt wie ein Magnet auf Vandalen und gelangweilte Teenager.«

»Kannte Ray Silas?«

»Er hat ihn ein paarmal getroffen. Ray hat gerne Vögel beobachtet, vor allem Wasservögel. Deshalb hat Silas ihn akzeptiert. Die anderen waren nicht sein Ding, aber Ray mochte er.«

Marie spürte Carters wachsende Aufregung.

»Wenn ich jetzt keinen Fehler mache, dann können meine Freunde weiterziehen.«

Marie nickte. Carter brauchte einen Abschluss. Wer weiß, wie lange er es noch aushielt, dass er überall verbranntes Fleisch roch. Marie stand auf. »Dann legen wir mal los.«

Sie durchsuchten das Boot eine halbe Stunde lang, doch es war vergeblich.

Carter fuhr sich mit dem Unterarm über die schweißnasse Stirn. »Verdammt! Ich war mir so sicher.«

»Ich auch«, erwiderte Marie. »Ich sage es nur ungern, aber es wird langsam dunkel.«

Carter nickte. »Also müssen wir noch einmal über alles nachdenken.«

Er betrachtete das alte Boot.

Marie war sich sicher, dass er später noch einmal wiederkommen und die *Eva May* ein zweites Mal auseinandernehmen würde. Egal, wie dunkel es war.

Carter nahm einen Stein und schleuderte ihn aufs Wasser hinaus. Sie sahen zu, wie die Ringe sich ausbreiteten.

»Lass uns eine Nacht darüber schlafen«, drängte Marie sanft. »Ich glaube, wir sind auf der richtigen Spur, du nicht auch?«

»Schätze, schon.«

Carter atmete tief durch und folgte Marie, die bereits beim Auto war. Doch dann blieb er stehen und schnupperte. O nein! Nicht hier. Nicht jetzt, da Marie nur wenige Meter entfernt war.

»Nein«, zischte er. »Verschwindet!«

»Carter?« Marie kam auf ihn zu. »Was ist los?«

»Nein, nein«, murmelte er und sah sich um.

»Carter, du machst mir Angst.« Marie ließ den Blick über die Umgebung schweifen. Plötzlich hielt sie inne und rümpfte die Nase.

Mein Gott! Sie roch es auch!

Carter erstarrte. Bedeutete das, dass sie die anderen auch sehen konnte?

»Setz dich ins Auto, Carter. Ich fahre. Setz dich einfach rein, mach die Fenster zu und atme ein paarmal tief durch.« Marie streckte die Hand nach dem Schlüssel aus.

Geschlossene Fenster werden sie nicht aufhalten, dachte er und hätte beinahe gekichert, weil es so irrwitzig war.

»Ins Auto, Carter! Steig verdammt noch mal ins Auto!«

Er gehorchte, und sie fuhren holpernd los. Kurz darauf bremste Marie plötzlich und fuhr an den Straßenrand.

»Schau.«

Sie deutete in Richtung Horizont, wo orangefarbener Nebel aufstieg.

»Der Bauer brennt das Stoppelfeld nieder. Es ist zwar illegal, aber manche machen es immer noch. Mehr ist es nicht. Bloß ein Bauer bei der Arbeit. Okay?«

Carter schloss die Augen und ließ sich in den Sitz sinken. Wie konnte er nur so blöd sein?

»Es ist alles gut, ehrlich. Du bist in Sicherheit. Der Rauch war ein Trigger, das ist alles. Er hat einen Flashback ausgelöst. Eine Panikattacke.« Sie lächelte sanft.

»Ja, wahrscheinlich.« Carter biss sich auf die Lippe. Er würde Marie in dem Glauben lassen. Es war auf jeden Fall besser als die Wahrheit. Er erinnerte sich an ihre Reaktion, als er ihr zum ersten Mal erzählt hatte, dass ihn seine toten Freunde besuchten. Wie konnte er von Marie verlangen, dass sie etwas verstand, das er nicht einmal selbst einordnen konnte?

»Ich fahre dich nach Hause, und dann trinken wir einen starken Kaffee, in Ordnung?«

Er rang sich ein schwaches Lächeln ab und nickte.

Das hier musste aufhören. Er musste dieses verdammte Geld finden, herausbekommen, was Jack und Tom wollten, und sie endlich auf die Reise schicken. Sonst verlor er noch den Verstand.

KAPITEL 5

Am nächsten Morgen kam Marie früh in die Dienststelle. Der Ermittlungsraum war leer, weshalb sie beschloss, Laura Archer anzurufen. Die Psychologin war zwar sicher noch nicht im Büro, aber sie konnte ihr schon mal eine Nachricht hinterlassen und um einen Termin bitten.

Sie hatte nicht das Gefühl, Carter gegenüber illoyal zu sein. Zu Beginn der Behandlung hatte sie ihn oft zu den Sitzungen begleitet, und nachdem er keine Verwandten hatte, waren sie übereingekommen, dass sie für ihn sprechen durfte, wenn es die Situation erforderte. Sie hatte also seinen Segen, mit Laura in Kontakt zu treten, wenn sie das Bedürfnis hatte. Sie hinterließ eine Nachricht und startete ihren Computer.

»Marie, ist McLean schon da?«

Marie fuhr zusammen. Sie hatte gar nicht bemerkt, dass die Superintendentin das Büro betreten hatte. Sie erhob sich eilig. »Ich habe ihn noch nicht gesehen, Ma'am.« Ruth Crooke hatte tiefe Sorgenfalten auf der Stirn und dunkle Ringe unter den Augen. Carter war offenbar nicht der Einzige, der unter Schlaflosigkeit litt. »Es ist doch nichts passiert? Mit Ihrer Nichte, meine ich.«

»Leah hat tief und fest geschlafen, Marie. Aber *ich* bin um drei Uhr morgens wie eine Verrückte durch den Garten gestolpert. Ich bin mir sicher, dass jemand dort draußen war und das Haus beobachtet hat. Oder besser gesagt: Leahs Schlafzimmerfenster.«

»Wer hatte denn Dienst, Ma'am? Es waren doch Kollegen vor Ort, oder?« Sie hatte gehört, wie Carter die Streife angewiesen hatte, ein Auge auf das Haus zu haben.

»Ja, ich habe sie mehrere Male gesehen. Diesbezüglich gibt es keinen Grund zur Beschwerde. Wer auch immer dort draußen war, hat sich genau die Zeit ausgesucht, als gerade niemand da war. Wäre ich nicht dem Ruf der Natur gefolgt, hätte ich ihn gar nicht bemerkt.«

Marie fragte sich, woher der Mann wusste, hinter welchem Fenster die junge Frau schlief. Woher wusste er, dass sie bei der Superintendentin übernachtete und nicht in ihrer eigenen Wohnung? »Soll ich mich im Garten umsehen, Ma'am? Vielleicht gibt es Spuren.«

Ruth Crooke schüttelte den Kopf. »Das habe ich gleich nach Tagesanbruch erledigt. Da ist nichts.« Sie massierte sich die Schläfen. »Ich bin mir nicht einmal hundertprozentig sicher, ob wirklich jemand da war. Ich bin zwar Polizistin, aber ich war schlaftrunken, meine Blase war am Platzen, und ich hatte große Angst um Leah.« Sie zuckte mit den Schultern. »Nicht gerade die zuverlässigste Zeugin, nicht wahr?«

Marie schüttelte den Kopf. Es war seltsam. Crooke verachtete Carter und umgekehrt, aber sie schien nichts gegen Marie oder die anderen zu haben. Jackman *mochte* sie sogar, und ihm machte es nichts aus, dass Crooke ihn beim Vornamen nannte. Das tat sonst niemand.

Ruth Crooke war klug und wusste sehr genau, was in ihrem Revier vor sich ging. Andererseits war sie sehr streng, und die Regeln mussten in jedem Fall eingehalten werden. Sie war in jungen Jahren eine hervorragende und sehr aktive Polizistin gewesen, und nachdem sie es endlich zur Superintendentin gebracht hatte, hatte sie festgestellt, dass ihr der Job lag. Sie hätte es zwar nie zugegeben, aber sie mochte die bürokratischen Spitzfindigkeiten. Sie wusste alles über Leistungsindikatoren, Informationskaskaden und den ganzen anderen Mist. Und irgendwie hielt sie die Dienststelle trotz aller Bürokratie, des Budgets, der Zielvorgaben und der Arbeitspläne am Laufen.

Marie war nur nicht klar, warum Ruth Crooke darauf bestand, Carter an der kurzen Leine zu halten. Aber das war jetzt nicht wichtig, im Moment tat ihr die Superintendentin einfach nur leid. »Wenn Sie sagen, da war jemand, dann stimmt das auch.«

»Danke für Ihr Vertrauen, Sergeant. Ich wäre mir nur gerne selbst genauso sicher.« Sie wandte sich ab. »Sagen Sie McLean, dass er sofort in mein Büro kommen soll, wenn er da ist.«

»Ja, natürlich.«

Marie hatte ein außerordentlich schlechtes Gefühl bei der Sache.

Danny Hurley wirkte in dem exquisiten Laden für handgeschöpfte Schokolade mehr als fehl am Platz, und deshalb ließ ihn die Verkäuferin auch nicht aus den Augen, während er sich auf die Suche nach dem richtigen Geschenk begab. Er ließ sich Zeit, um die Schokolade und die Verpackung auszuwählen, und reichte der beunruhigten jungen Frau am Ende einen Fünfzigpfundschein, den sie sofort unter die Prüflampe hielt.

»Sie ist wohl etwas ganz Besonderes«, meinte sie.

Dannys Augen leuchteten. »Ja, das ist sie.«

Er trat aus dem Laden, spazierte zur Brücke und blieb vor ihr eine Weile stehen, um einem Straßenmusiker zuzuhören. Danny schnippte mit den Fingern zur Musik und wiegte sich im Takt, und als das Lied aus war, warf er einen Zehner in den offenen Gitarrenkoffer. »Toll, Mann. Echt toll.« Er nickte anerkennend und ging weiter. Der überraschte Musiker griff nach dem Geldschein und starrte ihm nach.

Ein zweiter Mann trat auf der Brücke neben Danny, und sie gingen schweigend bis ans andere Ufer, wo sie ein kurzes Stück am Fluss entlangschlenderten. Irgendwann ließen sie sich auf einer Bank nieder und betrachteten, immer noch schweigend, das träge vorbeifließende Wasser. Der zweite Mann war dünn und wirkte kränklich. Seine Haare hingen strähnig herab, und seine Haut sah aus wie roher Teig.

Danny sah sich eilig um, dann griff er in seine Hosentasche und holte einen Umschlag hervor. Er hielt ihn dem anderen Mann wortlos hin, der ihn einsteckte, ohne einen Blick daraufzuwerfen. »Dasselbe wie immer?«, murmelte er.

»Nein.« Danny deutete mit dem Kopf auf die Universitätsgebäude, die ebenfalls am Fluss lagen. »Dieses Mal nehmen wir das Auto. Ein roter Citroën Saxo.« Er nannte ihm leise die Autonummer und gab ihm eine Zutrittskarte und einen Schlüssel. »Mit der Karte kommst du auf den Parkplatz. Nimm den westlichen Eingang, sie parkt immer in der letzten Reihe. Die Videoüberwachung kann man vergessen, es gibt nur zwei Kameras für das gesamte Areal. Wenn du den Parkplatz exakt um dreizehn Uhr vierzig betrittst, hast du eine Minute und fünfundfünfzig Sekunden. Und falls die Polizei sie im Auge behält, ist zu dieser Zeit gerade Schichtwechsel, das heißt, dir kann nichts passieren. Verstanden?«

»Klar.«

Danny reichte ihm das Geschenk. »Stell die hier in den Fußraum auf der Beifahrerseite. Und sei vorsichtig. Die kosten ein Vermögen.«

Der Kerl grinste anzüglich und entblößte dabei seine Zahnlücken. »Die Kleine muss ja richtig heiß sein.«

Danny warf ihm einen zornigen Blick zu. »Du hast keine Ahnung, wie viel sie mir bedeutet. Und jetzt halt die Klappe und tu was für dein Geld.«

Danny marschierte wutentbrannt zurück zur Brücke. Er würde sich einen anderen Laufburschen suchen. Niemand redete so über sein Mädchen. Niemand.

Carter konnte sich kaum konzentrieren. Der Schlafmangel und Rays letzter Wunsch raubten ihm den Verstand. Wäre da nicht das »Problem« der Superintendentin gewesen, hätte er sich krankgemeldet und sich noch einmal ins Bett gelegt. Doch nach einer kurzen, ernsten Besprechung mit Crooke war ihm klar, dass ein kleines Nickerchen seiner Karriere nicht förderlich sein würde. So hatte er sich die Rückkehr in den aktiven Dienst nicht vorgestellt. Er wollte doch am Holland-Fall mitarbeiten.

Er nahm den letzten Schluck von seinem zweiten Kaffee an diesem Tag und zwang sich, nur an Leah Kingfield zu denken. Marie sah sich gerade die Aufzeichnungen der Überwachungskameras in Leahs Wohnsiedlung an. Offenbar traute sie niemandem zu, den Job ordentlich zu erledigen, und kämpfte sich lieber selbst durch die zahllosen Bänder.

Seine Gedanken schweiften erneut ab. Er hatte die arme

Rosie im Stich gelassen, um sich um Leahs Stalker zu kümmern, und nun steckte die junge Kollegin bis zum Hals in Zeugenaussagen und Berichten, mit denen er ihr eigentlich hätte helfen sollen. Es ging um einen komplizierten Drogenfall, in den eine Gangsterfamilie namens Cannon verwickelt war. Sie waren alle Abschaum, aber vor allem der älteste Sohn Louis hatte ein geradezu enzyklopädisches Wissen über die Rechtslage und vor allem darüber, wie man dem Gesetz entging. Rosie musste fehlerfrei arbeiten und sich doppelt absichern, wenn der Fall vor Gericht Bestand haben sollte.

Carter lag Papierkram dieser Art. Es fiel ihm leicht, und sein Talent für Zahlen sowie sein Verständnis für Diagramme und Polizeirecht waren wohl die einzigen Dinge, für die er seinem Vater dankbar sein musste.

Er schrieb einige Punkte auf, die er mit Rosie besprechen wollte, sobald er mehr Zeit hatte. Anschließend wanderten seine Gedanken wieder zurück zu Ray und dem verschwundenen Geld.

Vielleicht hatte es bereits jemand gefunden und mitgenommen. Bei der Familie seines toten Freundes würde ihn nichts überraschen. Er war sich so sicher gewesen, dass Ray das Geld auf der *Eva May* versteckt hatte. Vielleicht hatte er sich aber auch geirrt, und Ray war vernünftig genug gewesen, es doch auf die Bank zu bringen.

Er seufzte, nahm einen Zettel und schrieb alle möglichen Verstecke auf, die ihm einfielen. Anschließend betrachtete er die Liste eine Weile missmutig, bevor er sie zusammenknüllte und in den Mülleimer warf.

Verdammt noch mal! Komm schon, Ray. Hilf mir! Für Joanne. Und für mich. Ich will dieses dämliche Geld endlich finden!

Marie entdeckte keine neuen Hinweise auf den Überwachungsbändern. Allerdings hatte sie eine Nachricht von Laura Archer erhalten, die sie zu Mittag zu sich ins Büro einlud. Sie hasste es, etwas vor Jackman geheim zu halten, aber sie hatte keine Ahnung, wie sie ihm die Sache mit Carter, den »Halluzinationen« und ihren Besuch bei dessen Psychologin erklären sollte.

Lauras Praxis befand sich im Untergeschoss eines alten, dreistöckigen Reihenhauses an einem stillen Abschnitt des Flusses. Marie betrat das Gebäude, und sofort breitete sich ein Gefühl der Ruhe in ihr aus. So war es jedes Mal, und sie war sich nicht sicher, ob es die Praxis selbst oder die Frau war, die dort auf sie wartete. Eigentlich war es seltsam: Hier hatten sicher schon Hunderte Menschen Hilfe gesucht. Hatten Unmengen an Traurigkeit, Angst und Schmerz mitgebracht, doch man spürte nichts davon.

»Danke, dass Sie mich dazwischengeschoben haben.« Maries Blick glitt über die Regale, die sich unter den vielen Büchern bogen, die hellgrauen Wände, die friedlichen Aquarelle und die beiden bequemen Lehnstühle. Deckenfluter tauchten alles in ein warmes Licht, und nichts störte die Ruhe. Es fehlten nur eine Flasche Chablis und zwei Gläser.

»Kein Problem.« Laura deutete auf einen der beiden Stühle. »Ich halte immer eine Stunde frei, falls jemand reden will.« Sie setzte sich lächelnd in den zweiten Stuhl. »Wie geht es Ihnen? Wir haben uns schon seit mehr als sechs Wochen nicht mehr gesehen.«

»Mir geht es gut. Ich wollte über Carter reden.«

»Das dachte ich mir schon. Aber zuerst versuche ich es noch einmal, und dieses Mal will ich eine ehrliche Antwort. Wie geht es *Ihnen?*«

Marie antwortete nicht sofort. Sie sehnte sich nach einem Glas Wein. »Ich habe das Gefühl, als würde ich innerlich zerbrechen. Jemand, den ich sehr mag, hat mich in einen Dampfkochtopf gesteckt und dreht die Hitze immer höher.« Ihre Worte überraschten sie. Laura nickte, und Marie fuhr fort: »Ich fühle mich verloren. Früher hatte ich sehr klare Prioritäten und Ansichten. Ich konnte sowohl meinem Herzen als auch meinem Verstand trauen und wusste, dass ich, moralisch gesehen, immer die mehr oder weniger richtige Entscheidung treffen würde. Aber jetzt ...«

Sie biss sich auf die Lippe, damit diese zu zittern aufhörte.

»Das ist absolut verständlich. Jemand aus Ihrem näheren Umfeld hat Probleme, und Sie wollen für ihn da sein. Aber Sie sind auch eine pflichtbewusste Polizistin. Sie drücken sich nie vor Ihren Aufgaben, und Sie nehmen es Carter übel, dass er sich zwischen Sie und Ihre hundertprozentige Loyalität gegenüber Ihrem Beruf und Ihren Kollegen stellt. Es tut weh, weil Sie das Richtige tun wollen – für Carter und für die Truppe.« Sie hielt kurz inne. »Dabei müssen Sie tun, was für *Sie selbst* richtig ist, Marie. Sie sind nicht für die anderen verantwortlich.«

»Dieses Gefühl habe ich aber.«

Laura lehnte sich zurück und musterte sie. »Sie sind eine starke Frau, aber Sie dürfen nicht zur Krücke mutieren. Menschen, die sich auf Krücken stützen, werden nie lernen, auf eigenen Beinen zu stehen. Es ist gut, für sie da zu sein, aber um jemanden in jeder Hinsicht und bestmöglich zu unterstützen, braucht man beinahe Superkräfte. Sowohl psychisch als auch körperlich.« Sie seufzte. »Bitte verzeihen Sie, aber Sie sehen erschöpft aus.«

»Ich wünschte, ich könnte einfach einen Schritt zurücktreten und die Sache aus einem anderen Blickwinkel sehen.«

»Genau das sollten Sie tun.«

»Aber wie soll das gehen? Wir suchen nach einer Vermissten und haben jetzt auch noch einen zweiten immens wichtigen Fall dazubekommen«, murmelte Marie und fand es schrecklich, wie vorwurfsvoll sie klang.

Laura lachte leise. »Mir ist klar, dass Sie sich nicht körperlich herausnehmen können, aber Sie können die Situation anders betrachten.« Sie lehnte sich vor. »Es gibt da einige sehr hilfreiche Techniken. Wollen Sie eine versuchen?«

Marie zuckte mit den Schultern. Was hatte sie schon zu verlieren, abgesehen von ein paar Minuten ihrer kostbaren Zeit? »Dieses New-Age-Zeug ist zwar nichts für mich, aber warum nicht? Ich bin dabei.«

»Gut. Sie sprachen vorhin über neue Blickwinkel. Haben Sie schon einmal Google Earth benutzt?«

Marie nickte. Seltsame Frage. »Bei der Arbeit brauchen wir es dauernd.«

»Schließen Sie die Augen und denken Sie an das Programm. Aber wir werden es umgekehrt benutzen. Wir zoomen nicht näher, sondern immer weiter weg von dem Stuhl, in dem Sie sitzen.«

Marie legte den Kopf zurück und schloss die Augen. Lauras Stimme war beinahe hypnotisch.

»Hier sind Sie. Marie Evans, mit all Ihren Sorgen. Sie sitzen in diesem Stuhl, in diesem Zimmer, in diesem Haus, in dieser Straße. Stellen Sie sich vor, wie Sie mühelos nach oben steigen, raus aus Ihrem Körper und zu diesem Satelliten, der die Erde umkreist. Behalten Sie sich weiter im Auge, aber erlauben Sie sich, durch die Decke zu schweben, durch die Stockwerke über uns, durch das Dach und hinaus in den Himmel. Fliegen Sie durch die Wolken, höher und höher, bis ins Weltall. Beobachten Sie, wie die Stadt zu einem Punkt auf der Landkarte schrumpft; das Land, das sie umgibt, eine verschwommene Mischung aus Grün und Braun, bis Sie die Umrisse der Insel erkennen können, auf der wir uns befinden. Sind Sie noch bei mir?«

Marie schaute durch die Wolken hinab und nickte.

»Können Sie sich selbst noch erkennen? Ihre Probleme?«

»Nein, ich bin zu weit weg. Sie sind zu klein.«

»Genau. In jedem Haus in jeder Straße dieser Stadt leben Menschen mit Problemen, und sie scheinen alle unüberwindbar. Aber von dem Punkt aus, an dem Sie sich gerade befinden, ist alles winzig klein.«

Marie kehrte widerwillig auf die Erde zurück.

»Das ist ein Weg, dem Druckkochtopf zu entkommen, wenn auch nur für einen kurzen Moment.«

»Wow! Haben Sie noch mehr davon?« Marie atmete tief ein. »Einen Moment lang habe ich mich richtig gut gefühlt. So weit fort von allem.«

Laura nickte. »Klar. Es gibt einige Entspannungsübungen, die vielleicht helfen. Sie sind sehr empfänglich für diese Dinge – auch wenn Sie das anders sehen.«

»Vielleicht, weil ich eine walisische Hexe als Mutter habe.«

»Wurden Sie schon einmal hypnotisiert?«

»Nein.«

»Sie wären hervorragend geeignet.« Laura lächelte. »Im Gegensatz zu Carter.«

Marie wusste sofort, warum das so war.

»Aber ich schweife ab. Erzählen Sie mir, was Ihnen gerade am meisten Sorgen bereitet.«

Marie streckte sich und atmete tief durch. Dann erzählte sie Laura von Carter und den abendlichen Zusammenkünften mit seinen toten Freunden.

»Verstehen Sie mich nicht falsch, ich kann durchaus nachvollziehen, dass er glaubt, sie in einer Menschenmenge entdeckt zu haben. Ich kann mir sogar vorstellen, dass er mit ihnen spricht. Das ist normal. Mir ging es nach Bills Tod nicht anders. Ich rede heute noch manchmal mit ihm, aber dabei ist mir vollkommen klar, dass ich mich eigentlich mit mir selbst oder mit einer Fantasiegestalt unterhalte. Und ich bekomme keine Antwort. Nie.«

»Aber Carter schon.«

»O ja. Ich habe keine Ahnung, wie ich damit umgehen soll, Laura. Er klingt so unbekümmert, als ob er mit ihnen ins Pub gehen würde, und im nächsten Augenblick erzählt er, wie sie verbrannt sind.« Sie seufzte zitternd. »Wenn ich ihn nicht so gut kennen würde, würde ich ihn für verrückt halten. Oder glauben, dass er mich manipuliert.«

»Aber Sie kennen ihn, nicht wahr? Sie wissen, dass es nicht seine Schuld ist«, sagte Laura sanft. »Der Schock und die Trauer haben sein ganzes Leben verändert. Es ist, als würde er vergeblich versuchen, den Schaltkreislauf in seinem Kopf neu zu programmieren. Er arbeitet sich durch die verschiedenen Phasen der Trauer, aber sie sind durcheinandergeraten. Ich glaube, er sehnt sich verzweifelt nach einem Abschluss. Danach, die Geschehnisse zu akzeptieren. Aber er wird immer wieder durch Verleugnung und Schuldgefühle vom Weg abgebracht.«

»Wird er je wieder in sein altes Leben zurückfinden?«, platzte Marie heraus. »Ich meine, er arbeitet und macht einen verdammt guten Job, aber ich habe Angst, dass das alles nur eine ausgeklügelte Fassade ist.«

»Sein Leben ist nicht ruiniert, es hat sich nur wesentlich verändert. Ich bin mir sicher, dass er es überstehen wird. Sie sind einander sehr ähnlich. Sie haben beide einen starken Willen, fühlen sich wohl in Ihrer Haut und wissen, wer Sie sind. Er wird überleben, Marie. Aber wenn ich davon rede, dass er es ›durchstehen‹ muss, dann meine ich genau das. Er muss den ganzen schrecklichen Prozess durchleben. Es gibt keine Abkürzungen und keinen Weg außen herum. Er muss über die glühenden Kohlen gehen, bis er auf der anderen Seite angelangt ist.«

»Das heißt, ich spiele bei seinen bizarren Vorstellungen einfach mit?«

»Die Idee, jedem seiner Freunde einen letzten Dienst zu erweisen, ist gar nicht so bizarr. Immerhin ›entlässt‹ er den jeweiligen Freund danach, und ich würde sagen, dass er damit eine gute Methode entwickelt hat, um diesem Albtraum zu entkommen und in die Realität zurückzukehren. Sie nicht auch?«

»Vielleicht. Ich hoffe es zumindest. Aber was ist mit diesen ›Diensten‹, die er seinen Freunden erweisen will? Kennt er sie bereits? Haben seine Freunde darüber gesprochen, als sie noch am Leben waren, und jetzt erinnert er sich unbewusst daran und greift darauf zurück, um Wiedergutmachung zu leisten?«

»Ja, mit ziemlicher Sicherheit. Carter erinnert sich an vergangene Gespräche und verwandelt sie in neue. Es ist möglich, dass er sie nach dem Unfall tatsächlich vergessen hat und jetzt alles wiederkommt.«

»Dann sind die Unterhaltungen mit seinen toten Freunden also einfach Erinnerungen. Das klingt sehr plausibel, wenn man hier sitzt. Aber wenn Carter davon erzählt, ist es verdammt unheimlich.« Marie erschauderte.

»Hören Sie ihm einfach zu, Marie. Diskutieren Sie nicht mit ihm, aber versuchen Sie, die Stimme der Vernunft zu sein. Helfen Sie ihm, mit beiden Beinen am Boden zu bleiben.« Laura sah sie eindringlich an. »Aber nicht auf Ihre Kosten, ja?«

»Ich werde es versuchen. Ich hoffe, es war in Ordnung, dass ich das alles auf Sie abgeladen habe, aber sein letzter Anruf um drei Uhr morgens und dann die Panikattacke, als er den Brandgeruch wahrgenommen hat ... Das hat mich fertiggemacht.« Marie schüttelte den Kopf. »Ich hatte Angst, das Falsche zu tun. Sie wissen schon, ihn in seinen Wahnvorstellungen zu bestärken.«

»Ich glaube ehrlich, dass er damit einen sehr guten Weg gefunden hat, um das Band zu durchtrennen, das ihn mit seinen toten Freunden verbindet. Und je schneller er seine Aufgaben erfüllt, desto eher kann er weiterziehen.«

Marie erhob sich und streckte die Hand aus. »Danke, Laura, dass Sie mir zugehört haben.«

»Jederzeit.« Laura warf ihr einen durchdringenden Blick zu. »Und das meine ich ernst, Marie. Lassen Sie sich nicht zu sehr hin und her reißen. Seien Sie für Ihren Freund da, machen Sie Ihren geliebten Job – aber beides zu Ihren eigenen Bedingungen. Lassen Sie sich nicht von Ihren Gefühlen oder dem schlechten Gewissen quälen.«

Marie nickte.

Das war leichter gesagt als getan.

»Und vergessen Sie nicht Google Earth.«

Als Marie zurück ins Büro kam, musterte Carter sie fragend. »Alles erledigt?«

»Mehr oder weniger.« Sie hängte die Jacke über die Stuhllehne. »Gibt es etwas Neues im Fall Leah?«

Carter schüttelte den Kopf. »Nichts Konkretes. Aber Max hat ein Stück von ihrer Wohnung entfernt eine Straßenüberwachungskamera ausfindig gemacht. Er hat sich die Aufzeichnungen durchgesehen und einen Mann entdeckt, den er als ›zwielichtig‹ beschrieben hat. Er hat das Bild an die IT-Abteilung geschickt, damit sie es bereinigen. Es ist ziemlich körnig, also erhoffen wir uns nicht zu viel.« Er verzog das Gesicht. »Ehrlich gesagt, fällt es mir schwer, an etwas anderes außer an Ray und das Geld zu denken.«

»Dann gib dir mehr Mühe, Carter. Crooke wird immer nervöser.«

»Vielleicht habe ich nicht so ein schlechtes Gefühl wie du wegen Leah Kingfield. Es kommt doch andauernd vor, dass ein Typ verrückt nach einer Frau ist. Nur, weil er es auf eine vollkommen falsche Art zeigt, bedeutet das doch noch lange nicht, dass er auch *gefährlich* ist.«

»Und du bist bereit, das Risiko einzugehen, oder wie?«

»Natürlich nicht. Außerdem bist du diejenige mit dem todsicheren Bauchgefühl. Du weißt, dass ich mich nach dir richte.«

»Das solltest du auch.« Marie warf ihm einen bemüht einschüchternden Blick zu. »Also, wo stehen wir im Fall Leah?«

»Ich hatte eine inoffizielle Unterhaltung mit einem Freund, der Streife geht. Er stellt ein paar Leute ab, die die Universität im Auge behalten. Die Uni weiß Bescheid.« Er sah auf die Uhr. »Im Moment langweilt sie sich gerade in einem zweistündigen Seminar zu Tode. Sie hat ein eigenes Handy mit einer direkten Verbindung zur Einsatzzentrale und ihrer Tante Ruth bekommen. Ehrlich gesagt, glaube ich nicht, dass wir aus den bisherigen Ereignissen viele Rückschlüsse ziehen können. Die meisten Erfolgsaussichten haben wir, wenn wir sie weiter überwachen und hoffen, dass er irgendwann auftaucht.«

Ein junger Zivilist trat mit einem großen, ausgedruckten Schwarz-Weiß-Foto an den Tisch.

»Sarge? Das hier ist von Orac. Sie sagt selbst, dass es scheiße ist, aber sie ist nicht für die Qualität der Videoaufzeichnung verantwortlich.«

Marie grinste. Die Leiterin der IT-Abteilung nahm kein Blatt vor den Mund.

Carter nahm das Foto und betrachtete es. »Verdammt noch mal. Mehr schaffen Sie nicht?«

Der Mann wirkte niedergeschlagen. »Tut mir leid, aber die Filmqualität war Mist. Orac meinte, die Kameras dort wären zuletzt zur Ergreifung von Jack the Ripper im Einsatz gewesen. Die gehören ins Museum.«

Carter nickte. »Na gut, danke an Orac, dass sie es wenigstens versucht hat.« Er betrachtete das körnige, undeutliche Bild erneut.

»Gib mal her«, meinte Marie.

»Es ist wirklich scheiße. Sieh selbst.«

Sie nahm es und fluchte leise. »Du hast recht. Ich bin mir nicht einmal sicher, ob es ein Mann oder eine Frau ist.« Sie war überzeugt davon, dass es sich bei der Person um Leahs Stalker handelte, aber es war unmöglich, ihn zu identifizieren. Es hätte jeder der hundert Halbstarken in dieser Gegend sein können.

»Ich glaube schon, dass es ein Mann ist«, erwiderte Carter. »Und vermutlich auch Leahs Bewunderer. Aber wir brauchen unbedingt ein besseres Bild. Das hier ist nichts wert.«

Marie legte den Ausdruck beiseite. »Haben die Kameras in der Nähe von Superintendentin Crookes Haus letzte Nacht etwas aufgezeichnet?«

»Nichts. Es ist, als wäre er vom Himmel direkt in ihre Blumenbeete hinabgestiegen.« Carter zuckte mit den Schultern.

Marie spitzte die Lippen. »Dann hat ihn die verstärkte Überwachung also nicht aus dem Konzept gebracht. Er will unbedingt an Leah herankommen, nicht wahr?«

»Ja, er ist sehr hartnäckig«, stimmte Carter ihr zu.

»Und was jetzt?«

»Ich schätze, wir müssen auf seinen nächsten Schritt warten.« Er lächelte grimmig. »Ich wette, es dauert nicht allzu lange.«

»Meinst du?«

»Ja, das meine ich.« Carter ließ sich tiefer in seinen Stuhl sinken und sah zu ihr hoch. »Ich fahre heute Abend noch mal raus zum Boot. Kommst du mit?«

»Heute nicht. Tut mir leid.« Marie biss sich auf die Lippe und dachte an Lauras Worte. Sie brauchte dringend eine Auszeit. »Gary kocht. Seine Schwester hätte heute Geburtstag gehabt, und er will das tun, was er immer getan hat – etwas Besonderes zum Abendessen kochen.«

»Verstehe. Das ist nett.«

»Was hast du vor? Willst du die *Eva May* Planke für Planke auseinandernehmen?«

»Keine Ahnung, wäre vielleicht keine schlechte Idee.«

»Silas Breeze.« Marie stutzte. Der Gedanke war ihr in diesem Moment erst gekommen.

»Silas? Was ist mit ihm?«

»Rede mit ihm, bevor du dein geliebtes Boot in Kleinholz verwandelst. Du hast gesagt, dass er sich gut mit Ray verstanden hat. Wenn man auf einen besonderen Vogel wartet, der sich nur alle vierzig Jahre blicken lässt, unterhält man sich doch sicher miteinander, um sich die Zeit zu vertreiben, oder?«

Euphorie und Erleichterung machten sich auf Carters attraktivem Gesicht breit.

»Manchmal würde ich dich am liebsten küssen, Detective Sergeant Evans!«

»Denk nicht einmal dran!«, erwiderte Marie gespielt entsetzt. »Ich nehme das Lob in aller Würde an, aber den schmalzigen Teil lassen wir doch besser aus.«

»Silas! Natürlich! Warum habe ich nicht gleich an ihn gedacht?«

»Weil die Angelegenheit zu persönlich ist. Versuche, sie wie einen Fall zu behandeln und wie ein Polizist zu denken. Dann funktioniert es besser.«

»Du hast wie immer recht. Ich werde gleich heute Abend mit Silas reden. Aber jetzt – zurück an die Arbeit.«

Marie sah ihm nach, wie er sich mit großen Schritten entfernte. Das war schon eher der alte Carter. Wenn er sich erst einmal festgebissen hatte, gab es kein Halten mehr, und wenn er seine Entschlossenheit dazu einsetzte, seinen Freunden einen letzten Dienst zu erweisen, dann konnten sie vielleicht alle Frieden finden.

Zehn Minuten später trat er erneut aus seinem Büro. »Weißt du, was? Unser Freund konnte es nicht lassen. Er hat schon wieder versucht, Leahs Aufmerksamkeit zu gewinnen. Dieses Mal lagen teure Pralinen in ihrem Auto. Ihrem *verschlossenen* Auto.«

»Scheiße, wie, zum Teufel, hat er das geschafft? Direkt vor unserer Nase?«

»Entweder hat er Glück, oder er ist extrem schlau.«

Soweit Marie wusste, gab es nur einen Laden in der

Stadt, der hochwertige Schokolade verkaufte. Dort konnten sie doch sicher an die Identität des Kunden gelangen. Oder hatte er jemand anderen geschickt? Und wie, zum Teufel, hatte er es am Sicherheitssystem der Uni vorbei geschafft und war in das verschlossene Auto gelangt? Ihr Kopf drehte sich.

Carter setzte sich auf ihre Tischkante. »Ich glaube, das hat nichts mit Glück zu tun. Der Kerl ist schlau. Die uniformierten Kollegen waren schon in dem Laden, und weißt du, was? Er hat bar bezahlt, und sie haben keine Überwachungskameras. Es besteht kein Bedarf.«

»Was ist mit den Kameras auf der Straße?«

»Die gibt es dort auch nicht.« Er drehte seinen Stift zwischen den Fingern. »Er ist wirklich clever. Ach ja, und das Auto wurde nicht aufgebrochen. Er hat einen Schlüssel verwendet. Was glaubst du, wo er den herhat?«

»Von Leah vermutlich, ohne ihr Wissen. Auf einer Party, vielleicht? Irgendjemand klaut den Schlüsselbund und macht einen Abdruck. Oder er weiß, wo sie den Ersatzschlüssel aufbewahrt, und hat ihn sich kurz *ausgeliehen.*«

»Was bedeutet, dass er in etwa gleich alt ist wie Leah. Vielleicht ein Studienkollege? Möglicherweise hatte ich recht, und es ist tatsächlich ein verknallter Idiot, der nicht genug Eier hat, um ihr seine Liebe zu gestehen.«

»Anziehung. Besessenheit. Zerstörung«, murmelte Marie leise.

»Die drei Stufen des Stalkings«, fuhr Carter fort. »Ich frage mich, ob Crooke gerade dasselbe denkt. Wenn ja, dann macht es sie sicher fertig.«

»Sie denkt garantiert an nichts anderes.« Marie spürte die Kälte, die sich in ihr ausbreitete. »Sie muss außer sich vor Sorge sein.«

Marie hasste Stalker. Sie hatten etwas Verstörendes an sich, schienen außer Kontrolle und krank. Carter gegenüber hatte sie behauptet, dass ihr selbst so etwas noch nicht passiert war, aber das stimmte nicht. Monatelang hatte sie sich ständig umgedreht. Sie wusste, was Leah durchmachte. In diesem Augenblick hätte sie ein ganzes Monatsgehalt dafür gegeben, diesen dreckigen kleinen Stalker so schnell wie möglich ins Gefängnis werfen zu können.

KAPITEL 6

Irgendwo glitt eine Feldlerche durch die Abendluft. Ihr Gesang war über die Marsch bis hin zum Cottage zu hören. Carter hatte Silas früher oft in der Ferne gesehen. Eine dunkle Silhouette im Dämmerlicht. Silas Breeze fügte sich wie ein nicht greifbarer Schatten in die Marsch.

Genauso wie ihr Besitzer war auch die altersschwache Hütte zu einem Teil der Landschaft geworden und zwischen dem Schilf und den struppigen Bäumen kaum zu sehen. Sie war Jahrzehnte vor Carters Geburt gebaut worden und hatte sogar die große Flut im Jahr 1953 überstanden.

Er rief nach seinem alten Freund. Seine Stimme hallte über das Wasser und verlor sich in der Stille. Nicht einmal Silas' Hund antwortete. Die Tür zum Cottage war unversperrt. Carter warf einen Blick hinein und lächelte. Es erinnerte ihn an seine Kindheit und die Jagdhütte seines Vaters. Vor allem wegen des Geruchs – eine Mischung aus altem Leder, frisch geschlagenem Anmachholz, Kräutern und eingelagertem Knollengemüse. Und Blut. Der unverkennbare Geruch eines abgezogenen Hasen oder eines frischen Fasans. Es erinnerte ihn an die guten Tage. Wenn er weit fort von seinem Vater war.

Die Habseligkeiten des alten Mannes lagen auf dem Eichentisch verstreut. Carters Blick fiel auf ein paar abgegriffene, vergilbte Bücher, eine alte Zigarrenschachtel mit handgeknüpften Angelködern, einen angekauten Markknochen, drei Milchkartons und eine Waage mit rostigen Gewichten.

Dicht vor dem rußverschmierten Kamin befanden sich zwei dick gepolsterte Lehnstühle. Neben einem stand ein kleiner runder Holztisch mit einem Whiskyglas und einer Lesebrille, auf dem anderen Stuhl lag eine Decke voller Haare. Carter sah Silas und Klink vor sich, die am Abend wie ein altes Ehepaar zusammen vor dem Kamin saßen.

Carter betrachtete das Bild über dem Tisch. Die Farben waren durch das Sonnenlicht verblasst, und winzige Insekten klebten auf dem Glas. Carter erinnerte sich, wie er es auf dem Dachboden seines Elternhauses vorsichtig von einem Stapel anderer gerahmter Gemälde gehoben hatte. Das alte Aquarell zeigte einen schäbig gekleideten Mann, der einen Lachs aus einem Fluss zieht. Neben dem Mann liegen ein Hund, die Angelausrüstung und eine große Tasche. Der Titel lautete »Der Wilddieb«, und als Junge war Carter überzeugt gewesen, dass es sich bei dem Mann um Silas handelte. Er hatte gewartet, bis sein Vater wieder einmal auf Geschäftsreise war, dann hatte er das Bild in eine alte Pferdedecke gewickelt und es zu Silas gebracht. Der hatte es lange und eingehend betrachtet und schließlich genickt. Seitdem war das Bild Bestandteil seines Lebens.

Carter schloss die Tür und wollte zur *Eva May* gehen, um dort auf die Rückkehr des alten Mannes zu warten.

Doch irgendetwas hielt ihn zurück. Also setzte er sich, lehnte sich mit dem Rücken an die mit Flechten bewachsene Wand und hielt sein Gesicht in den sanften Wind. Er fühlte sich beinahe »normal«. Der Absturz hatte sein ganzes Leben vergiftet, aber manche Teile seiner Kindheit konnte er Carter nicht nehmen. Zum Beispiel die Tage, die er mit Silas und dessen Bruder Eli verbracht hatte.

Carters Blick wanderte den kleinen Zufluss entlang, und er sah, dass sich die Wasseroberfläche kräuselte. Ein Boot kam näher.

Carter stand auf, wischte sich das Moos von der Hose und sah Silas' verwitterte alte Jolle. Er winkte zur Begrüßung, und Klink antwortete mit einem fröhlichen Bellen.

»Es ist doch nichts passiert, Junge?«

»Nein, gar nichts, Silas. Ich wollte nur mal ein freundliches Gesicht sehen – und dich vielleicht zu einem gemeinsamen Glas überreden.« Er zog eine Flasche Whisky aus der Tasche und hielt sie dem Alten entgegen.

Silas' Falten wurden tiefer, wenn er lächelte. »Ich würde sagen, dieser Abend ist wie dafür gemacht.« Das Lächeln wurde breiter. »Hier, nimm.«

Carter nahm dem alten Mann das nasse Seil ab und befestigte es geschickt an der Dalbe. Klink hüpfte vom Boot und sprang aufgeregt um Carter herum. »Hey, Kumpel. Wie läuft's?« Er kraulte den alten Hund hinter den Ohren. So ein sanftes Tier. Dennoch konnte er Fremden einen Mordsschrecken einjagen.

Sie stapften zum Cottage hoch. Silas hob mehrere Gartengeräte von einer alten Holzbank, während Carter sich im Inneren der Hütte nach zwei geeigneten Gläsern umsah. Der Abend war zu schön, um drinnen zu sitzen, und Silas wusste, dass Carter sich in geschlossenen Räumen unwohl fühlte.

Der alte Mann setzte sich und hob sein Glas, um seinem

Gast zuzuprosten. »Also. Du willst mich etwas fragen, nicht wahr, Junge?«

Carter sah ihn an. »Du wusstest es die ganze Zeit.«

»Vielleicht. Stell die Frage, dann wissen wir es.«

»Ray hat dir vertraut, oder?«

»Er war ein guter Junge. Was für eine Schande.« Silas starrte über den Fluss hinweg. »Er fürchtete sich nicht vor harter Arbeit, und er hat die Fens und die Vögel hier geliebt.« Er seufzte und nippte an seinem Drink. »Aye, wir haben ab und an geredet.«

»Über Geld, vielleicht?«

»Auch.«

Carters Gesicht wurde hart. Er liebte den alten Kauz, aber er hatte keine Lust auf Spielchen. »Ich muss wissen, wo es ist, Silas. Damit ich es Joanne bringen kann. Sie braucht es, und Ray will, dass sie es bekommt.«

»Er hat mir von seiner nichtsnutzigen Familie erzählt. Aber hör mal. Er meinte, es gibt da ›etwas‹, worüber er sich Gedanken macht. Er redete allerdings nicht von Bargeld, sondern von einem *Ding.*«

»Hat er es dir gegeben?«

»Nein, aber ich kann dir helfen, es zu finden.« Silas rieb sich nachdenklich das Kinn. »Hast du vorhin gesagt: Ray *will,* dass sie es bekommt?«

Carter atmete tief durch. Er hatte Silas noch nie etwas vormachen können. »Ich sehe sie.«

»In der Nacht? Im Traum?«

»Nein, ich sehe sie wirklich, Silas. Wir unterhalten uns.«

Der alte Mann verschränkte die Arme und nickte. »Ja, das kann ich mir denken. Nach allem, was passiert ist.« Er nickte wieder. »Das kann ich mir denken.«

Carter beruhigten die Worte seines Freundes ungemein,

auch wenn er sehr gut wusste, dass Tote und Geister zum Leben der alten Männer gehörten, die ihr ganzes Leben in den Fens verbracht hatten.

»Erinnerst du dich noch an diese eine Nacht, Junge? Kurz, bevor du zehn wurdest?«

Carter starrte in sein Glas. Ja, er erinnerte sich. Er hatte nie verstanden, was er in dieser Nacht gesehen hatte, und das tat er immer noch nicht.

Er war noch ein kleiner Junge gewesen ...

Carter wachte auf, weil jemand Kieselsteine gegen sein Fenster warf. Er kletterte aus dem Bett, sah hinaus und erkannte Silas im Schatten. Er winkte ihn zu sich.

Carter schlüpfte in eine Jeans, zog sich einen Pullover über den Kopf und schlich aus dem Haus. Silas führte ihn schweigend die Straße entlang und zum alten Friedhof. Er legte eine Hand auf die Schulter des Jungen, und sie duckten sich hinter eine zerfallene, von Efeu überwucherte Mauer. Silas legte einen Finger auf die Lippen und deutete auf den Pfad, der vom Friedhofstor zur Kirchentür führte.

Mehr als eine Viertelstunde lang beobachteten sie die winzigen, flackernden Lichter, die dort tanzten. Der Wind konnte ihnen nichts anhaben, und sie wurden jedes Mal heller, bevor sie verschwanden.

»Leichenlichter«, flüsterte Silas. »Der Tod kommt in die Stadt.«

Carter schob den widerwilligen Silas bis zur Kirchentür, doch da war nichts. Keine Lichter, keine Laternen. Nichts. Auf dem Weg zurück ins Haus löcherte der Junge Silas mit Fragen, doch der gab sich wortkarg. Die Lichter kamen, um den Sargträgern den Weg zu weisen. Manche sahen sie, andere nicht. So einfach war das.

Mehr gab es dazu nicht zu sagen.

Am darauffolgenden Freitag kam Carters Mutter mit ihrem Auto auf der Westdyke Bridge von der Fahrbahn ab und ertrank im Westland River.

Carter schenkte ihnen noch einmal zwei Fingerbreit Whisky ein. Die Lichter waren ihm jahrelang nicht aus dem Kopf gegangen. Er hatte nie jemandem erzählt, was er gesehen hatte, und er war sich sicher, dass es eine logische Erklärung dafür gab. Er hatte sie nur nie gefunden. Silas hätte ihm niemals einen Streich gespielt, so war er einfach nicht. Irgendwann war Carter zu dem Schluss gekommen, dass es Methangas gewesen war. Aus dem Boden der Marsch stiegen immer wieder Gase hoch, wenn die Bedingungen stimmten. Es war ein seltsames, aber vollkommen natürliches Phänomen. Trotzdem war Carter noch immer nicht überzeugt davon. Vielleicht hatte er als Kind zu viel Zeit mit dem alten Silas verbracht.

»Ich wünsche mir noch immer, es hätte meinen Vater getroffen. Diesen Mistkerl.«

»Mein Junge, du solltest nicht schlecht über die Toten sprechen«, erwiderte Silas streng.

Doch Carter wollte jetzt ohnehin nicht über seine Familie reden. Er wollte wissen, wo Rays Geld war. »Also, mein Freund. Hilfst du mir, Rays Notgroschen zu finden?«

Der alte Mann stellte das leere Glas auf die Bank und stand auf. »Lust auf einen Spaziergang?« Er tätschelte dem Hund den Kopf. »Komm, Klink, alter Freund. Bringen wir diesen ungeduldigen jungen Gernegroß zu dem vergrabenen Schatz.«

Jackmans Büro war ein Hafen, ein Rückzugsort von dem Chaos, das im Ermittlungsraum herrschte.

Er hatte es seinem Geschmack entsprechend mit Antiquitäten eingerichtet, die er auf Auktionen erstanden hatte. Es hingen keine offiziellen Polizeibilder an den Wänden, bloß Unmengen an Büchern standen in einem Regal, und ein Foto seines schönen und leider bereits vor langer Zeit verstorbenen Pferdes Glory hing an der Wand.

Er legte den Finger auf den Zierglobus auf seinem Schreibtisch, drehte ihn und sah zu, wie die Welt in einem bunten Strudel verschwand. »Wenn das echte Leben bloß auch so herrlich wäre«, murmelte er.

»Das ist es, wenn man richtig hinsieht.«

Jackman hob den Blick. Das elfengleiche Gesicht von Laura Archer sah zu seiner zur Hälfte offen stehenden Tür herein.

»So spät noch im Dienst? Kommen Sie rein.«

Laura setzte sich ihm gegenüber und lächelte grimmig. »Ich musste dem Amtsarzt mit einem Häftling in den Verwahrungszellen helfen.«

»Ich habe schon gehört, dass wir einen schwierigen Kunden hatten. Ist alles wieder okay?«

»Er ist auf dem Weg ins Krankenhaus, aber er ist bereits um einiges ruhiger.«

»Gut. Und Sie sind einfach hier vorbeispaziert? Mein Büro liegt immerhin am Ende des Flurs, und ...«

Laura lachte, und Jackman fiel nicht zum ersten Mal auf, wie wunderschön sie war, auf unaufdringliche Art.

»Ich hätte wissen müssen, dass man einen Detective nicht hinters Licht führen kann.«

Er hob die Augenbrauen und wartete darauf, dass sie fortfuhr.

»Wie Sie wissen, kann ich mit Ihnen nicht über den Zustand eines Patienten reden, aber ich wollte Ihnen versichern, dass ich Detective Carter McLean im Auge behalten werde. Barry Richards und ich waren anfangs durchaus glücklich damit, dass er wieder in den aktiven Dienst zurückkehrt, obwohl wir natürlich wissen, dass er nach wie vor mit einigen Problemen zu kämpfen hat. Ich bin mir nur nicht sicher, ob diese Probleme sich in Luft auflösen oder schlimmer werden.«

»Sergeant Evans kennt Carter sehr gut. Ich glaube sogar, dass sie ihm nähersteht als alle anderen. Sie hat ebenfalls ihre Bedenken geäußert.«

Laura nickte. »Ich weiß, und ich habe Angst, dass Marie sich zu viel aufbürdet. Ich denke dabei an das Sprichwort vom Hammer und dem Amboss.« Sie lehnte sich vor. »Das ist auch der Grund, warum ich hier bin. Ich wollte Ihnen sagen, dass Marie unter erheblichem Druck steht. Carter nutzt ihre Gutmütigkeit und ihre Freundschaft nicht bewusst aus, aber er stützt sich schwer auf sie, und ich will nicht, dass sie unter dem Gewicht zusammenbricht.«

Jackman hatte Maries Lage wohl unterschätzt. »Gut zu wissen, dann kann ich besser darauf reagieren. Danke.«

Laura erhob sich. »Wunderbar. Mir ist wohler dabei, wenn ich weiß, dass Sie das Gesamtbild ebenfalls kennen. Aber sagen Sie ihr bitte nicht, dass ich Sie um Ihre Mithilfe gebeten habe.«

»Meine Lippen sind versiegelt. Danke, Laura.«

Er sah ihr nach und fragte sich, ob sie verheiratet war.

Er lehnte sich zurück. Marie hatte Carter manchmal zu seinen Therapiesitzungen begleitet, das wusste er, aber ihm war nicht klar gewesen, dass sie so viel Zeit mit ihm verbrachte. Sie musste erst vor Kurzem mit Laura gesprochen haben. Er trommelte mit den Fingern auf die Tischplatte. Es sah Marie nicht ähnlich, ihm so etwas zu verschweigen, aber sie wirkte tatsächlich erschöpft, also hatte sie es vielleicht schlichtweg vergessen. Er schüttelte den Kopf. Nein, wahrscheinlich wollte sie ihn nicht mit ihren Problemen belasten.

Nun, das musste aufhören. Er würde morgen mit ihr reden und ihr ein paar freundliche Vorschläge unterbreiten. Jackman kaute auf seiner Unterlippe. Marie kannte Carter nur von seiner besten Seite, doch Jackman hatte auch einoder zweimal das zweite Gesicht des mysteriösen Detectives kennengelernt. Es hatte Momente gegeben, in denen Carter McLean rücksichtslos alles riskiert hatte, um einen Verbrecher zu schnappen. Jackman hoffte nur, dass die schrecklichen Dinge, die Carter zugestoßen waren, diesen Wesenszug nicht noch verschlimmerten.

Carter war immer eine tickende Zeitbombe gewesen, und damit konnte Jackman durchaus umgehen. Außerdem hatte sogar Ruth Crooke zugegeben, dass er Ergebnisse erzielte.

Doch er wollte auf keinen Fall, dass Carter die Regeln ignorierte und Marie in die Sache hineinzog. Er nickte. Morgen mussten Marie und er tatsächlich ein ernstes Wort miteinander reden.

Silas und Klink führten Carter in Richtung Fluss und zurück zum Kai. Er hatte also doch recht gehabt. Sie waren auf dem Weg zur *Eva May*.

»Beeil dich ein bisschen«, murmelte Silas. »Wir brauchen Licht, also sollten wir besser fertig sein, bevor die Dunkelheit hereinbricht.« Er sah nach oben. »Und das dürfte heute schnell gehen.«

»Aber wir haben doch Strom an Bord, Si. Ich mache einfach den Generator an, kein Problem.«

Silas grunzte. »Es ist nicht auf dem Boot.«

Carters Blick wanderte über die Felder. Es roch immer noch verbrannt. Mittlerweile wusste er zwar, warum, aber er hatte trotzdem ein ungutes Gefühl. Er schüttelte sich. Denk an das Geld! Wenn es nicht auf der *Eva May* ist, wo, zum Teufel, ist es dann?

Silas trat auf den Kai. »Wir brauchen deine Muskelkraft. Das letzte Mal wäre ich beinahe draufgegangen. Ich bin nicht mehr der Jüngste.«

Der alte Mann ging zur Rückseite des alten Lagers und zog Brombeergestrüpp, Brennnesseln und abgestorbenes Unkraut zur Seite.

»Jetzt bist du dran, Junge. Das muss weg.« Er deutete auf einen Haufen Bauschutt und Beton, der unter den Pflanzen verborgen gewesen war.

»Liegt das Geld darunter?«

»Sozusagen«, erwiderte Silas. »Wenn du dich endlich ranmachst, wirst du es gleich selbst sehen.«

»Dann hole ich besser Werkzeug, sonst sind wir die ganze Nacht hier.« Carter betrat das Lager und kam mit einem großen, altersschwachen Spaten wieder.

Er arbeitete, bis der Schweiß seinen Rücken hinunterrann und von seiner Stirn tropfte. So hatte er sich den Abend nicht vorgestellt.

»Da!« Silas deutete auf den Boden vor ihnen. Carter sah ein altes Eisenstück. »Zieh mal dran. Aber vorsichtig. Sie ist echt schwer.«

Das Eisenstück war in Wahrheit ein gebogener Griff an einer Falltür. Carter nahm alle Kraft zusammen und zog.

Silas hatte recht gehabt. Das Ding war verdammt schwer.

Er zog die Falltür mit einem lauten Stöhnen hoch und starrte im nächsten Moment in einen dunklen Schacht. Eine schmale Steintreppe führte in die Tiefe.

»Was zum ...!« Er ließ die Falltür krachend nach hinten fallen und blickte nach unten.

»Eine Taschenlampe wäre nicht schlecht. Sonst brichst du dir noch den Hals.«

Carter verschwand missmutig noch einmal im Lager und kam mit einer batteriebetriebenen Sturmlaterne wieder.

Sie standen vor dem Eingang eines alten Erdkellers. Carter machte die Laterne an. Silas hatte recht gehabt. Es wurde rasch dunkel.

»Wieso hast du mir den Keller noch nie gezeigt? Ich komme schon mein Leben lang hierher, aber ich wusste nicht, dass sich unter dem Lager noch etwas befindet.«

»Es war nur zu deinem Besten«, antwortete Silas. »Als du noch ein Junge warst, gab es hier draußen viele Schmuggler. Die Boote sind bei Flut hinaus und trafen sich mit den Holländern. Auf der Rückfahrt waren sie voll beladen mit Gin und Zigaretten. Hier waren sie vor der Küstenwache sicher.« Er stieß ein kehliges Lachen aus. »Und als aus dem Jungen schließlich ein Polizist wurde, beschloss ich, keine schlafenden Hunde zu wecken.«

»Aber ich hätte dir doch nie Vorwürfe gemacht, Si! Du gehörst doch quasi zur Familie.«

Silas zuckte mit den Schultern. »Je weniger du wusstest, desto besser. Du solltest nicht in irgendwelche unangenehmen Situationen geraten. Es war keine große Sache. Der Keller wird seit zehn Jahren nicht mehr benutzt, und nur eine Handvoll Leute wusste überhaupt, dass es ihn gibt.«

»Aber du warst einer davon?« Carter grinste. Dann war die Familie Breeze nicht nur als Wilddiebe, sondern auch als Schmuggler aktiv gewesen.

»Eli und ich haben ihn ausgehoben«, erklärte Silas ausdruckslos. Das Licht der Laterne ließ seine Falten noch tiefer erscheinen. »Im Auftrag deines Vaters.«

Carter erstarrte. Sein Vater? Der war ein Mistkerl gewesen, aber damit meinte er den Alkohol, die Lügen, die Intrigen – keine kriminellen Aktivitäten.

»Es tut mir leid, das hätte ich nicht sagen sollen.« Der alte Mann schien wütend auf sich selbst. »Hätte ich bloß den Mund gehalten.«

Carter lachte bitter. »Keine Sorge, Si. Nichts, was mein wundervoller Vater getan hat, kann mich noch überraschen.«

»Trotzdem steht es mir nicht zu, es dir zu erzählen.« Er sah hinauf in den schnell dunkler werdenden Himmel. »Aber dafür haben wir später noch Zeit. Wir sollten die Tasche heraufholen, bevor es Nacht wird.«

Carter nickte. Er starrte hinunter in den dunklen Raum unter der Erde. Wenn er erst einmal unten war, gab es keinen anderen Ausweg.

Plötzlich sah er die Flugzeugtür vor sich. In seinen Träumen schlug sie mit einem schrecklichen Krachen zu, das alles erzittern ließ. In Wahrheit hatte er gar nichts gehört, denn der tobende Sturm hatte sämtliche Geräusche davongetragen. Trotzdem erklang in seiner Erinnerung immer dieser grauenhafte, endgültige Knall.

Carter versuchte zu schlucken. Sein Hals war staubtrocken, und ein eisiger Schauer lief ihm über den Rücken. Er betrachtete die Falltür. Komm schon, Carter. Sie konnte nicht versehentlich zufallen. Oder? Er wusste, dass es unlogisch war, aber er sah trotzdem vor sich, wie ein starker Windstoß sie hochhob und sie genau über ihm landete. »Silas, ich glaube, ich kann das nicht.« Seine Stimme brach. »Tut mir leid, aber ich ...«

»Musst du auch nicht. Klink! Such!« Silas sah lächelnd zu, wie der Hund in den Keller sprang. »Er holt sie für dich. Die Tasche ist das Einzige dort unten, das noch nach irgendetwas riecht.«

»Aber sie liegt doch seit über einem Jahr dort«, flüsterte Carter zitternd.

»Ich habe vor einem oder zwei Monaten mal nachgesehen, ob alles in Ordnung ist. Das riecht der Hund, keine Angst.« Er starrte in die Dunkelheit. »Siehst du? Ich hab's ja gesagt! Hier, Junge.« Silas beugte sich nach unten und half dem Hund, eine alte Sporttasche aus Leder die letzten Stufen hochzuziehen. »Guter Junge! Gib her!«

Carter griff mit bebenden Händen nach der Tasche. »Die hat Ray gehört?«

»Aye. Ich habe ihm erlaubt, sie hier zu verstecken. Da war sie vor seiner diebischen Sippe in Sicherheit.« Er gab Carter die Tasche. »Ich habe oft überlegt, ob ich sie dir geben soll, aber ich habe ihm versprochen, keiner Menschenseele davon zu erzählen. Also beschloss ich, auf den richtigen Zeitpunkt zu warten. Ich wusste, dass er kommen würde, und jetzt wirst du den letzten Wunsch des Jungen erfüllen.«

Die Tasche war in erstaunlich gutem Zustand. Sie roch bloß ein wenig muffig und war leicht angeschimmelt. Silas beugte sich über Carters Schulter, während dieser sie vorsichtig öffnete. Im Inneren befanden sich Dutzende mit Folie umwickelte und von einem Gummiband zusammengehaltene Geldbündel. Carter wickelte eines aus. Das Gummi zerbröselte, und die Zehnpfundnoten breiteten sich aus wie eine aufgehende Blüte.

Carter wurde von einem Hochgefühl gepackt. Er konnte einem weiteren Freund einen letzten Dienst erweisen. Er musste die Tasche nur noch zu Joanne bringen und ihr Rays Nachricht übermitteln.

Silas sah ihn verstohlen an. »Das sind sicher fünftausend Pfund, oder?«

Carter nickte. »Wahrscheinlich mehr. Jo wird jedenfalls sehr dankbar sein.«

»Ich wünsche ihr alles Gute«, meinte Silas. »Aber jetzt schließen wir den Keller wieder. Vielleicht sogar zum letzten Mal.«

Carter senkte die Falltür nur zu gern und griff nach dem Spaten. Einige Zeit später schob Silas das Unkraut und die Brombeerranken wieder über den Bauschutt.

»Erledigt. Ab nach Hause, Klink.«

Carter verschloss das Lager, dann eilte er dem alten Mann hinterher. »Du kannst es nicht erwarten, von hier fortzukommen, was?«

»Das kann man wohl sagen.« Silas ging mit großen Schritten in Richtung Cottage. »Ehrlich gesagt, hatte ich in letzter Zeit ein ungutes Gefühl, wenn ich hier war. Sogar Klink hat es gespürt. Er war ganz durcheinander. Ich kann es nicht erwarten, die nächsten paar Nächte die Tür hinter uns zu schließen. So lange, bis der Mond wieder abnimmt.« Er warf einen Blick zurück auf Carter. »Aber keine Sorge wegen dem Boot. Der alte Klink hört alles.«

Carter fragte sich, was dem alten Wilddieb wohl einen solchen Schrecken eingejagt hatte. Normalerweise wanderte er am liebsten nachts durch die Marsch. »Was ist denn passiert?«, fragte er so beiläufig wie möglich.

»Nichts. Nur ein ungutes Gefühl, mehr nicht.«

»Ich habe noch nie erlebt, dass du Angst hattest«, meinte Carter.

»Ich auch nicht. Vielleicht werde ich langsam alt.«

»Wenn du dir wirklich Sorgen machst, dann steckt wohl eher jemand und nicht *etwas* dahinter«, murmelte Carter argwöhnisch.

»Von mir aus glaub das. Ich gehe jedenfalls auf Nummer sicher.«

Carter wusste, dass er besser nichts darauf erwiderte. Silas' Welt war noch immer voller alter Überlieferungen, Legenden, Geheimnisse und Aberglauben. Er wartete, bis er die Flamme der Öllampe im Fenster sah, dann machte er sich auf den Weg zurück zum Kai.

Vielleicht sollte er selbst Wache halten? Die *Eva May* lag ihm sehr am Herzen. Nach der ganzen Arbeit, die er und seine Freunde in das alte Rettungsboot gesteckt hatten, hätte er jeden Vandalen krankenhausreif geprügelt und wäre dafür liebend gern ins Gefängnis gewandert.

Er setzte sich ins Auto und überlegte, was er tun sollte. Er hatte Silas noch nie so nervös erlebt, und es verunsicherte ihn. Der alte Mann war ein Eigenbrötler. Er liebte die Einsamkeit der Marsch, und er genoss sonst immer die Abenddämmerung. Dieses Verhalten passte gar nicht zu ihm.

Er machte den Motor an und ließ das Fenster hinunter. Kein halbwegs intelligenter Herumtreiber würde sich hier blicken lassen, solange der große Geländewagen am Kai parkte, weshalb er eventuelle Vandalen sicher nicht auf frischer Tat ertappen würde. Er konnte genauso gut nach Hause fahren und die Nachtwache Klink überlassen.

Er atmete tief ein. Es roch noch immer kaum merklich

nach verbranntem Getreide. Im nächsten Moment hustete er und schlug sich die Hand vor den Mund. Beißender Rauch füllte seine Nase und seine Lunge.

Sie waren da.

Er machte den Motor wieder aus, sprang aus dem Land Rover und drückte sich Rays Tasche an die Brust. Er wirbelte im Kreis herum und starrte in die Dunkelheit, doch er sah bloß die verkrüppelten Bäume und die struppigen Büsche entlang des Kais. Er machte ein paar Schritte auf die *Eva May* zu, doch abgesehen vom Flüstern des Windes und dem Schwappen der Wellen war da nichts.

»Jungs? Ray? Tom? Jack? Wo seid ihr?«

Der Wind fühlte sich mit einem Mal eisig an. Kalte Luft strich über sein Gesicht. Carter erschauderte und schlug den Hemdkragen hoch.

»Leute?« Er drehte sich noch einmal im Kreis. »Ray? Wo bist du? Ich habe die Tasche gefunden. Mit dem Geld. Es ist in Sicherheit. Sieh mal!« Er hob die Ledertasche über seinen Kopf.

Eine unnatürliche Stille senkte sich über den Kai. Carter bewegte sich langsam und vorsichtig auf seinen Wagen zu. Jetzt wusste er, was Silas mit diesem »unguten Gefühl« gemeint hatte. Er öffnete die Autotür, warf die Tasche hinein und kletterte eilig hinterher.

Was hatte das zu bedeuten? Der verbrannte Geruch, aber keine Freunde? Er schüttelte den Kopf, machte den Motor an und fuhr mit quietschenden Reifen davon. Zu Hause war zwar im Moment nicht gerade sein Lieblingsort, aber im Moment sehnte er sich trotzdem danach.

Carter erwachte um drei Uhr morgens und schlug die Decke zurück. Irgendwann war er in einen unruhigen Schlaf gefallen, doch nun war selbst daran nicht mehr zu denken. Er hatte in einem solchen Fall normalerweise drei Möglichkeiten: laufen gehen, die restliche Nacht vor dem Fernseher verbringen oder ins Büro fahren. Er seufzte ergeben, stand auf und tappte ins Badezimmer. Laufen wollte er nicht, und Realityshows interessierten ihn nicht. Also blieb nur noch die Arbeit.

Carter trat unter die Dusche und lächelte, als das heiße Wasser über seinen Rücken lief. Es war die Blasen an den Händen wert gewesen. Er würde Joanne vom Büro aus anrufen, vielleicht konnten sie sich in ihrer Mittagspause treffen. Sie arbeitete in einem neu eröffneten DIY-Bastelladen ein wenig außerhalb der Stadt, und je nach Verkehrslage konnte er in zehn Minuten dort sein. Das Geld war zwar kein Vermögen, aber es stellte sicher eine willkommene Abwechslung für sie dar. Vielleicht sollte er den Betrag aufstocken? Noch ein Tausender konnte sicher nicht schaden ...

»Bloß nicht, Kumpel.« Rays Stimme drang durch das zischende Wasser, und Carter schnappte erschrocken nach Luft. Er stieg aus der Dusche und auf den kühlen Marmorboden.

»War doch nur eine Idee«, murmelte er entschuldigend und versuchte, den durchdringenden Gestank zu ignorieren.

Ray und die beiden anderen saßen auf dem Badewannenrand. »Es würde alles kaputt machen, Kumpel. Nichts für ungut, aber gib ihr einfach die Tasche und überbring meine Nachricht, ja?«

Carter nickte. »Tut mir leid, manchmal denke ich, Geld macht alles ein wenig leichter, aber das ist wahrscheinlich nicht immer so.«

»Manchmal, aber nicht immer. Es war zwar ein netter Gedanke, aber in diesem Fall unpassend«, erklärte Ray sanft.

Carter starrte seine Freunde an. Sie sahen anders aus. Beim ersten Mal im Krankenhaus war es unbeschreiblich schrecklich gewesen. Sie hatten ausgesehen wie Figuren aus einem Horrorfilm. Entstellt, verunstaltet und schwer verletzt. Mittlerweile waren sie ... Er sah blinzelnd durch den Dampf. Sie waren beinahe normal, nur ein wenig verschwommen. Die Verbrennungen waren zwar immer noch da, aber sie glichen einem Spiegelbild in einem Schaufenster. Sie sahen aus, als bestünden sie aus flüssigem Licht.

Da bemerkte er, dass Ray noch unschärfer war als die anderen. Er redete immer noch über Joanne. Carter runzelte die Stirn. Ray sollte gar nicht hier sein. Immerhin hatte er seinen Wunsch erfüllt. Er hatte das Geld gefunden, und es befand sich hier in seiner Wohnung.

»Bring es zu Ende, Carter«, bat Ray. »Das Geld ist wichtig, aber es ist noch wichtiger, dass du ihr sagst, dass ich sie wirklich geliebt habe. Verstanden?«

Ja. »Ich rufe sie heute noch an, versprochen.«

»Danke, Kumpel.« Ray war schon fast verschwunden. Sein Lächeln verschwand als Letztes, und mit seinen Freunden verzog sich auch der grässliche Gestank.

Rays Wunsch war also beinahe erfüllt. Carter erschauderte. Was würde Jack von ihm verlangen?

KAPITEL 7

»Wann, um alles in der Welt, bist du heute ins Büro gekommen?« Marie betrachtete Carters beinahe leeren Schreibtisch mit offenem Mund.

Er sah müde zu ihr hoch. »Das willst du gar nicht wissen.«

»Wieder mal eine schlimme Nacht gehabt?« Die Sorge um ihn war zurück. Egal, was Laura ihr riet, sie würde immer da sein.

Außerdem sah er wirklich schrecklich aus. Seine Augen lagen tief in den Höhlen, und seine Haut hatte eine ungesunde Blässe. Selbst seine Haare glänzten nicht so wie sonst. Er brauchte Schlaf. Jeder brauchte Schlaf, um zu funktionieren.

Er grinste. »Tja, wie habe ich es wohl geschafft, so viel zu erledigen? Ich habe sechs Ordner mit Berichten und Zeugenaussagen für den Cannon-Fall zusammengestellt, und ich fordere dich heraus, einen einzigen Fehler darin zu finden.« Er deutete auf den sorgfältig gestapelten Aktenberg.

»Du erledigst so was sogar im Schlaf, und das weißt du auch. Das habe ich an dir schon immer gehasst.« Sie sah ihn an. »Die Arbeit ist es nicht – ich mache mir Sorgen um den Rest.«

Er schob den Stuhl zurück und nahm alle Kraft zusammen, um sie anzulächeln. »Tut mir leid, *Mum.* Aber ich habe auch gute Nachrichten. Setz dich, dann erzähle ich dir, warum ich so müde bin.«

Marie zog einen Stuhl heran. »Brauchen wir vielleicht Kaffee?«

»Auf jeden Fall. Aber ich schicke einen der Neulinge raus, um etwas Ordentliches zu besorgen, nicht das Spülwasser aus unserem Automaten. Willst du ein Plunderstück dazu?«

»Warum nicht.« Marie warf einen Blick auf ihren nicht mehr ganz so flachen Bauch. »Was sind schon ein paar Tausend Kalorien unter guten Freunden? Ich nehme eines mit Pekannüssen und Ahornsirup.«

Carter trat in die Tür und rief: »Wer schnell zu *Pierre* läuft, bekommt einen Kaffee und ein Gebäck nach Wahl!« Dann trat er zurück und wartete auf das Trommeln der Polizeistiefel.

Ein junger DC mit rabenschwarzen, zu Stacheln gegelten Haaren und wildem Grinsen war vor zwei Kollegen an der Tür und streckte Carter die Hand entgegen. Der gab ihm einen Zwanziger, ratterte die Bestellung herunter und kehrte an seinen Schreibtisch zurück. »Während wir warten, kannst du mir ja von deinem besonderen Abendessen mit Gary Pritchard erzählen.«

Marie rieb sich die Hände. »Mein Gott, der Mann kann vielleicht kochen! Es ist zwar nichts Ausgefallenes, aber er hat definitiv den falschen Job. Viele Leute würden gutes Geld für solches Essen zahlen.«

»Dann wird dein kleines Häuschen also zu einem exquisiten Stadtrestaurant?«

»Auf keinen Fall. Er gehört mir! Nur mir!« Sie sah zur Tür. »Verdammt, Carter, ich will nicht so lange warten, bis Kieran zurück ist. Was sind das für gute Neuigkeiten?«

Er beugte sich zu ihr und flüsterte: »Ich habe Rays Geld gefunden.«

Sie pfiff durch die Zähne. »Super! Beim verrückten Silas?«

»Mehr oder weniger.«

Marie lehnte sich zurück und hörte sich Carters Geschichte an.

»Ich habe bereits mit Joanne telefoniert. Habe sie erwischt, bevor sie zur Arbeit musste. Wir treffen uns in ihrer Mittagspause. Kommst du mit?«

Maries Herz wurde schwer. Er sah so hoffnungsvoll aus. »Aber ich kenne die Frau doch gar nicht, Carter. Sie will bestimmt nicht, dass eine Fremde bei dem Gespräch dabei ist.«

»Bitte?« Carter biss sich auf die Lippe. »Es wird sicher sehr emotional, und es wäre mir wohler, wenn du dabei wärst.«

Marie sah ihn an. Die Erschöpfung verstärkte den Ausdruck des verlorenen kleinen Jungen auf seinem Gesicht nur noch. Und auch wenn er abgezehrt aussah, war er immer noch beängstigend attraktiv. Carter McLean war genau der Typ Mann, der sie angezogen hätte, wenn sie auf der Suche gewesen wäre, aber nach Bill … Sie spürte wieder einmal, wie ihr Vorsatz ins Wanken geriet. »Na gut. Dafür geht das Mittagessen auf dich, okay?«

»Auf jeden Fall. *Scarlett's Deli.* Alles, was du willst.«

»Das könnte teuer werden, mein Freund.«

»Das ist es sicher wert.« Carter hob den Blick, als der Officer mit den stacheligen Haaren das Büro betrat. »Danke, Kieran. Haben Sie sich auch etwas mitgebracht?«

Der junge Polizist nickte und hob eine zweite Tüte. »Ja. Danke, Sir. Belgisches Brötchen mit Zuckerglasur.« Er ging hinaus und zog die Tür hinter sich zu.

»Die Tür! Lassen Sie die verfluchte Tür offen! Wie oft muss ich Ihnen das noch sagen, verdammt noch mal!«

Marie zog die Luft ein. Seit dem Unfall passierte das ständig, und jedes Mal verfluchte sie die jungen Kollegen wegen ihrer Gedankenlosigkeit. So schwer konnte das doch nicht sein.

»Entschuldigung! Entschuldigung, Sir.« Kieran schob die Tür wieder auf, bis sie gegen die Wand schlug, dann machte er sich eilig aus dem Staub und drückte dabei die Tüte an die Brust.

»Okay, wo treffen wir Joanne?«

»Hmm? Ach ja. Sie arbeitet in dem großen DIY-Bastelladen beim Fenton Estate.« Marie sah, wie sehr er sich zusammenriss. »Gleich daneben ist ein kleiner Park. Ich habe vorgeschlagen, dass wir uns dort treffen.«

»Hast du schon überlegt, was du zu ihr sagen wirst? Oder willst du improvisieren?«

»Ich habe in etwa eine Vorstellung, aber es kommt darauf an, wie sie reagiert. Sie ist sehr bodenständig. Die Sache wird sie ziemlich überfordern.«

Marie nickte. »Eineinhalb Jahre nach Rays Tod bekommt sie plötzlich eine Tasche mit Geld, von dem sie keine Ahnung hatte – also *ich* wäre sicher überfordert.« Sie schüttelte den Kopf. »Versuch, es möglichst einfach zu halten. Es ist sicher ein Schock für sie, also übertreib es nicht mit Erklärungen.«

»Du hast recht. Das macht es für mich auch einfacher.«

Marie seufzte. Das würde schrecklich werden. Warum konnte er der jungen Frau die Tasche nicht anonym zuschicken? Sie nahm einen Bissen von ihrem Plunder und kaute nachdenklich. »Wer ist der Nächste?«

»Jack. Jack ist der Nächste.«

»Und?«

Carter zuckte mit den Schultern. »Keine Ahnung, aber …«

»Nein, Carter! Sag es nicht. Diese verdammten Gespräche mit deinen toten Freunden machen mich echt fertig.«

Er biss sich auf die Lippe, und Marie hatte sofort ein schlechtes Gewissen. »Tut mir leid, so habe ich es nicht gemeint.«

»Du musst dich nicht entschuldigen.« Er seufzte. »Ich erwarte viel zu viel von dir, Marie. Ich bin derjenige, dem es leidtun sollte. Ich setze voraus, dass du Verständnis hast, selbst wenn ich komplett verrückte Dinge sage oder tue.«

Marie lächelte schwach. »Vergiss es. Schon okay. Wir treffen uns mit Joanne, und dann kümmern wir uns um Jacks Letzten Willen, was auch immer es ist.«

Carter nickte. »Übrigens: Die Superintendentin hat Leah mehr oder weniger Hausarrest verpasst. Glücklicherweise arbeitet sie an ihrer Abschlussarbeit, und das kann sie auch bei Crooke zu Hause.«

Marie schnaubte. »Leah ist sicher nicht begeistert. Sie kam mir ziemlich unabhängig vor, auch wenn die Situation sie natürlich belastet.« Sie überlegte. »Hat schon jemand mit ihrem Freund gesprochen?«

Carter nippte an seinem Kaffee. »Die uniformierten Kollegen waren bei ihm, aber sie haben nichts Besorgniserregendes gefunden. Er ist klug, geht zur Uni, macht keine

Probleme und hatte bisher noch keine seltsamen Aussetzer. Außerdem hat er wasserdichte Alibis für sämtliche Auftritte des Stalkers. Er macht sich ehrlich Sorgen um Leahs Wohlergehen.« Carter stellte den Kaffee ab. »Noch eine Sackgasse.«

»Ich schätze, unser unheimlicher Verehrer genießt die Aufmerksamkeit und sieht sie als Herausforderung, was meinst du?«

»Ziemlich sicher sogar«, stimmte Carter ihr zu. »Er wartet auf den richtigen Augenblick, aber er wird sicher noch einmal zuschlagen.«

»Während wir einfach abwarten?«

Carter zuckte mit den Schultern. »Ich wüsste nicht, was wir sonst tun könnten. Ich habe versucht, an das Geld zu kommen, mit dem er in dem Schokoladengeschäft bezahlt hat, aber die Verkäuferin hatte es bereits zur Bank gebracht.«

»Praktisch!«

»Ein bisschen zu praktisch, wenn du mich fragst«, murmelte Carter. »Er hat es perfekt getimt.«

»Genau wie den Zeitpunkt, an dem er sich auf dem Uni-Parkplatz Zutritt zu Leahs Auto verschafft hat. Er ist verdammt clever.« Marie rührte langsam in ihrem Kaffee, dann hob sie den Blick. »Vielleicht sogar *zu* clever. Carter, findest du nicht auch, dass er für einen Stalker ein bisschen zu kalkuliert vorgeht?«

»Worauf willst du hinaus?«

»Na ja, falls es nur ein Student ist, sind das perfekte Timing und die detaillierte Planung ziemlich extrem, oder? Es klingt nicht nach einem sonderbaren Widerling in einem dunklen Anorak. Glaubst du, dass wir es vielleicht mit etwas Ernsterem zu tun haben? Mit jemandem, der ein höheres Ziel verfolgt, als bloß das Herz einer hübschen jungen Frau zu erobern?«

Carter runzelte die Stirn. »Du meinst, irgendjemand will ihr tatsächlich etwas antun?«

Sie zuckte mit den Schultern. »Oder sie entführen?«

»Moment, Moment! Ziehen wir keine voreiligen Schlüsse.« Carter hob die Hand. »Es gibt keine Hinweise auf einen derart ernsten Hintergrund.«

»Noch nicht.«

»Du hast wirklich kein gutes Gefühl bei der Sache, oder?« Carter starrte in seinen Kaffee. »Ich glaube immer noch, dass es sich um einen jungen Typen handelt, der total verknallt in Leah ist und sogar vor einer Konfrontation mit der Polizei nicht zurückschreckt, um sein Mädchen für sich zu gewinnen. Entspann dich, das alles hat sicher bald ein Ende.«

Marie antwortete nicht. Normalerweise arbeiteten sie immer gut zusammen und verstanden sich oft auch ohne Worte. Warum war dieser Fall anders? »Na gut, dann hoffe ich, dass du recht hast, Detective Sergeant. Das hoffe ich wirklich.« Sie stand auf. »Aber jetzt muss ich zu Jackman, bevor die Morgenbesprechung startet.«

»Wie läuft es mit Suzannes Verschwinden? Hat er etwas gesagt?«

Carters Stimme klang fest und sein Tonfall unbeeindruckt, aber Marie sah das erwartungsvolle Leuchten in seinen Augen.

»Nicht gut, was man so hört. Er meinte neulich, dass sie in einer Sackgasse stecken.«

»Wenn ich helfen kann, braucht er es nur zu sagen. Ich kannte Suzanne nicht sehr gut – im Prinzip gar nicht –, aber ich kenne vielleicht einige Leute, die mit ihr und Tom Kontakt hatten. Möglicherweise habe ich zusätzliche Hintergrundinfos für ihn.«

»Danke. Jackman wird sicher auf dich zukommen, wenn sich nicht bald etwas ergibt.«

Marie ging zur Tür und wandte sich ein letztes Mal um. Ein seltsamer Ausdruck hatte sich auf dem Gesicht ihres Freundes breitgemacht.

Der kleine Park war beinahe menschenleer, und Carter erkannte Joanne Simms sofort. Sie saß allein auf einer Bank am Flussufer. Sie trug eine formlose beigefarbene Jacke über einer mintgrünen Bluse und einen wadenlangen Rock mit Blumenmuster und hatte merklich abgenommen, seit er sie zum letzten Mal gesehen hatte. Wann war das gewesen? Vor sechs Monaten? Vielleicht auch länger. Am Anfang hatten sich die Angehörigen der Opfer aneinandergeklammert. Die gemeinsame Erinnerung an die geliebten Verstorbenen und die schrecklichen Ereignisse waren wie ein unsichtbares Band gewesen. Doch mit der Zeit war jeder langsam wieder ins Leben zurückgekehrt, und sie hatten sich voneinander entfernt. Sie hatten sich in der Gegenwart der anderen immer unwohler gefühlt. Nach drei Monaten hatte Carter schließlich jeden Kontakt abgebrochen.

Er ging mit großen Schritten auf Joanne zu und hoffte, dass sie ihm die Angst und Panik nicht ansah. Marie drückte seinen Arm. »Es wird alles gut«, flüsterte sie.

Er schluckte. »Hey! Joanne! Du siehst gut aus.« Er umarmte sie kurz. »Das ist Marie. Sie ist die Frau meines alten Partners Bill. Sie ist auch bei der Polizei.«

Joanne schüttelte Maries Hand, und sie setzten sich. »Du hast gesagt, dass du mir etwas erzählen musst?«

Carter wurde mit einem Mal klar, dass Joanne dieses

Treffen genauso wenig wollte wie er. Ihr Unbehagen war deutlich zu spüren.

»Ja.« Er atmete tief durch. »Ich habe etwas für dich.« Er stellte die Tasche, die er mittlerweile vom Schimmel befreit hatte, zwischen ihnen auf die Bank.

Joanne starrte sie an. »Die hat Ray gehört, oder?«

»Ich habe sie gefunden.« Er hielt inne. »Draußen bei der *Eva May.*«

»Darf ich ... Darf ich hineinschauen?« Ihre Stimme zitterte kaum merklich.

»Sie gehört dir, Jo. Ray hat sie für dich versteckt.« Er schob die Tasche in ihre Richtung.

Ihre Hände zitterten, und sie brauchte lange, bis sie die Verschlüsse geöffnet hatte.

Carter hielt es nicht länger aus. »Es ist Geld, Joanne. Ray hat es für die Hochzeit gespart. Er hatte Angst, dass es seine Brüder in die Finger bekommen, also hat er es versteckt. Ich habe es gestern Abend gefunden und dich sofort angerufen.«

Joanne starrte schweigend in die Tasche.

»Ich weiß nicht genau, wie viel es ist. Aber sicher nicht wenig«, erklärte Carter lahm. »Egal, es gehört jedenfalls dir.«

Jetzt kam der schwere Teil. »Du weißt, dass er dich von Herzen geliebt hat, nicht wahr, Joanne?«

Sie sah ihn an. »Natürlich.«

»Er will nur, dass du niemals daran zweifelst.«

Ihre Augen wurden groß. »Was meinst du damit, er *will,* dass ich niemals daran zweifle? Hast du vor seinem Tod mit ihm geredet? Mein Gott, Carter! Hat er noch etwas gesagt? Davon hast du mir nie etwas erzählt!« Sie war halb aufgesprungen.

Er griff nach ihrer Hand. »Nein! Du hast das falsch verstanden! Wir haben nur immer wieder darüber gesprochen, wenn wir auf dem Boot waren. Er hat gesagt, dass er seine Gefühle nicht richtig ausdrücken kann. Das ist alles. Ehrlich. Er meinte immer wieder, dass er dir öfter ganz offen sagen sollte, wie er für dich empfindet.« O Gott, er hatte sich total verrannt.

Marie sprang ein. »Carter meint nur, dass Sie nie – auch nicht in den dunkelsten Stunden – vergessen sollen, dass Ray Sie sehr geliebt hat.«

»Es tut mir leid, Joanne, wirklich.« Carter ließ ihre Hand los. »Wenigstens ist das Geld jetzt bei dir.« Er berührte leicht die Tasche. »Wir gehen besser.«

Zu seiner Erleichterung legte Marie einen Arm um Joanne. »Kommen Sie klar, Joanne? Wir können Sie zurück zum Laden begleiten, wenn Sie wollen. Es war ein ziemlicher Schock, nicht wahr?«

»Das kann man wohl sagen.« Ihre Stimme zitterte, aber sie rang sich ein kaum merkliches Lächeln ab. »Aber machen Sie sich keine Gedanken; ich kann ein paar Überstunden nehmen. Ich werde nach Hause gehen, mir eine Tasse Tee kochen und versuchen, es zu begreifen.« Sie wandte sich an Carter. »Mir tut es auch leid. Du warst so nett und hast mir die Tasche gebracht, und ich schreie dich bloß an. Ich weiß, dass es albern ist, aber ich kann immer noch nicht glauben, dass er nicht mehr da ist. Und so, wie du geredet hast, dachte ich einen Moment lang ...« Sie brach ab. Es gab nichts mehr zu sagen.

Beim Auto angekommen, warf Carter einen letzten Blick zurück. Joanne ging langsam durch den Park und drückte die Tasche wie ein Baby an ihre Brust.

Carter machte den Motor an und bog vom Parkplatz.

Er hatte seine Aufgabe erfüllt. Würde Ray das nächste Mal dabei sein, wenn seine Freunde ihn besuchten?

Danny Hurley lag auf dem Bett und dachte an sein Mädchen.

Es gab wenig, was er noch nicht über sie wusste, aber er grübelte gerne über die vielen kleinen Dinge nach, die seiner Aufmerksamkeit vielleicht entgangen waren. Heute fiel ihm nichts ein, und das freute ihn. Die Polizei lief im Kreis und jagte ihrem eigenen Schwanz hinterher. Er lächelte zufrieden. Es stimmte tatsächlich: Wissen war Macht.

Er drehte den Kopf zur Wand und betrachtete die Unmengen an Fotos, die er von ihr geschossen hatte. Er war stolz auf die Bilder. Seine Kamera war sein wertvollster Besitz – abgesehen von seinem Mädchen natürlich. Die Nikon D3 hatte er sich für seinen letzten Job zugelegt. Sie war das Feinste vom Feinen und schoss elf Bilder pro Sekunde. Sie hätte ihn wohl mehrere Tausend Pfund gekostet, wenn er sie hätte bezahlen müssen. Er streckte die Hand aus, strich über die atemberaubende Großaufnahme ihres Gesichts und stellte sich vor, ihre Haut zu berühren.

Was für ein Mädchen.

Danny streckte sich und stand auf. Er hatte keine Zeit für solche Gedanken. Er musste an seinen Plänen feilen. Die arme kleine Leah war von ihrer grauenhaften Tante zu Hausarrest verdonnert worden. Aber er wusste, dass die Quarantäne nicht lange anhalten würde. Sie war ein Teenager, und Teenager langweilten sich schnell. Er gab ihr zwei Tage. Maximal. Dann würde das Spiel erst richtig losgehen.

Er verschloss sorgfältig die Tür hinter sich und ging den schmalen Flur entlang in die Küche. Dabei ließ er die Hände über die Wände gleiten und versuchte, sie nach außen zu drücken, um die Enge zu vertreiben. Bald würde er von hier verschwunden sein. Es war nie ein Zuhause, sondern bloß ein Versteck gewesen. Es gab mehr im Leben als diese winzige Wohnung. Und wenn sein Plan aufging, würde es bald so weit sein.

Er öffnete den Kühlschrank und holte eine Flasche Bier heraus. Eigentlich trank er kaum, aber am späten Nachmittag ließ er sich gern mal ein kaltes Bier schmecken.

Er dachte daran, was er heute bereits erledigt hatte. Er hatte seinen Laufburschen zum Teufel geschickt und zwei neue angeheuert. Das war nicht schwierig gewesen. Sie waren billig, und er stand nicht in dem Ruf, unfair zu sein. Er trank einen großen Schluck. Einen Tag hatte er jetzt Zeit, um sich auszuruhen und seine nächsten Schritte zu organisieren, und dann würde er endlich Zeit mit seinem Mädchen verbringen. Er schloss die Augen und seufzte.

KAPITEL 8

Carter war niedergeschlagen und wütend auf sich selbst, weil er das Gespräch mit Joanne in den Sand gesetzt hatte. Marie hatte eine Bemerkung dazu gemacht, aber er hätte es auch so gewusst. Warum hatte er in der Gegenwart von Ray gesprochen und Joanne damit vor den Kopf gestoßen?

»Ich bin dann mal weg, Carter.« Sie waren zurück im Büro, und Marie lehnte lächelnd im Türrahmen. »Ich muss noch in den Supermarkt. Brauchst du auch etwas?«

Er schüttelte den Kopf. Er hatte schon lange nicht mehr richtig gekocht. Mrs Mitchell, seine Haushälterin, brachte die Putzmittel selbst mit und gab ihm die Rechnung, und wenn er hungrig war, ging er essen. Er frühstückte sogar im Büro. »Mir fällt gerade nichts ein. Trotzdem, danke.«

Marie trat auf ihn zu. »Kopf hoch, Carter. Mach dich nicht fertig wegen Joanne. Sie kann jetzt abschließen.«

»Ja, wahrscheinlich.« Carter gähnte. »Mein Gott, ich wünschte, ich könnte endlich mal eine Nacht durchschlafen.«

»Hast du schon mal daran gedacht, etwas zu nehmen? Nichts Starkes. Vielleicht etwas Pflanzliches?«

»In den ersten Monaten habe ich genug Medikamente geschluckt, um einen Pharmakonzern ein Jahrzehnt zu finanzieren. Ich bringe keine Pillen mehr hinunter – egal, ob pflanzlich oder nicht.«

»Mir ginge es vermutlich genauso. Aber du *musst* schlafen.«

»Das werde ich hoffentlich auch, sobald ich wegen Ray Bescheid weiß. Wenn er weitergezogen ist, weiß ich, dass ich es bei den anderen beiden auch so machen kann. Dann finden wir alle Frieden.«

Marie wollte etwas sagen, überlegte es sich dann aber anders. Schließlich nickte sie. »Ja. Wollen wir es hoffen.«

Carter blieb noch im Büro, stellte einige ausstehende Berichte fertig und beantwortete E-Mails. Als er sich nicht mehr länger konzentrieren konnte, nahm er seine Jacke vom Stuhl und stand auf. Würde er heute Abend Besuch bekommen, oder würden sie ihn zappeln lassen? Einerseits wollte er unbedingt wissen, ob seine gute Tat die erwünschten Folgen gehabt hatte, andererseits hatte er Angst davor, dass es vielleicht nicht genug gewesen war.

Er ließ sich wieder auf den Stuhl fallen und wurde von einer tiefen Traurigkeit übermannt. Er dachte an Marie, die so erpicht darauf gewesen war, nach Hause zu fahren, obwohl ihr Mann nicht mehr auf sie wartete. Trotzdem war es ein Zuhause, das sie liebte und in dem sich zahllose Dinge befanden, auf die Bill und Marie gespart und die sie gemeinsam ausgesucht hatten. Sie hatte lieb gewonnene Erinnerungen, ein starkes Motorrad, eine Katze und mittlerweile auch einen guten Freund, mit dem sie über die Höhen und Tiefen des Tages reden, zu Abend essen und ein Glas Wein trinken konnte. Sie war eine sehr attraktive Frau.

Wenn die Zeit reif war, würde sich Marie Evans mit Sicherheit wieder verlieben.

Doch ihm blieb das alles versagt. Er konnte nie wieder eine Beziehung eingehen. Welche Frau würde sich schon auf seine Manien, seine Ängste und, nicht zu vergessen, seinen zwanghaften Drang nach Ordnung einlassen? Keine. Und wenn er es nie schaffte, seine toten Freunde loszuwerden? Wie sollte er das erklären?

Er dachte daran, was Laura Archer gesagt hatte. »Sie müssen sich darauf einstellen, dass eine mögliche Beziehung mit erheblichen Schwierigkeiten verbunden sein wird. Am Anfang glauben Sie vielleicht sogar, es wäre unmöglich. Aber denken Sie immer daran: Alles verändert sich. Lassen Sie der Natur ihren Lauf, lassen Sie Heilung zu, und wer weiß, was die Zukunft bringt.«

Damals hatte er noch nicht über das Thema Beziehungen nachgedacht, sondern sich nur darauf konzentriert, nicht den Verstand zu verlieren. Mittlerweile war das anders. Er fühlte sich zum ersten Mal in seinem Erwachsenenleben einsam.

Robbie Melton betrachtete die unzähligen Computerausdrucke auf seinem Schreibtisch. Er hatte heute Nachtdienst, und er genoss es. Tagsüber herrschte ein Höllenlärm im Ermittlungsraum. Telefone klingelten, Drucker ratterten, Handys spielten Musik, und die Officer lachten, fluchten oder brüllten quer durchs Zimmer. In der Nacht gehörte der Ermittlungsraum ihm allein, und er hörte bloß das leise Surren der Klimaanlage und die gedämpften Stimmen aus anderen Büros.

Im Gegensatz zu seinen Kollegen nutzte Robbie die Ruhe nicht, um sich in einer Ecke schlafen zu legen oder sich einen Film am Handy anzusehen. Robbie arbeitete. Heute Abend war draußen auf den Straßen und in den dunklen Gassen anscheinend nichts los, und es standen keine Einsätze an. Er konnte sich also voll und ganz auf Suzanne Holland konzentrieren.

Das Problem war nur, dass er nicht weiterkam. Er wusste lediglich, dass die Frau Geheimnisse gehabt hatte.

Über ihre sexuellen Vorlieben hatte er einiges herausgefunden, aber kaum etwas über ihre Persönlichkeit.

Erneut betrachtete er ihr Foto und flüsterte: »Da muss doch noch mehr sein.«

Er blätterte durch seine Notizen. Die einzigen Leute, die über sie reden wollten, waren ihre zahllosen Liebhaber aus der Zeit vor ihrer Ehe mit Tom. Alle anderen – Verwandte, Nachbarn, Arbeitskollegen – weigerten sich entweder rundheraus oder gaben sich ahnungslos.

Robbie seufzte. Marie Evans hatte ihn gebeten, mehr über Suzannes Beziehung zu Tom Holland auszugraben, aber auch hier war er gegen eine Wand gerannt. Es gab nur noch eine Person, die vielleicht etwas über das Leben der Eheleute wusste und auch darüber reden würde – Carter McLean. Aber ausgerechnet den durfte er nicht fragen.

Er überlegte, was er alles hatte. Suzannes erste Ehe mit dem Animateur Harvey Cash war gescheitert. Sie war wohl ziemlich kurz und nicht gerade harmonisch gewesen und hatte mit einer Scheidung und einem Gerichtsverfahren wegen verschwundenen Geldes geendet. Mehr war da nicht.

Warum wollte bloß niemand mit ihm reden?

Robbie zog die wenigen Informationen heraus, die er über Harvey Cash gesammelt hatte. Nachdem er nicht mehr mit Tom Holland reden konnte, musste er es bei Suzannes erstem Mann versuchen. Falls er noch wach war. Oder besser gesagt: nüchtern.

Er griff nach dem Telefon und überlegte, ob Cash nicht sogar redseliger sein würde, wenn er betrunken war. Das letzte Mal hatte er ihn in einer lethargischen Phase erwischt. Aber vielleicht schaffte er es heute früher, und Cash befand sich noch im alkoholbedingten Hoch. Dann wäre er möglicherweise zu einem Gespräch bereit.

Harvey Cash gab Robbie unmissverständlich zu verstehen, was er davon hielt, um vier Uhr morgens belästigt zu werden. Robbie entschuldigte sich überschwänglich und begann mit seiner vorbereiteten Rede. Er wüsste nicht, an wen er sich sonst wenden sollte. Nur Cash könne ihm jetzt noch helfen.

Langsam wurde Cash zugänglicher. »Ja. Na ja, Sie haben natürlich recht. Ich kannte sie so gut wie kein anderer. Aber ich will nicht über die Schlampe reden.« Er hielt inne, und Robbie hörte das Klirren eines Glases. »Ich sage nur so viel: Wenn ihr sie findet – egal, ob tot oder lebendig –, schicke ich sicher keine Blumen.«

»Die meisten beschreiben sie als fröhliche und attraktive Frau, die gerne Spaß hatte«, erklärte Robbie.

»Ha! Das war sie sicher! Aber sie sollten lieber nicht mit Leuten reden, die ihr nähergekommen sind. Die würden Ihnen etwas ganz anderes erzählen.«

»Warum sagen Sie es mir nicht?«

»Weil ...«

Robbie hörte ein ersticktes Schluchzen.

»Fahren Sie zur Hölle!«

Die Verbindung wurde unterbrochen.

Robbie betrachtete das Foto von Harvey Cash. »Ich glaube, es wird langsam Zeit für einen Kurzurlaub. In Spanien soll es um diese Zeit sehr schön sein. Und du, mein Freund, bist mein Reiseführer.«

Carter hatte etwas vom Chinesen und eine Flasche des besten Merlot mit nach Hause gebracht, den der Supermarkt um die Ecke vorrätig gehabt hatte. Er schmeckte grauenvoll, aber die Flasche war trotzdem beinahe leer. Das süßsaure Schweinefleisch, die Frühlingsrollen und der gebratene Reis waren ungeöffnet in den Mülleimer gewandert.

Er saß auf der Terrasse und sah hinaus auf den Park. Der Ausblick wurde ihm nie langweilig, aber heute wünschte er sich, es wäre jemand da gewesen, mit dem er ihn teilen konnte. Er fragte sich, woher diese Gedanken kamen. Vielleicht dachte er an Joanne und Ray oder auch an Marie und Bill. Die Welt schien plötzlich voller Paare, nur er war allein. Er sah zu, wie der Himmel immer düsterer wurde, bis nur noch ein dunkles Indigoblau und ein tiefes Grau übrig waren. Zeit, ins Bett zu gehen.

Sein Schlafzimmer war mit einem extragroßen Bett, mehreren Einbauschränken und den dazu passenden Möbeln eingerichtet, die allesamt blank poliert waren.

Er duschte und schaltete den Fernseher an der Wand ein. Heute wollte er es sich gut gehen lassen – sich mit dem letzten Rest vom Wein ins Bett setzen und fernsehen, bis er einschlief.

Als der Wein zu Ende war, drehte Carter sich auf den Bauch und schloss die Augen. Vielleicht fand er heute Nacht ein paar Stunden Schlaf.

Er war kaum eingeschlafen, als sich eine eiskalte, knochige Hand wie ein Schraubstock um seinen Knöchel schloss.

»Hey, Carter! Hab ich dich, alter Junge!«

Der vertraute Gestank durchflutete das Zimmer.

»Verdammt noch mal!«

»Ich konnte einfach nicht widerstehen. Tut mir leid.« Jacks Lachen hallte durch die Luft. »Erinnerst du dich an die Mutprobe, Carter? Die Kinder waren verrückt danach.«

Jack schwärmte von der guten alten Zeit in dem Abenteuercamp für sozial benachteiligte Kinder. »Du hast ein Lagerfeuer organisiert und ihnen Gruselgeschichten erzählt, bis sie alle große Augen gemacht haben. Und dann hast du sie ins Bett geschickt und sie gefragt, ob sie sich trauen würden, einen Fuß raushängen zu lassen, damit ein Monster danach schnappt! Es war ein Wunder, dass sich niemand in die Hose gemacht hat!« Er lachte erneut.

Carters Knöchel fühlte sich immer noch an, als würde er in Trockeneis stecken. Er starrte darauf. »Das war nicht witzig«, murmelte er.

»Doch, das war es«, widersprach Jack. »Wie damals bei den Kindern. Du hast ihnen eine Höllenangst eingejagt, und sie haben dich dafür geliebt. Sie kamen jeden Abend wieder, damit du ihnen noch mehr Geschichten erzählen und Mutproben stellen konntest.«

Das stimmte. Die Kinder hatten es tatsächlich geliebt, und Jack hatte auch recht damit, dass es gute Zeiten gewesen waren. Carter richtete sich auf und sah sich um.

Jack saß am Fußende des Bettes. Aber wo war Tom? Da sah er den Umriss seines Freundes an der Wand neben der Tür. Bis jetzt hatte er kein Wort gesagt, und er hatte sich auch nicht an Jacks Scherzen beteiligt.

»Alles in Ordnung, Kumpel?«, fragte Carter, obwohl er die Antwort eigentlich gar nicht hören wollte.

Tom schien zu nicken, sagte aber immer noch nichts. Da erkannte Carter, dass Ray nicht mehr da war. Er schnappte nach Luft, und sein Blick huschte von einer dunklen Ecke zur nächsten.

»Du kannst gerne das Licht anmachen«, erklärte Tom mürrisch. »Du wirst ihn nicht finden. Er ist fort.« Er trat aus dem Schatten. »Die Frage ist nur: Wer von uns beiden ist der Nächste?«

Carter drückte den Knopf an der Nachttischlampe und fuhr entsetzt zurück. Sein Freund sah aus wie aus einem Horrorfilm. Carter würgte und kämpfte gegen die bittere Galle an, die seine Kehle hochstieg. Er durfte sich nicht übergeben! Auf keinen Fall. Er schluckte schwer, sprang auf und rannte in die Küche, um sich kaltes Wasser ins Gesicht und in den Nacken zu spritzen.

Das war eine weitere Folge des Unfalls. Carter hatte eine krankhafte Angst davor, sich zu übergeben. Laura hatte sogar einen Namen dafür. Emetophobie oder so ähnlich.

Er lehnte sich gegen die Spüle und atmete einige Male tief ein und aus. Es wurde bereits besser. Gott sei Dank.

Er durfte nur nicht an Tom denken. Was, zum Teufel, war mit ihm passiert? Mit der Zeit war es seinen Freunden von Mal zu Mal besser gegangen, und wenn er nicht zu genau hinsah, wirkten sie fast wie vor dem Unfall. Jetzt dagegen ... Er erschauderte und konzentrierte sich auf das Atmen.

Er musste zurück ins Schlafzimmer. Tom hatte ihm eine Frage gestellt, die er beantworten musste. Er trat an die Tür, doch dann zögerte er.

»Komm rein, mein Freund«, sagte Tom. »Setz dich und sieh mich an.«

Carter gehorchte zögernd. Tom lächelte entschuldigend.

Sein Gesicht war nicht makellos, aber zumindest wieder als menschlich erkennbar.

Bringen wir's hinter uns, dachte Carter. »Du wolltest wissen, wer der Nächste sein soll. Ich dachte an Jack. Was auch immer ich tun soll, ich werde es versuchen.«

»Das habe ich schon vermutet, und es ist okay.« Tom nickte bedächtig. »Eigentlich ist es sogar besser, denn mein Dilemma lässt sich nicht so leicht lösen.«

Carters Herz wurde schwer. Das klang nicht gut. Aber zuerst Jack. Er wandte sich an seinen anderen Freund und machte sich bereit für den neuen Auftrag.

Doch das Zimmer war leer. Carter setzte sich aufs Bett und legte den Kopf in die Hände.

KAPITEL 9

Carter wollte gerade den Motor anlassen, um zur Arbeit zu fahren, als er bemerkte, dass jemand neben ihm saß. Jack. Tom saß auf dem Rücksitz und summte ein trauriges Lied. Im begrenzten Inneren des Autos war der Brandgeruch beinahe unerträglich.

»Ich habe nachgedacht, Kumpel.« Jack klang, als müsste er sich rechtfertigen. »Ich weiß, Ray hat gesagt, dass Geld nicht die Antwort auf alles ist, aber ...« Er brach ab.

»Raus damit. Wenn ich irgendetwas tun kann, damit du dich besser fühlst – irgendetwas –, dann tue ich es. Versprochen.« Obwohl das mittlerweile nicht mehr ganz richtig war. Inzwischen hätte er alles dafür getan, dass seine Freunde endlich verschwanden.

»Es gibt da etwas, das mir Sorgen bereitet, Kumpel. Ich habe dir nie davon erzählt, aber ich habe ein Kind.«

Tom hörte einen Moment lang auf zu summen, als wäre er ebenso überrascht wie Carter, dann fuhr er fort.

»Ein kleines Mädchen. Sie heißt Phoebe. Ihre Mum ... Na ja, es war kompliziert. Ich war nicht das, was ihre Eltern sich für ihre Tochter vorgestellt haben. Wir kommen aus zwei verschiedenen Welten, weshalb ...«

Carter schüttelte den Kopf. »Nein, davon hast du mir wirklich noch nie erzählt. Weiß die Mutter, dass du ...« Er verstummte.

»Dass ich tot bin? Ja, sie weiß es.« Jack klang schrecklich niedergeschlagen. »Aber Kim – das ist ihr Name – hat sich von ihren Eltern entfremdet, und ich habe keine Ahnung, wie sie sich weiter um Phoebe kümmern will. Sie liebt die Kleine abgöttisch, doch es ist hart. Ich wollte ihr helfen, aber ...«

»*Ich* werde ihr helfen. Sag mir nur, wo ich sie finde.«

Jack nannte ihm den Namen und die Adresse. »Aber drück ihr das Geld nicht einfach in die Hand, Carter. Soweit ich weiß, gibt sie sich im Moment mit ein paar miesen Leuten ab. Überleg dir etwas anderes, ja?«

Carter nickte. Mit finanziellen Vereinbarungen kannte er sich aus. Er würde das Problem schnell und effizient und ohne fremde Hilfe lösen. »Keine Sorge, Jack. Überlass die Details ruhig mir. Dein kleines Mädchen bekommt alles, was es braucht, und eine gute Ausbildung.«

Carter wandte sich lächelnd zu seinem Freund, doch der Beifahrersitz war leer, und abgesehen von dem leisen Nachklang des traurigen Liedes war er wieder allein. Der Gestank nach verbranntem Fleisch ließ nach, und Carter lehnte sich zurück. Das schaffte er im Schlaf! Was bedeutete, dass nur noch sein vierter Freund Tom übrig blieb. Seine Erleichterung verwandelte sich erneut in Sorge. Tom hatte gesagt, dass sein Wunsch schwieriger zu erfüllen sein würde.

Jackman stand im Ermittlungsraum vor seiner versammelten Mannschaft und ließ den Blick von einem Detective zum nächsten wandern. »Hat irgendjemand irgendetwas Neues über Suzanne Holland herausgefunden?«

Als Antwort erklang lediglich ein verneinendes Gemurmel.

»Max? Hattest du Glück mit der Rekonstruierung der letzten Woche vor ihrem Verschwinden?«

Max schüttelte den Kopf. »Abgesehen von einigen nächtlichen Verabredungen, nachdem ihr Mann ausgezogen war, gibt es nichts. Sie war wie ein Vampir, der am Tag schläft und sich in der Nacht auf die Jagd macht.«

»Aber sie musste doch sicher zur Arbeit?«

Charlie hob die Hand. »Ich habe mit dem Besitzer des Sonnenstudios gesprochen, in dem sie gearbeitet hat. Suzanne hat sich einige Wochen vor ihrem Verschwinden krankgemeldet und ist nie wieder aufgetaucht.«

»Scheinbar war sie nicht zu krank, um Männer aufzureißen«, murmelte Max.

Robbie Melton erhob sich. »Mir ist etwa eingefallen, Sir. Na ja, eigentlich ist es eher ein Gefühl.«

»Raus damit. Was auch immer es ist, es ist mehr, als wir anderen haben.«

Robbie erklärte seine Theorie, dass Harvey Cash – der erste Ehemann – sehr viel mehr wusste, als er zugeben wollte. Suzanne Holland hatte vielleicht eine dunkle Seite, die möglicherweise in einem Mord oder zumindest einer Entführung resultiert hatte. »Wir können ihn nicht zum Reden zwingen, vor allem nicht übers Telefon. Er würde einfach auflegen, wie gestern Nacht. Also dachte ich, ich fliege hin und unterhalte mich mit ihm.«

Pfeifen und Johlen erklang.

Jackman lächelte und hob eine Hand, damit wieder Ruhe einkehrte. »Die anderen haben schon recht, Robbie. Ich muss einen Antrag für jeden einzelnen kriminaltechnischen Test stellen und mir überlegen, ob wir uns eine verdammte Anfrage für ein Pfund überhaupt leisten können. Ich glaube nicht, dass die Superintendentin von dem Vorschlag begeistert sein wird, Sie ein paar Tage unter die spanische Sonne zu schicken.«

Robbie lachte ebenfalls. »Ich bin nicht davon ausgegangen, dass die Dienststelle dafür bezahlt, Sir. Ich habe noch ein paar Urlaubstage und dachte, ich verbringe sie in Sanxenxo und werde ein bisschen braun.«

»Gute Idee.« Max betrachtete Robbie grinsend, der nach der Nachtschicht noch blasser als sonst wirkte. »Aber wahrscheinlich dauert es länger als ein paar Tage, um einen gebräunten Apollo aus dir zu machen.«

»Dann trinke ich eben Sangria. Mit einem Mann, der die Gegend kennt.«

»Wir könnten aber auch die spanische Polizei bitten, mit ihm zu reden«, wandte Max ein.

Robbie schüttelte den Kopf. »Er würde sofort zumachen, und ich habe auch keine Ahnung, an wen wir uns wenden sollen. Ich weiß fast gar nichts über das spanische Polizeisystem.«

»Wir müssten uns an die *Guardia Civil* wenden«, überlegte Jackman. »Die *Policia Municipal* – also die Stadtpolizei – kümmert sich normalerweise nur um kleinere Delikte. Die Anfrage wäre Bestandteil einer Mordermittlung, also müssten zuerst die obersten Stellen informiert werden, und das kann dauern.« Er sah Robbie an. »Glauben Sie wirklich, dass Sie etwas aus ihm rausbekommen?«

»Ja, Sir. Ich habe bei dem Gespräch letzte Nacht ein paar Sachen herausgehört. Er hatte aus irgendeinem Grund Angst und schien *sehr* erleichtert, dass Suzanne nicht mehr Teil seines Lebens ist.« Er atmete durch. »Ich bin mir sicher, dass er spätabends in gemütlicher Umgebung bei einer Flasche Hochprozentigem auspacken wird.«

Jackman hob ergeben die Hände. »In diesem Fall würde ich sagen, es ist Ihre Sache, was Sie in Ihrer Freizeit machen und wo Sie sie verbringen. Haben Sie einen gültigen Reisepass?«

»Klar.«

»Wie lange dauert der Flug?«

»Von London nach A Coruña? Gute zwei Stunden, schätze ich.«

»Dann packen Sie besser schon mal die Sonnenbrille ein.«

»Verdammter Glückspilz«, jammerte Max. »Warum ist mir das nicht eingefallen?«

»Weil deine einzige Gehirnzelle ausschließlich mit einer gewissen Polizistin beschäftigt ist.« Charlie warf seinem Freund ein breites Grinsen zu.

Max und Rosie waren seit mehreren Monaten ein Paar, und Max war bis über beide Ohren verliebt.

Jackman rief seine Detectives zur Ordnung. »Zurück an die Arbeit, Leute! Wir müssen uns ranhalten. Suzannes Ex wird den Fall nicht für uns lösen, und was er uns vielleicht erzählen kann, ist schon ewig lange her. Ich will wissen, was Suzanne kurz vor ihrem Verschwinden getrieben hat.«

Das Team kehrte an seine Plätze zurück, und Jackman rief Marie zu sich ins Büro. »Wie läuft es mit Crookes Nichte?«

Marie brachte ihn auf den neuesten Stand. »Mir gefällt die Sache gar nicht, Sir. Der Stalker ist viel zu clever und zu gut organisiert. Carter glaubt noch immer, dass es bloß ein Junge ist, der total auf Leah abfährt, aber ...« Sie schüttelte den Kopf.

»Sie sind da anderer Meinung.«

»Ja. Aber wir rennen gegen eine Wand. Auch wenn es mir nicht gefällt – wir haben keine andere Wahl, als Leah weiter zu beobachten und darauf zu warten, dass er den nächsten Schritt macht.«

»Ich hatte vor, zum Holland-Haus zu fahren. Es steht seit Suzannes Verschwinden leer. Wie wäre es mit einer kleinen Pause?«

»Gern. Ich hole uns einen Wagen.« Marie wollte gehen.

»Moment.« Jackman winkte sie noch einmal zu sich. »Wie geht es Carter heute?«

»Als ich ihn das letzte Mal gesehen habe, hat er den Kopf mit Rosie zusammengesteckt. Sieht so aus, als hätten sie es bald geschafft, den Cannon-Fall auf Herz und Nieren zu prüfen und alles für die Staatsanwaltschaft aufzubereiten.«

»Gut. Wenn einer es schafft, dass alles wasserdicht ist, dann McLean. Trotzdem wissen wir alle, wie pingelig die Staatsanwaltschaft ist.«

Marie nickte missmutig. Sie hatte zahlreiche Fälle gesehen, die vom Staatsanwalt gar nicht erst für einen Prozess zugelassen worden waren. In manchen hatte monatelange – und vielleicht sogar jahrelange – harte Arbeit gesteckt. Es war ärgerlich und entmutigend, und sie hoffte, dass es im aktuellen Fall um die Familie Cannon nicht passieren würde.

»Er arbeitet gerne mit ihr zusammen, oder?«, fragte Jackman.

Marie überlegte kurz. »Ja, aber wie Sie schon einmal gesagt haben: Es ist ein zweischneidiges Schwert. Er muss sich selbst und auch uns beweisen, dass er mit sämtlichen Anforderungen klarkommt. Andererseits hat er Angst davor. Daher hat er sich für den einfacheren Weg entschieden und hilft erst einmal Rosie. Obwohl er grundsätzlich sicher wieder in den Außeneinsatz zurückwill.«

»Also ich verstehe das. Sie nicht?«

»Doch. Aber ich habe auch das Gefühl, als wäre er eine Bombe, die bald explodiert. Wenn ich an ihm vorbeigehe, höre ich die Uhr ticken.«

»Dann lasse ich ihn vorerst dort, wo er sich gerade befindet. Ich will nicht der Grund sein, dass ein guter Detective in die Luft geht.«

»Er muss irgendwann wieder zurück in den Sattel, sonst wird er nie erfahren, ob er noch reiten kann. Trotzdem bin ich sehr froh, dass Sie es langsam angehen.«

»Es ist im Grunde bloß Schadensbegrenzung. Und jetzt kümmern Sie sich um das Auto.«

Eine halbe Stunde später stapften Marie und Jackman den Black-Sluice-Treidelpfad entlang, der nur von wenigen Menschen genutzt wurde. Es war nicht unbedingt eine schöne Gegend.

Jackman betrachtete das grünbraune Wasser des Flusses. »Mein Gott, was für ein elender Ort zum Leben.«

»Oder zum Sterben?«

»Sehr wahrscheinlich.«

»Selbst, wenn es hier atemberaubend schön wäre, ein gewaltsamer Tod bleibt ein gewaltsamer Tod«, meinte Marie. »Es ist schrecklich – egal, wo es passiert.«

»Stimmt. Aber sehen Sie sich doch mal um.« Er deutete auf ein verdrecktes Stück Absperrband, das immer noch über dem Gartentor des alten Hauses hing. »Es ist fürchterlich trostlos.«

»Wir hätten auch die Straße an der Rückseite nehmen

können. Das ist der einzige Weg, mit dem Auto hierherzukommen.«

Jackman lächelte. »Ich wollte eine Vorstellung davon bekommen, wie es hier aussieht. Außerdem dachte ich, ein kleiner Spaziergang würde Ihrem überarbeiteten Gehirn guttun. Ich habe Sie noch nie so nachdenklich erlebt. Und so verdammt müde.« Marie schwieg. »Keine Sorge, ich weiß, was Sie beschäftigt. Ich habe bloß keine Ahnung, wie ich Ihnen dabei helfen soll.«

»Es wird sich schon alles klären, wie meine Mutter zu sagen pflegt.« Marie schüttelte den Kopf. »Ich weiß Ihre Sorge zu schätzen, Jackman, aber ich glaube, das ist eine dieser grauenhaften Phasen, in denen man schlichtweg abwarten muss, was passiert.«

»Wie sehen Sie Carters Zukunft?«

Marie seufzte. »Ich fürchte mich, darüber nachzudenken.«

Jackman betrachtete das traurige alte Gebäude. Verwittert, müde, ungeliebt. »Wenn es wirklich so schlimm ist, Marie, dann sollte ich vielleicht anregen, ihn aus dem Dienst zu nehmen.«

»Nein! Das können Sie nicht machen, Sir! Er wird es schaffen, das weiß ich. Er braucht bloß noch etwas Zeit.« Sie griff nach seinem Arm. »Bitte. Er bemüht sich sehr. Ich weiß, dass ich meine Sorge um ihn nicht mit ins Büro nehmen sollte, aber wenn wir ihn alle unterstützen, wird er immer stärker. Dann kann er selbst entscheiden, welcher Weg der richtige für ihn ist.«

Jackman drückte ihre Hand. »Okay, einverstanden. Aber reden Sie mit mir, Marie. Sie wissen ja: Geteiltes Leid und so weiter ... Schultern Sie nicht alles allein. Ich bin schließlich auch noch da.«

»Es ist schwer, wenn ein Freund mit einem so persönlich über sein Seelenleben redet. Man hat das Gefühl, ihn zu hintergehen, wenn man einem anderen davon erzählt.«

»Schon klar. Dann versuchen Sie wenigstens, die alltäglichen Dinge auf mich abzuladen. Ich habe breite Schultern.« Jackman ließ die unsichtbaren Muskeln spielen.

Marie lächelte. »Das mache ich vielleicht wirklich.« Sie sah hinüber zu dem alten Cottage. »Mir gefällt das Landleben, alte Gebäude und manchmal sogar die Abgeschiedenheit. Aber das hier ist grauenvoll.«

Jackman nickte und betrachtete die Umgebung.

Da war der Fluss, der zu beiden Seiten von einem schmalen Fußweg gesäumt wurde. Darauf folgten ein Schilfstreifen und ein Streifen Wassergras, der unter Wasser stand, wenn die Flut besonders stark war, sowie eine mit Gras und Unkraut bewachsene Uferböschung. Und schließlich kilometerlange Felder, die nur von dem einen oder anderen Baum oder struppigen Gebüsch unterbrochen wurden.

»Ich sehe bloß drei weitere Anwesen«, zählte Jackman. »Und laut den Berichten haben die uniformierten Kollegen bereits alle Bewohner befragt.« Jackman holte ein kleines Fernglas heraus, wie es zur Vogelbeobachtung genutzt wurde, und richtete es auf das größte der drei Gebäude. »Das ist Bittern Lodge. Ich war dort einmal zu einem Wohltätigkeitsball eingeladen. Sehr nobel.«

Marie unterdrückte ein Lachen. Jackman sah selbst wie ein reicher Grundbesitzer aus, daher klangen solche Urteile aus seinem Mund seltsam.

»Das Landhaus steht diesen Monat leer. Douglas Fitzpatrick, der Besitzer, ist außer Landes. Er hat seine Kontaktnummern hinterlassen, und die uniformierten Kollegen fahren ab und zu vorbei.«

»Was? Hat er etwa keine Dienerschaft?«, fragte Marie gespielt schockiert.

»Die wohnt nicht im Haus. Wir leben in schweren Zeiten, Mylady, wussten Sie das nicht?«

Marie lieh sich das Fernglas und betrachtete das Landhaus. »Es sieht aber ganz und gar nicht verlassen aus. Schneidet er den Rasen etwa mit der Nagelschere? Da tanzt kein einziger Grashalm aus der Reihe.«

»Er achtet tatsächlich sehr gut darauf. Dabei ist es kein Familiensitz oder Ähnliches. Der ursprüngliche Besitzer ging pleite, und er hat es gekauft.«

Marie schwenkte zum nächsten Anwesen weiter. »Und das dort? Ist das nicht Mallard's Farm?«

»Genau. Das Haus wird seit einigen Monaten umgebaut. Sie sind gerade fertig geworden. Mir wäre es etwas zu modern, aber jeder, wie er möchte.«

»Was ist mit den Nebengebäuden?« Marie sah mit zusammengekniffenen Augen zu einer Gruppe baufälliger Schuppen.

Jackman schüttelte den Kopf. »Ich bin mir nicht sicher. Wir sehen es uns an, wenn wir zurückfahren.«

»Sie sehen verlassen aus, aber sie sind zu weit weg, um es mit Sicherheit sagen zu können.«

Jackman spitzte die Lippen. »Dann sollten wir auf jeden Fall vorbeischauen.«

Marie gab ihm das Fernglas zurück. »Unbedingt. Von hier bis zu den Schuppen sind es querfeldein maximal fünf Minuten.«

»Gehen wir zuerst ins Haus?«

»Ich kann es kaum erwarten.« Marie erschauderte übertrieben.

Jackman holte einen Schlüssel aus der Tasche und schritt

den überwucherten Weg entlang. »Der Mann bei einem tragischen Unfall ums Leben gekommen, die Frau auf mysteriöse Weise verschwunden. Kein Wunder, dass niemand herkommt.«

»Jackman? Ich habe nicht alle alten Berichte gelesen, aber warum ist Tom Holland zu einem ausgelassenen Junggesellenabschied geflogen, obwohl drei Tage zuvor das Blut seiner Frau durchs ganze Wohnzimmer gespritzt ist?«

»Es lässt sich nicht sicher sagen, aber soweit wir herausgefunden haben, haben die beiden sich gestritten. Tom war ausgezogen und wohnte bei seinem Freund. Ray Barratt? Der Bräutigam?«

»Ah, noch einer von Carters toten Freunden.«

»Genau. Scheinbar hat Tom nie erfahren, dass seiner Frau etwas zugestoßen ist.«

»Ja, so wird es sein. Er wäre wohl kaum geflogen, wenn er gewusst hätte, dass sie verletzt oder vielleicht sogar entführt wurde.«

»Wir haben ein Charakterprofil von Tom Holland erstellen lassen, und es hätte ihm tatsächlich nicht entsprochen. Er war ein anständiger, hart arbeitender Mann. Er wäre am Boden zerstört gewesen. Streit hin oder her.«

»Wer hat das Blut im Wohnzimmer eigentlich entdeckt?«

»Wir. Ein Polizist aus dem Ort kam vorbei, um Suzanne von dem Flugzeugabsturz zu berichten, aber es machte niemand auf. Als er zum zweiten Mal da war, warf er einen Blick durchs Fenster und sah das Blut.«

»Und sie wurde nicht als vermisst gemeldet?«

»Nein. Aber sie war wohl nicht sehr beliebt.«

»Was weiß man über den Zeitrahmen?«

»Die Spurensicherung geht davon aus, dass der Vorfall sich etwa drei Tage vor dem Absturz ereignet hat.«

Marie erschauderte. »Das Haus hat seinen Bewohnern kein Glück gebracht.«

Sie verbrachten etwa fünfzehn Minuten in dem stickigen, verlassenen Cottage, und Jackman stand eine Weile im Wohnzimmer und versuchte, sich vorzustellen, was hier passiert war. Abgesehen von den Flecken auf dem Boden und an den Wänden, wies nichts auf einen Streit hin. Egal, ob sie getötet oder entführt worden war – Suzanne Holland hatte sich nicht gegen ihren Angreifer gewehrt.

Er wandte sich zum Gehen. »Genug gesehen?«

Marie nickte.

Auf dem Weg zur Tür versuchte Jackman erneut, die Atmosphäre in sich aufzusaugen. Draußen angekommen, starrte er auf die Erde, den Fluss und den Himmel, bevor er Marie nacheilte. »Wie schon gesagt, ein elender Ort zum Leben ... oder zum Sterben?«

KAPITEL 10

In der Mittagspause rief Carter seinen Anwalt, seinen Finanzberater, seinen Bankmanager und einen Bekannten in der Immobilienbranche an. Wenn sein toter Freund der Mutter ihres gemeinsamen Kindes schon nicht helfen konnte – Carter McLean konnte es mit Sicherheit.

Nachdem Jack ihn vor Kims »Freunden« gewarnt hatte, hatte er ein paar diskrete Nachforschungen angestellt, bevor er die ersten Räder in Bewegung gesetzt hatte. Jack hatte recht gehabt, Bargeld kam nicht infrage. Er musste eine Reihe von Fonds einrichten.

»Sie brauchen aber auch einen sicheren Ort, an dem sie unterkommen können«, murmelte Carter vor sich hin. »Um neu anzufangen.«

Der befreundete Immobilienmakler machte einige Vorschläge, und einer schien perfekt. Das Reihenhaus befand sich in einer kleinen, nicht überteuerten Wohnsiedlung, die vor Kurzem in einem der Dörfer am Stadtrand gebaut worden war. Es gab eine Kita, eine Schule, zwei Kirchen, ein Postamt, eine Busverbindung und – das war das Beste – einen Laden mit verdammt guten Fish and Chips. Damit dürften sie hervorragend versorgt sein.

Natürlich ging das alles nicht über Nacht, aber innerhalb einer Stunde stand das Grundgerüst.

Carter hatte beschlossen, dieses Mal ehrlich zu sein. Er würde sich gleich nach der Arbeit mit Kim treffen und ihr erklären, dass Jack sich große Sorgen um sie und ihre Tochter gemacht und daher seinen reichen Freund Carter um Hilfe gebeten hatte. Punkt.

Carter lehnte sich zufrieden zurück. Schon heute Abend würde er wissen, ob seine Pläne für Kim und Phoebe Walker aufgingen. Falls ja, dann konnte Jacks Kind in eine gute Zukunft blicken, und Kim konnte sich von dem Abschaum lösen, mit dem sie sich umgab, und das Muttersein genießen.

Er nippte an dem kalten Kaffee. Matts Marathon war eine tolle Erfahrung gewesen. Die Suche nach Rays Geld hatte einen hervorragenden Ausgang genommen, doch einer Mutter und ihrem Kind zu einem besseren Leben zu verhelfen, war das Lohnendste überhaupt.

Doch das gute Gefühl verschwand schnell, als er daran dachte, dass es nach Jacks Verschwinden Zeit für den letzten Wunsch seines vierten Freundes werden würde, und davor fürchtete er sich.

Laura Archer hatte Schwierigkeiten, sich auf die letzte Sitzung des Vormittages zu konzentrieren.

Der Officer in ihrer Praxis hatte angeblich zahlreiche Probleme, aber Laura war sich mehr oder weniger sicher, dass er bloß versuchte, in Frührente zu gehen, ohne Geld einzubüßen.

Sämtliche Hinweise deuteten in diese Richtung. Hier ging es nicht um ernsthafte psychische Störungen. Ihr saß lediglich ein Mann gegenüber, der verzweifelt einen Ausweg aus einem Job suchte, den er nicht mehr ertrug. Es war traurig, aber es machte sie auch wütend, wenn sie an Carter McLean dachte.

Endlich war die Sitzung zu Ende. Laura ließ sich seufzend in ihren Schreibtischstuhl sinken.

Carter beherrschte nach wie vor ihre Gedanken.

Sie war froh, dass DI Jackman über ihre Bedenken Bescheid wusste, aber sie hatte trotzdem ein ungutes Gefühl. Laura war sich sicher, dass sie etwas Wichtiges übersehen hatte. Sie seufzte erneut. Vielleicht sollte sie eine zweite Meinung einholen.

Laura rieb sich die Augen. Der erste Kollege, der ihr in den Sinn kam, war ihr alter Professor Sam Page. Sam war mittlerweile in Rente, lebte in der Nähe eines Vogelreservats in der Marsch und verbrachte seine Zeit damit, Wasservögel zu beobachten. Er freute sich immer über ein Gespräch mit seiner Star-Studentin.

Sam war der scharfsinnigste Mensch, den Laura jemals kennengelernt hatte, und außerdem sehr freundlich. Er erinnerte sie an ihren alten Onkel Frank, der sie zum Angeln mitgenommen und sie die Geduld gelehrt hatte, die sie in ihrem Beruf brauchte.

Sie kannte Sams Nummer auswendig.

»Heute habe ich eine brütende Tafelente entdeckt! Im Winter sieht man sie oft, aber es bleiben nur wenige hier und bauen Nester. Ich hatte großes Glück. Sie stehen auf der Liste der gefährdeten Arten und sind wirklich hübsch. Kommst du vorbei und siehst sie dir an?«

Laura lachte leise. »Gerne. Wie wäre es morgen Nachmittag?«

»Wunderbar. Wir trinken Tee, beobachten die Tafelenten, und du kannst mir alles über deinen Problemfall erzählen.«

»Was bringt dich auf die Idee, dass es einen Problemfall gibt? Vielleicht habe ich dich einfach vermisst?«

»Und Schweine können fliegen.« Der alte Mann lachte herzhaft. »Aber ich helfe dir trotzdem gerne. Bis morgen.«

Laura schüttelte den Kopf. Sam las in ihr wie in einem Buch.

Sie stand auf, streckte sich und hoffte, dass er aus Carter McLean genauso schnell schlau werden würde.

Rosie schob einen dicken Ordner mit Zeugenaussagen über den Tisch in Carters Richtung. »Das ist echt großartig, Sarge.«

»Carter, laut dem neuen Protokoll.«

»Nein danke. Aber wie auch immer: Es ist trotzdem großartig. Ich habe alles ein halbes Dutzend Mal gelesen, aber kein einziges Schlupfloch gefunden. Sie sind sehr gut in solchen Dingen, was?«

»Sie sind aber auch nicht zu verachten. Sie haben hart gearbeitet, um alles zusammenzutragen. Ich habe nur ein wenig aufgeräumt und die Sache aus einem frischen Blickwinkel gesehen.«

»Wenn die Staatsanwaltschaft diesen Fall ablehnt, dann kündige ich und suche mir einen Job als Hundefutterverkosterin.«

»Nette Idee! Dann hoffen wir mal, dass sie ihn annehmen.«

Rosie gähnte. »Ich bin erledigt.«

»Ich auch«, stimmte Carter ihr zu. »Dieser Papierkram ist ermüdender als jeder Geländelauf.«

»Haben Sie Lust auf einen Feierabend-Drink, Sarge? Max und ich gehen auf dem Nachhauseweg noch ins Pub.«

»Normalerweise gerne, aber ich habe noch einen Termin. Ein anderes Mal, vielleicht?«

»Klar.« Rosie sah ihn an. »Aber warten Sie nicht zu lange, ja? Ich kenne Sie.«

Carter salutierte. »Verstanden.«

Er zog die nächste Akte heraus und öffnete sie. Noch eine Stunde, dann würde er sich auf den Weg zu Kim Walker machen und ihr hoffentlich die beste Nachricht seit Jahren überbringen.

Kim Walker war so argwöhnisch wie ein Straßenköter. Carter brauchte mehrere Minuten, bis sie ihn überhaupt in den Flur treten ließ.

»Das ist doch nur eine Masche, oder?« Kim war schlank, trug Leggins und ein bedrucktes T-Shirt. Ihre schwarzen Haare fielen ihr bis zur Hälfte des Rückens, und ihre Augen waren zusammengekniffen.

»Nein, Kim. Ich muss wirklich in Ruhe mit Ihnen reden.« Carter hörte ein Krachen in einem der oberen Zimmer, gefolgt von einem lautstarken Fluchen. »Am besten irgendwo anders.«

»Sagen Sie mir doch noch mal, wer Sie sind.«

Carter erklärte ihr, dass er Jacks Freund war. Der einzige Überlebende des Flugzeugabsturzes. Er zeigte ihr seinen Dienstausweis. »Ich bin DS Carter McLean vom Revier Saltern, Fenland Constabulatory. Vielleicht hat Jack einmal von mir erzählt?«

Endlich schien es ihr zu dämmern. »Der reiche Sack?«

»Genau der.« Er lächelte schief.

»Aber warum jetzt? Er ist seit achtzehn Monaten tot.«

Gutes Argument, dachte Carter. Weil er mir erst gestern von seiner Tochter erzählt hat? »Es gab eine Menge zu regeln, Kim, und ich war selbst schwer verletzt. Ich hatte erst jetzt die Kraft, um mich um alles zu kümmern.«

Sie entspannte sich ein wenig und nickte. »Sie waren der einzige Überlebende? Ja, das dauert sicher.« Sie sah sich um. »Ich hole Phoebe. Wo gehen wir hin?«

»Wenn es Ihnen recht ist, dann würde ich gerne mit dem Auto fahren. Ich möchte Ihnen etwas zeigen.«

Das Misstrauen war zurück. »Mit dem Auto? Sicher nicht!«

»Es sind bloß zehn Kilometer, mehr nicht. Versprochen.«

Sie seufzte, ging ins Haus und kam mit einem kleinen, dunkelhaarigen, etwa dreijährigen Mädchen wieder, das eine Latzhose mit aufgestickten Hasen und ein kariertes Oberteil trug.

»Na, du?« Carter kniete sich vor sie und streckte die Hand aus. Das war also Jacks Tochter. Sie musste aus diesem Loch hier raus, und dazu brauchte sie seine Hilfe. Eine Welle unerwarteter Gefühle schlug über ihm zusammen. »Hallo, Phoebe, ich bin Carter.«

Das Mädchen starrte ihn an.

»Sie ist Fremden gegenüber ziemlich schüchtern.«

»Gut so.« Carter lächelte. »Haben Sie einen Autositz für sie?«

Kim nickte und ging noch einmal zurück. Der Sitz war von höchster Qualität. »Meine Eltern haben noch immer nicht kapiert, dass man sich nicht aus jedem Schlamassel freikaufen kann.«

Carter fragte sich, wie sie wohl auf seinen Vorschlag reagieren würde.

Sie gab ihm den Sitz. »Gut, wir kommen mit. Aber ich habe Pfefferspray dabei, also keine krummen Dinger.«

»Sie wissen aber schon, dass so etwas illegal ist?«

»Es ist zur *Selbstverteidigung,* Sie Klugscheißer.«

Carter grinste. Langsam verstand er, was Jack an ihr gemocht hatte.

»Also, wohin fahren wir?«, fragte sie.

Carter öffnete die Autotür. »Sutterthorpe Village.«

»Warum?«

»Haben Sie schon gegessen?«

»Noch nicht, warum?«

»Ich lade Sie auf eine Portion Fish and Chips ein. Und wie schon gesagt: Ich will Ihnen etwas zeigen.«

Die Fahrt dauerte nur wenige Minuten, und kurz darauf hielten sie ihr Essen in den Händen. Sie gingen zu dritt über die Wiese und setzten sich auf eine Bank mit Blick auf den Kinderspielplatz. Für einen Außenstehenden sahen sie aus wie eine nette kleine Familie, die gemeinsam den Abend genoss.

Kim sah sich um. »Hübsch hier.«

»Ich hatte gehofft, dass es Ihnen gefällt.« Carters Tonfall wurde ernst. »Kim, bevor Jack starb, wollte er einen Vorsorgefonds für Sie und Ihre Tochter einrichten. Es gab da einen Running Gag zwischen uns: Ich war der reiche Sack, er der arme Schlucker.« Er atmete tief durch. »Die Sache ist die: Ich habe tatsächlich genug Geld, und nachdem Jack nun nicht mehr für Sie vorsorgen *kann,* möchte ich für ihn einspringen.«

Kim kaute langsam und hörte zu.

»Meine Mutter starb, als ich noch sehr jung war, und mein Vater war ein bösartiger Mistkerl. Ich habe keine Familie und keine nahen Verwandten. Ich habe nur eins: Geld. Sehen Sie die neuen Häuser dort drüben?« Er deutete auf ein paar kleinere Reihenhäuser auf der anderen Seite des Rasens. »Sie sind nicht groß, bloß zwei Zimmer oben, zwei

Zimmer unten. Sie haben eine Einbauküche, ein Badezimmer mit Dusche und einen hübschen kleinen Garten samt Garage an der Rückseite. Wenn Sie wollen, gehört eines davon Ihnen. Für Phoebe, von ihrem Vater.«

Er nahm einen Bissen und wartete auf ihre Reaktion.

Kim schwieg. Dann sah er die Tränen, die über ihre Wangen liefen. »Ich frage mich nur ... Ich dachte mir ...« Sie schniefte. »Sagen Sie mir bitte, dass nicht meine Eltern hinter all dem stecken. Das tun sie doch nicht, oder?«

Carter schüttelte den Kopf. »Ich kenne Ihre Eltern gar nicht, Kim. Es ist allein meine Sache. Ein Weg, um mich bei Jack zu entschuldigen.«

»Dass Sie am Leben sind und er nicht?«

»So in etwa.«

»Sie sollten dankbar sein, dass Sie noch leben. Man kann sich nicht die ganze Zeit über schuldig fühlen. So läuft es nun mal, Carter McLean. Man gewinnt, und man verliert.«

»Lassen Sie sich von mir helfen?«

»Ich wäre eine Idiotin, wenn nicht, oder?«

Carter atmete erleichtert aus. »Puh! Also, ich habe das folgendermaßen eingerichtet ...«

Es dauerte eine Weile, bis er ihr das System aus Fonds und Zuschüssen erklärte hatte, doch als sie fertig gegessen hatten, wirkte Kim Walker wie verwandelt.

»Ich habe Jack wirklich sehr geliebt.« Sie sah ihn mit ihren dunkelbraunen Augen an. »Aber meine Eltern haben extremen Druck auf uns ausgeübt. Nachdem wir uns wegen ihnen getrennt hatten, zog ich von zu Hause aus. Danach war ich eine Zeit lang außer Rand und Band.« Sie verzog das Gesicht. »Daher auch meine derzeitige Wohnsituation samt Mitbewohnern.«

»Es sollte nicht allzu lange dauern, das zu regeln. Und in

der Zwischenzeit würde ich vorschlagen, dass ich Ihnen ein Zimmer in einem Hotel hier in der Nähe besorge.« Er setzte sein gewinnendstes Lächeln auf. »Ohne jegliche Hintergedanken. Ich schwöre.«

Sie lächelte ebenfalls. »Jack hat Ihnen vertraut, und das reicht mir. Er hat mir oft erzählt, wie er mit Ihnen und den anderen an der *Eva May* gearbeitet hat. Er hat mir versprochen, mit mir hinzufahren, aber dazu ist es nicht mehr gekommen.«

»Sie ist fast fertig. Wenn Sie wollen, nehme ich Sie irgendwann einmal mit, damit Sie sich ansehen können, wovon er geredet hat.«

»Das wäre nett.« Kim sah zu ihrer Tochter, die vergeblich einer Ente hinterherjagte. »Ich hatte Angst, was einmal aus ihr werden würde. Aber jetzt ...«

»Jetzt brauchen Sie sich keine Sorgen mehr zu machen. Für die Kleine ist gesorgt. Und für Sie auch.« Er hielt kurz inne. »Ich frage mich, warum Jack mir nie von Ihnen und seiner Tochter erzählt hat. Wir haben uns sehr oft unterhalten. Es kommt mir seltsam vor, dass er Sie mir nie vorgestellt hat.«

»Aber er muss Ihnen doch erzählt haben, dass er für uns vorsorgen will, sonst wären Sie jetzt nicht hier, nicht wahr?«

Carter geriet in Panik. Er hatte es schon wieder getan. Er hatte geredet, ohne vorher nachzudenken. »Ich ... Ich meine, er hat nie gesagt, wie ernst die Situation mit Ihren Eltern war. Und er hat Sie uns lange Zeit verschwiegen. Er ist erst auf dem Flug nach Holland damit herausgerückt.«

Das schien Kim zufriedenzustellen. »Meine Mutter und mein Vater haben Jack das Leben sehr schwer gemacht, ihn fast schon ernsthaft bedroht. Also beschlossen wir, uns heimlich zu treffen und niemandem davon zu erzählen – und dazu gehörten wohl auch Sie und die anderen Freunde.« Sie stieß ein trauriges Lachen aus. »Danach geriet mein Leben ziemlich aus den Fugen, und ich hätte nie gedacht, dass es jemals wieder besser werden wird.« Sie rieb sich die Augen. »Es ist wie in einem modernen Märchen. Ich kann es immer noch nicht glauben.«

»Glauben Sie es ruhig. Es tut mir nur leid, dass ich nicht Ihr Traumprinz bin.«

Sie beugte sich zu ihm und drückte ihm einen schnellen Kuss auf die Wange. »Aber Sie sind auch kein Frosch. Sie sind mein Ritter in glänzender Rüstung.«

»Nein, Kim. Das war Jack. Das geht auf seine Kappe.«

Er gab ihr ein Taschentuch.

Robbie freute sich nicht gerade auf seinen »Urlaub«. Er war kein Trinker und ging auch nicht gerne in Clubs. Das unaufgeregte Nachtleben im spanischen Sanxenxo war daher eine angenehme Überraschung.

Außerdem war die galizische Küste unglaublich schön. Bei seiner Ankunft war es zwar schon dunkel, doch Flyer und Broschüren priesen die zahllosen Wanderwege, die eindrucksvolle Landschaft und die wilde Natur an. Robbie liebte Wandern, und er beschloss, irgendwann noch mal in Ruhe hierherzukommen.

Das Nachtleben stellte sich als einigermaßen gemütlich und entspannt heraus, und statt Clubs gab es hauptsächlich Bars, Cafés und Lounges. Harvey Cash fand er in einer ruhigen Bar in einer schmalen Seitengasse. Der Animateur war betrunken, aber Robbie wusste mittlerweile, dass das der Normalzustand war. Er sah nach, was Harvey trank, ging zur Bar und bestellte zwei Gin Tonic.

»Ich hasse es, wenn jemand beim Telefonieren einfach auflegt, Sie nicht auch?« Robbie schob eines der hohen, gefrosteten Gläser in Harveys Richtung. »Also dachte ich, ich komme mal vorbei und sehe mir den Mann an, der gestern Nacht partout nicht mit mir reden wollte.«

Harveys Augen wurden groß. Er wollte aufstehen, doch Robbie drückte ihn zurück. »Ich habe den Flug selbst bezahlt, also will ich verdammt noch mal auch was dafür. Ich gehe nicht, bevor Sie mir nicht gesagt haben, warum Suzanne eine solche Schlampe war ... Wie Sie es gestern Nacht formuliert haben.«

Harvey sank in sich zusammen. »Du wirst nicht lockerlassen, oder?«

»Nö.«

»Na gut, ich rede. Aber nicht hier. Wir trinken die hier aus, und dann kaufst du uns eine Flasche – nein, *zwei* Flaschen –, und wir gehen zu mir nach Hause. So, oder gar nicht.«

»Soll mir recht sein.« Robbie wusste nur nicht, wie er einen klaren Kopf bewahren sollte. Nachdem er zugesehen hatte, wie seine Eltern sich auf viel zu vielen »gesellschaftlichen« Anlässen hatten volllaufen lassen, hielt er sich vom Alkohol fern. Seinen letzten Drink hatte er an Weihnachten getrunken. Das hier würde nicht einfach werden.

»Als ich hörte, dass Sie als Animateur arbeiten, dachte ich an ein Urlaubsresort voller besoffener Briten, die sich reihenweise übergeben.« Er sah sich um. »Aber eigentlich ist es echt nett.«

»Es gibt hier einige ruhige Plätze – die schönsten entlang der Küste. Ich kam früher immer den Sommer über hierher, mittlerweile bleibe ich das ganz Jahr und glaube nicht, dass ich noch mal weggehe.« Harvey fuhr sich mit der Hand durch die schütter werdenden Haare, griff nach dem Glas und leerte es in einem Zug. Dann rülpste er laut. »Gehen wir?«

Robbie sah ihn entsetzt an. »Tut mir leid, Mann, aber das schaffe ich auf keinen Fall!«

»Dann helfe ich dir. Ich kann nämlich zaubern. Du holst zwei Flaschen Ribeiro von meinem Freund Mateo hinter der Bar, und bis du bezahlt und Mateo ein anständiges Trinkgeld zugesteckt hast, ist der hier verschwunden. *Abrakadabra.*«

Zwanzig schwierige Minuten später – Harvey wollte Robbie unbedingt überreden, noch eine andere Bar zu besuchen – waren sie endlich in Harveys Wohnung.

Robbie war überrascht. Die Wohnung war tatsächlich annehmbar. Abgesehen von ein paar leeren Flaschen an etwas seltsamen Stellen, war alles aufgeräumt und sauber.

Harvey ließ sich auf das bunte Sofa fallen. »Gläser sind in dem Küchenschrank über dem Kühlschrank. Der Wein ist richtig gut. Aus der Gegend, aber trotzdem *excelente.* Vielleicht geht es dir damit besser als mit dem Gin.«

Robbie schenkte sich ein Glas ein und nippte daran. Wirklich nicht schlecht. Er reichte Harvey ebenfalls ein Glas und ließ sich in einen übergroßen Sitzsack sinken.

»Du musst ziemlich verzweifelt sein, wenn du extra herkommst. Wie war noch mal dein Name?«

»Robbie. Und ja – ich bin verzweifelt.«

»Warum ich und nicht das Nachfolgemodell? Ähm ... Tom Irgendwie.«

»Weil er tot ist, Harvey. Er starb bei einem Flugzeugabsturz.«

»Wollte wohl von ihr fort, was?«

»Nein. Auch wenn wir aufgrund der Zeugenaussagen davon ausgehen, dass er nicht mehr mit ihr zusammenlebte, als sie verschwand.«

»Das überrascht mich nicht.« Harvey nahm einen großen Schluck Wein. »Und was ist mit ihrem gruseligen Bruder? Er war ständig in ihrer Nähe. Er kann dir wahrscheinlich mehr über sie erzählen als sonst jemand.«

Robbie sah ihn an. Welcher Bruder? Warum wurde er in keinem Bericht erwähnt? Wie viele Geheimnisse über Suzanne Holland würde er noch zutage fördern?

»Ich habe noch nie etwas von einem Bruder gehört, Harvey. Wie heißt er?«

Harvey überlegte. »Mhm ... Das habe ich vergessen. Sie hatten verschiedene Nachnamen. Aber sie nannte ihn ... Ja, genau. Ralphie. Ralph Dolan!«

Robbie schrieb den Namen in sein Notizbuch. »Warum war er gruselig?«

»Er sieht aus wie ein Perverser. Ich würde niemanden mit ihm allein lassen. Nicht mal den Hund.«

»Weißt du, wo er sich im Moment aufhält?«

»Hoffentlich in der Hölle, wo er mit seiner Halbschwester verrotten kann.«

»Er ist tot?«

Harvey grinste böse. »Tut mir leid, das war nur Wunschdenken. Keine Ahnung, wo er ist.«

»Aber du glaubst, dass Suzanne tot ist.«

»Das hoffe ich doch.«

Robbie nippte an seinem Wein. Ihm war bereits ein wenig schwummrig, aber zumindest würde er einen Namen mit nach Hause bringen. »Ich will dir echt nicht zu nahetreten, Kumpel, aber könnten wir jetzt darüber reden, weswegen ich hergekommen bin?«

Das Lächeln verschwand. Harvey seufzte. »Nimm noch

ein Glas, Robbie. Und dann lehn dich zurück, und ich erzähle dir alles über die liebreizende Suzanne.«

Als Carter um vier Uhr morgens aufwachte, saß Tom einsam und allein am Fußende seines Bettes. Der Gestank war ekelerregend.

»Tom?« Er stützte sich auf dem Ellbogen ab und versuchte, sich auf seinen Freund zu konzentrieren. »Jetzt bist du wohl an der Reihe, Kumpel.«

Die Gestalt löste sich langsam in Luft auf. Carter starrte in die Dunkelheit, und ein einziges Wort hallte in seinen Ohren.

Suzanne.

KAPITEL 11

Sir!«, rief Charlie quer durch den Ermittlungsraum. »Ich habe hier einen Mann in der Leitung, der vielleicht Neuigkeiten zu Suzanne Holland für uns hat.«

Jackman eilte zu Charlies Schreibtisch und nahm den Hörer entgegen. »Detective Inspector Jackman hier. Sie haben Informationen für mich?«

»Ich heiße Alan Pitt. Ich war eine Zeit lang unterwegs und habe auswärts gearbeitet, aber ich musste für eine Krankenhausbehandlung zurückkommen. Dort habe ich den Zeugenaufruf im Fernsehen gesehen. Ich werde morgen Vormittag entlassen.« Ein heiseres Husten. »Ich glaube, ich habe damals etwas gesehen.«

»Wir kommen gerne zu Ihnen, Sir. In welchem Krankenhaus liegen Sie?«

»Im Lincoln, aber es wäre mir lieber, wenn ich zuerst die Behandlung abschließen darf. Die ist ziemlich anstrengend. Es handelt sich doch um einen sogenannten *Cold Case*, richtig? Dann kommt es doch sicher nicht auf einen weiteren Tag an, nicht wahr?«

Es klang, als müsste sich der Mann einer Krebsbehandlung unterziehen. Jackman bestand daher nicht auf einem sofortigen Termin. »Natürlich, Sir. Sollen wir zu Ihnen kommen oder uns lieber hier auf der Dienststelle unterhalten?«

»Ich komme zu Ihnen. Ich versuche, es so früh wie möglich einzurichten, es sei denn, ich werde aufgehalten.«

»Danke, Sir.« Jackman hielt kurz inne. »Darf ich Sie nur noch fragen, ob Sie sehen konnten, was passiert ist?«

»Ich habe zwei Männer auf dem Treidelpfad gesehen. An der Stelle, die in dem Aufruf beschrieben wurde. Sie haben sich seltsam verhalten.«

»Ich weiß, dass es unwahrscheinlich ist, immerhin ist es lange her, aber glauben Sie, dass Sie die beiden wiedererkennen würden?«

»Seltsamerweise ja. Zumindest einen. Er erinnerte mich an meinen Cousin.« Ein weiterer Hustenanfall. »Ich muss jetzt auflegen, aber wir sehen uns morgen.«

Jackman nahm die Kontaktdaten auf und dankte dem Mann. »Charlie, sagen Sie dem Beamten am Empfang Bescheid. Er soll im Ermittlungsraum anrufen, sobald der Zeuge da ist.«

Charlie eilte davon.

Eine Spur! Und sie klang vielversprechend. Als Jackman sich umdrehte, sah Marie ihn erwartungsvoll an. »Dann hoffen wir mal, dass der Mann über ein eidetisches Gedächtnis verfügt *und* hervorragend Menschen beschreiben kann!«

Marie hob die Augenbrauen. »Wir sollten uns besser nicht zu früh freuen. Die meisten Leute können sich nicht einmal an Gesichter erinnern, die sie vor zwei Stunden gesehen haben – ganz zu schweigen von achtzehn Monaten. Ich würde mal nichts erwarten. Andererseits hat Orac erzählt, dass die neuen Programme schon richtig gut sind.«

Jackman nickte und erschauderte kaum merklich, als er Oracs Namen hörte.

Orla Cracken – besser bekannt als Orac – war ein Computergenie, das in seinem Reich im Untergeschoss der Dienststelle mit eiserner Hand regierte.

Und sie jagte Jackman furchtbare Angst ein.

»Ja«, meinte er. »Wir sollten wohl eher auf Robbie hoffen. Vielleicht hat er in Spanien Erfolg.«

»Er ist ein richtig guter Cop«, sagte Marie. »Sehr engagiert.«

Jackman nickte. »Ja. Ich bin froh, dass wir ihn an Bord geholt haben.«

»Ich mag ihn«, fügte Marie hinzu. »Ich mag das ganze Team, aber Robbie ist einmalig, nicht wahr?«

»Manchmal glaube ich, er versucht, etwas zu beweisen. Ich bin mir bloß nicht sicher, ob uns oder sich selbst.«

Marie nickte. »Ich glaube, er gibt sein Bestes für seine alte Partnerin. Stella North musste nach ihrer Verletzung ihren Beruf aufgeben, den sie von ganzem Herzen geliebt hat, und Robbie versucht, ihr Ehre zu erweisen. Er macht es für sie.«

»Mir wäre lieber, er würde es für sich selbst machen. Aber ich beschwere mich natürlich nicht. Er ist in jedem Fall eine Bereicherung.« Jackman warf einen Blick auf die Uhr. »Er hat noch ein Ticket für einen Flug um acht Uhr dreißig gestern Abend bekommen. Er meinte, in den Bars würde es gerade richtig losgehen, wenn er dort aufkreuzt.«

»Ah. Sonne, Meer und Sangria! Max hatte recht, er ist wirklich ein verdammter Glückspilz.«

»Wenn der Ex ihm erzählt, was er sich erhofft, dann fliegt er heute Abend wieder zurück. Da bleibt nicht viel Zeit zum Feiern.«

»Jammerschade.«

»Das klang jetzt sehr glaubwürdig.« Jackman lächelte. »Warum machen Sie denn nicht mal Urlaub, Marie? Sie sehen furchtbar müde aus.«

»Irgendwann, vielleicht. Wenn die Ermittlungen abgeschlossen sind und wenn ...«

Sie beendete den Satz nicht, aber Jackman wusste auch so, was sie meinte. Wenn Carter wieder auf dem Damm war. »Irgendwohin, wo es heiß ist, würde ich vorschlagen.«

»Ich dachte eher daran, Zeit mit meiner Mum in Wales zu verbringen.«

Jackman verzog das Gesicht. »Sie mögen verregnete Ferien?«

»Nicht unbedingt, aber ich mag meine Mum«, erwiderte Marie bestimmt. »Sie weigert sich, in den sonnigen Süden zu reisen, also muss ich nach Cymru.«

Marie kehrte an ihren Schreibtisch zurück. Jackman hätte ihr am liebsten zwei Tickets an den wärmsten, sonnigsten Ort der Welt geschenkt. Er hatte bereits Officer mit Burn-out erlebt, und er wollte nicht, dass es jemandem widerfuhr, den er gernhatte – abgesehen davon, dass Marie verdammt gut in ihrem Job war. Er atmete tief durch. Er musste diesen Fall aus der Welt schaffen, und dann würde er dafür sorgen, dass Marie ihren dringend notwendigen Urlaub nahm.

Heute war Carters freier Tag. Es fühlte sich nicht richtig an, aber er wusste, dass er irgendwann dafür bezahlen würde, wenn er sich keine Auszeit nahm. Er stand spät auf, frühstückte und beschloss dann, der *Eva May* einen Besuch abzustatten.

Bevor er losfuhr, rief er Marie an. »Beim kleinsten Hinweis auf Neuigkeiten im Fall Leah meldest du dich sofort, ja? Ich fahre zum Boot, das heißt, ich bin im Notfall innerhalb von fünfzehn Minuten im Büro.«

Marie sagte ihm, er solle sich keine Sorgen machen. Die Superintendentin, Marie selbst und die uniformierten Kollegen kümmerten sich um Leah. Aber natürlich würde sie ihn anrufen, falls es Neuigkeiten gab.

Unten am Kai glitzerte die *Eva May* im Sonnenlicht, und Carter war plötzlich unheimlich stolz. Seine Freunde und er hatten verdammt gute Arbeit geleistet.

Als sie zum ersten Mal hier gewesen waren, waren sie der Verzweiflung nahe gewesen. Doch im Lauf der Monate war das hübsche alte Rettungsboot langsam wieder zum Leben erwacht. Carter hatte einige Besitzer und Fans alter Boote als Unterstützer an Bord geholt und sogar einen alten Geschäftspartner seines Vaters gebeten, ihm die Maschinen zu leihen, mit denen sie sie aus dem Wasser heben und drehen konnten.

Matt war ein hervorragender Zimmerman, und seine Hilfe war unbezahlbar gewesen. Er hatte den Schiffsrumpf schnell von seinen verrotteten Planken befreit und durch Mahagoniholz ersetzt, das er mit Dampf anpassen musste. Er hatte die Eichenfender erneuert und das Seitendeck verstärkt, während Carter und Jack das Holz für die Deckplanken geschnitten und gehobelt hatten.

Der Motor war Rays Baby gewesen. Sie hatten ein altes, gebrauchtes Exemplar aufgetrieben, das Ray zuerst auseinandergebaut, repariert und anschließend wieder zusammengesetzt hatte.

Tom hingegen war für die Bronze- und Metallarbeiten zuständig gewesen und hatte ihnen alles zu galvanisierten

Kielschwertern, Antriebswellen, Kardanwellen und Schiffsschrauben erklärt.

Die Arbeit war ihnen endlos erschienen. Sie hatten Segel, Spieren und eine neue Motorüberdachung besorgt, und ehe sie sichs versehen hatten, hatten sie den Rumpf gestrichen.

Mittlerweile gab es kaum noch etwas zu tun, und Carter war allein. Aber er musste beenden, was sie gemeinsam begonnen hatten.

Er kletterte an Bord und sah, dass Silas am Kai stand.

»Ich habe Zeit, Junge. Soll ich dir helfen? Ich kann immer noch gut mit dem Pinsel umgehen.«

Silas hatte sein ganzes Leben lang Boote repariert. Carter war unheimlich stolz, wenn er die Bewunderung in den Augen des alten Mannes sah. Zuerst hatte Silas ihr Vorhaben belächelt, aber er hatte ihre Fortschritte verfolgt und ihnen ein paar unbezahlbare Ratschläge mitgegeben.

»Komm an Bord, Si.« Er half dem alten Mann an Deck.

»Wann ist der große Tag?«, fragte Silas.

»Nächste Woche. John Baxter vom Bootshafen in Greenborough bringt am Dienstag die Ausrüstung vorbei, um sie zu Wasser zu lassen.«

»Und dann?«

Carter atmete tief durch. »Dann fahre ich mit ihr hinaus.«

»Allein?«

Carter war sich nicht sicher, was er darauf erwidern sollte. Er war in letzter Zeit kaum jemals allein. Tom Holland schien ihm immer auf den Fersen. »Keine Ahnung, Si. Vielleicht.«

Silas schwieg.

Sie verbrachten die nächsten paar Stunden mit Aufräumen und verpassten dem Anstrich den letzten Feinschliff. Plötzlich bellte Klink, der am Kai zurückgeblieben war.

Ein KIA Sportage hielt neben Carters Land Rover. Carter sah blinzelnd in die gleißende Sonne. Was, um alles in der Welt, hatte Laura Archer hier verloren?

Klink beäugte sie misstrauisch, rührte sich jedoch nicht vom Fleck.

»Na gut, dann mache ich mich mal auf den Weg.« Silas wischte sich die Hände an der Hose sauber und richtete sich auf.

»Danke für deine Hilfe, Si.«

»Ich bin immer für dich da, wenn du mich brauchst.« Er warf Carter einen eindringlichen Blick zu. »Immer.«

Carter berührte seine Schulter und nickte.

Klink und sein Herrchen verschwanden außer Sichtweite.

Carter winkte Laura zu sich. »Kommen Sie rauf und sehen Sie sich um!«

Laura kletterte die Leiter hoch an Deck und ließ die Hand über die glatten Oberflächen gleiten. »Ich habe mir ein Wrack vorgestellt, aber das Boot ist wunderschön.«

»Als wir begonnen haben, war sie auch ein Wrack.«

»Tolle Leistung!«

»Bloß schade, dass die Jungs sie nicht mehr sehen können.«

Laura nickte.

Carter runzelte die Stirn. »Es ist doch alles in Ordnung, oder? Sie waren noch nie hier.«

»Ich habe eine Stunde Pause und dachte mir, ich sehe mir an, was Sie schon so lange beschäftigt.« Sie betrachtete das gehobelte und polierte Holz und die glänzenden Messingbeschläge. »So etwas hätte ich nicht erwartet.«

»Wir hatten natürlich Hilfe, aber im Grunde haben wir die *Eva May* allein restauriert. Mit Blut, Schweiß und Tränen.«

»Ich finde, Sie sollten Kontakt zu einem Verein für Geschichte der Seefahrt aufnehmen. Die Öffentlichkeit sollte dieses Boot besichtigen können oder vielleicht sogar damit hinausfahren. Die *Eva May* hat sicher eine Menge zu erzählen.«

»Das hat sie. Tom hat ein wenig recherchiert. Sie war Teil einiger heldenhafter Rettungsmissionen, und viele Besatzungsmitglieder sind bei dem einen oder anderen Einsatz ertrunken. Kaum zu glauben, welche Stürme dieses kleine Boot überstanden hat, um andere zu retten.«

»Ich weiß. Ich habe früher in Northumberland in der Nähe einer Rettungsstation gewohnt. Wenn sie hinausgefahren sind, habe ich jedes Mal gebetet.« Sie sah ihn an. »Warum wollen Sie es nicht nutzen? Für Ausflüge auf dem Fluss, zum Robben Beobachten oder so. Als Andenken an Ihre Freunde. Gibt es einen besseren Weg, als all die harte Arbeit zu würdigen?«

Er versuchte, so zu tun, als würde er über ihren Vorschlag nachdenken, doch eigentlich hatte er etwas vollkommen anderes im Sinn. »Wollen Sie ein Bier? Wir haben einen kleinen Kühlschrank an Bord, ebenso wie andere moderne Annehmlichkeiten.«

»Nein danke. Ich habe noch nicht zu Mittag gegessen, und vielleicht werde ich auf dem Rückweg von einem überenthusiastischen Polizisten angehalten.«

Carter verzog das Gesicht. »Früher habe ich auch so gedacht.« Er setzte sich und deutete auf den Stuhl gegenüber. »Darf ich Sie etwas fragen?«

»Natürlich.«

»Ich arbeite derzeit an einem Fall, bei dem eine junge Frau von einem hartnäckigen Verehrer verfolgt wird. Ich persönlich glaube, ehrlich gesagt, nicht, dass sie in echter Gefahr schwebt, aber wir müssen uns trotzdem darum kümmern, denn immerhin ist sie die Nichte der Superintendentin.«

Laura hörte schweigend zu.

»Das Problem ist, dass die anderen mit Suzanne Hollands Verschwinden beschäftigt sind. Sie kommen nicht voran, und wenn es jemanden gibt, der ihnen helfen kann, dann bin das wohl ich. Aber sie wollen mich nicht mitmachen lassen.« Er lehnte sich nach vorne. »Ich muss an diesen Fall ran, Laura.«

»*Müssen* ist ein sehr starkes Wort, Carter. Warum *müssen* Sie an den Fall ran?«

»Für Tom.« Carter trommelte mit den Fingern gegen die Seitenwand des Bootes. »Sie sind alle fort. Außer Tom. Matt, Ray, Jack – alle weg.«

Laura bat ihn nicht um eine Erklärung. Nach einer Weile sagte sie: »Sie haben jedem Ihrer Freunde einen letzten Gefallen erwiesen und glauben, dass sie dadurch zur Ruhe gefunden haben, nicht wahr?«

Carter nickte. »Allen außer Tom. Und ...« Am liebsten hätte er geweint. Er schluckte. »Das Problem ist, dass ich genau weiß, was er von mir will, und er wird mich nicht in Ruhe lassen, bis ich es erledigt habe.«

»Was will er?«

»Er hat es nicht genau gesagt, aber er flüstert immer wieder ihren Namen. *Suzanne.* Er will, dass ich herausfinde, was mit ihr passiert ist. Aber ich bearbeite den Fall doch nicht! Wie soll ich ihm helfen, wenn sie mich aus den Ermittlungen ausschließen?«

»Haben Sie schon mit DI Jackman gesprochen?«

»Was soll ich ihm denn sagen? Dass mein toter Freund mich heimsuchen wird, bis ich den Entführer – oder sogar den *Mörder* – seiner Frau gefunden habe? Wie würde das klingen?«

Laura blieb ruhig. »Vielleicht sollten Sie einfach Ihre Hilfe anbieten. Immerhin kannten Sie Tom Holland sehr gut.«

»Das habe ich schon. Sie sagen es mir nicht ins Gesicht, aber sie wollen mich nicht einmal in der Nähe des Falles wissen. Sogar Marie war es unangenehm, als ich sie darauf angesprochen habe.«

»Ihre Kollegen versuchen nur, Sie zu schützen, Carter. Sie wollen nicht, dass Sie von den Erinnerungen überrollt werden. Jackman will Sie langsam wieder an den Job heranführen und nicht gleich ins tiefe Wasser stoßen.«

Carter schüttelte den Kopf. Er war immer noch den Tränen nahe. »Schon klar. Aber Sie haben keine Ahnung, wie es ist, wenn man nicht helfen kann.«

Laura lächelte sanft. »Sie wissen doch, dass die Tatsache, dass Sie Tom ›sehen‹, Teil der sogenannten ›Schuld des Überlebenden‹ ist? Es ist eine häufige Reaktion, Carter. Es hat massive Auswirkungen auf die Psyche, wenn Leute um einen herum sterben und man selbst am Leben bleibt. Viele Menschen versuchen in solchen Situationen, die Erinnerung an die Verstorbenen so lange wie möglich am Leben zu erhalten.« Sie lehnte sich ein wenig näher an ihn heran. »Sie haben im Grunde einen brillanten Weg gefunden, um nach vorne zu blicken und weiterzumachen, und Sie haben es ohne fremden Rat geschafft. Viele Therapeuten empfehlen, einen Weg zu finden, um den Toten eine letzte Ehre zu erweisen. Sie haben es getan, indem Sie den Angehörigen Ihrer Freunde geholfen haben, und das ist wundervoll und eine sehr positive Entwicklung, Carter.«

Carter rieb sich die Augen. »Vielleicht. Aber warum wirken sie so real? Und warum rieche ich das verbrannte Fleisch?«

»Es ist Teil der schrecklichen Dinge, die Sie miterlebt haben. Tom haben Sie doch als Letztes gesehen, bevor Sie das Bewusstsein verloren haben, nicht wahr?«

Carters Gesicht wurde hart. »Ich will nicht daran denken.«

»Und ich will Sie nicht dazu zwingen. Aber Sie haben mich nach einem Grund gefragt, und das ist die Antwort. Carter, Sie machen gerade unglaubliche Fortschritte. Sie sind auf dem besten Weg, darüber hinwegzukommen. Sie funktionieren im Job und haben so weit alles im Griff. Bitte, seien Sie nicht so hart zu sich selbst! Die Vergangenheit lässt sich nicht ändern, aber Sie können lernen, eine neue Zukunft zu erschaffen.«

»Aber das geht erst, wenn ich Tom seinen Wunsch erfülle und er Frieden finden kann. Wir müssen Suzanne finden. Ich halte das nicht mehr lange aus. Ich muss diesen letzten Auftrag erfüllen, Laura. Unbedingt.«

Laura lehnte sich zurück. »Dann müssen wir versuchen, Sie ins Ermittlungsteam zu bringen.«

»Reden Sie mit Jackman?«, fragte Carter flehentlich.

»Ich muss darüber nachdenken. Überlassen Sie die Sache erst mal mir, ich werde sehen, was ich tun kann.«

Carter atmete zitternd ein. »Danke! Vielen Dank!«

Laura verabschiedete sich. Er dachte an ihren Gesichtsausdruck, als sie sich zum Gehen wandte. Er hatte sie in eine sehr schwierige Lage gebracht, aber er hatte keine andere Wahl.

Laura hatte keinen Einfluss auf polizeiliche Entscheidungen. Es lag nicht in ihrer Verantwortung und überstieg ihre Befugnisse. Aber er wusste, dass sie um seinetwillen mit Jackman reden würde. Er hoffte nur, dass sie ihn überzeugen konnte.

Carter lehnte sich an seine geliebte *Eva May,* und da hörte er es wieder. Ein Flüstern, das sich über das Schwappen der Wellen erhob. *»Suzanne ... Suzanne ...«*

Er unterdrückte das aufsteigende Schluchzen. »Lass mich in Ruhe! Ich gebe mein Bestes! Was soll ich denn noch tun?«

KAPITEL 12

Als das Flugzeug am Heathrow Airport landete, fragte Robbie sich benommen zum wiederholten Mal, ob die Reise reine Geldverschwendung gewesen war. Vielleicht, vielleicht auch nicht. Zumindest hatte er ein neues, herrliches Fleckchen Erde zum Wandern entdeckt. Robbie reiste nicht gerne ins Ausland. Seine Eltern waren Geld scheffelnde Emporkömmlinge gewesen, die ihn als Kind von einem Urlaubsresort ins nächste geschleppt hatten, und er hatte sich irgendwann geschworen, nie wieder in ein Flugzeug zu steigen. Trotzdem hatte er sich in die Küstenlandschaft Galiziens verliebt.

Er dachte an seinen neuen Trinkkumpan Harvey Cash. Nach drei gemeinsamen alkoholgeschwängerten Stunden hatte Robbie eine gewisse Sympathie für den verbitterten, desillusionierten Mann entwickelt, und als er Harveys Wohnung schließlich verlassen hatte, war er traurig gewesen, dass er ihm nicht helfen konnte.

Harveys Leben war dank der jungen, attraktiven Suzanne ein Scherbenhaufen. Sie hatte ihn mit einem Trick dazu gebracht, sie zu heiraten, ihn ausgenommen und ihn mit Geschichten über ihre Untreue gequält. Nach der Scheidung hatte er geglaubt, es endlich hinter sich zu haben, doch sie hatte ihn vor Gericht gezerrt und ihn beschuldigt, ihr Tausende Pfund gestohlen zu haben. *»Ich hätte es wissen müssen. Ich hätte etwas ahnen sollen«*, hatte er gesagt. Harvey hatte einen hohen Preis dafür gezahlt, dass er sich in sie verliebt hatte.

Es gab zwar keine Beweise, aber zumindest wusste Robbie jetzt besser über Suzannes wenig einnehmenden Charakter Bescheid.

Auf dem Weg vom Flughafengebäude zum Parkplatz dachte Robbie über Suzannes Ehe mit Tom Holland nach. Was sie darüber wussten, passte nicht zu Harveys Erzählung. Trotzdem glaubte er nicht, dass der Mann ihn angelogen hatte.

Robbie musste unbedingt mit Carter McLean reden. Carter und Tom waren beste Freunde gewesen, und Robbie war sich sicher, dass Tom sich Carter anvertraut hatte. Vielleicht war die letzte Auseinandersetzung doch mehr als ein kleiner Streit gewesen. Vielleicht waren Tom und Suzanne nicht so glücklich gewesen, wie es den Anschein gehabt hatte.

Robbie erinnerte sich daran, was Harvey gesagt hatte, kurz bevor er den Kopf in den Nacken gelegt und zu schnarchen begonnen hatte. »Sie behauptet, dich zu lieben, aber sie verletzt dich nur. Und ich meine, wirklich *verletzen*, Robbie. Es hat schrecklich wehgetan.«

Robbie war sich nicht ganz sicher, was das zu bedeuten hatte. Es hieß doch, dass man die, die man liebt, oft am meisten verletzt, aber Harvey hatte offenbar etwas anderes gemeint. Er hatte das Wort noch einige Male wiederholt, bevor er eingeschlafen war, und dann war es zu spät gewesen, ihn danach zu fragen.

Robbie war überzeugt davon, dass Suzanne von ihrer Vergangenheit eingeholt worden war.

Als er das Flughafengelände schließlich verließ, strotzte er vor Energie. Plötzlich verspürte er den Drang, die Kopien der ursprünglichen Ermittlungen, die auf seinem Schreibtisch lagen, noch einmal durchzugehen. Vor allem wollte er mehr über Toms und Suzannes Ehe erfahren. Er warf einen Blick auf die Uhr. Es war erst kurz nach zehn, er würde also gegen Mitternacht wieder in Saltern sein und konnte dort gleich in die Dienststelle fahren, die Kollegen in der Nachtschicht zu Tode erschrecken und sich noch einmal ein Bild von der Schwarzen Witwe von Saltern machen.

Als er den Ermittlungsraum betrat, drang leises Schnarchen hinter einem Schreibtisch hervor. Charlie Button schlief tief und fest. Einen Moment lang überlegte Robbie, eine dicke Akte auf den Tisch zu knallen oder »Feuer!« in Charlies Ohr zu brüllen, doch dann grinste er nur und ging zu seinem Schreibtisch. Der Junge machte derzeit jede Menge Überstunden. Er hatte sich etwas Schlaf verdient, solange es noch möglich war.

Robbie brauchte etwa dreißig Minuten, um sich ein Bild zu machen, und es passte tatsächlich nicht im Geringsten zu dem, was Harvey erzählt hatte. Nach dem erbitterten Scheidungskrieg gegen ihren Ex hatte Suzanne eine Reihe bedeutungsloser Affären gehabt, doch nachdem sie Tom kennengelernt hatte, war sie zur Vorzeigefrau mutiert. Bis eine Woche vor Toms Tod waren sie das perfekte Paar gewesen. Abgesehen von der Zeit, die Tom auf dem alten Rettungsboot verbracht hatte, waren sie rund um die Uhr zusammen gewesen. Was hatte den Traum von der großen Liebe letztlich zerstört?

Robbie blätterte durch die Zeugenaussagen, doch er fand keinen Hinweis. Da fiel ihm plötzlich wieder ein, dass Rays eigene Hochzeit bevorgestanden hatte. Das Flugzeug war auf dem Weg zum Junggesellenabschied abgestürzt. Robbie machte den Computer an und öffnete den Bericht über den Absturz und die Zeit danach. Er enthielt eine Liste der Anwesenden beim Trauergottesdienst.

Joanne Simms, Rays untröstliche Verlobte. Er nickte gedankenverloren, bevor er die Zeugenaussagen noch einmal durchging und nach dem Namen Joanne Ausschau hielt.

Da war er.

»Können Sie uns sagen, warum Tom Holland bei Ray Barratt und Ihnen übernachtet hat?«

»Er und seine Frau hatten sich gestritten, mehr nicht.«

»Wissen Sie etwas darüber?«

»Ray meinte, es wäre bloß eine kleine Auseinandersetzung gewesen. Er war sich sicher, dass sich bald alles einrenken würde, aber dann ...«

Dann sind sie gestorben, dachte Robbie.

»Wie lange war er bei Ihnen?«

»Vier oder fünf Nächte. Ja, ich glaube, es waren fünf. Dann sind sie abgeflogen.«

Es war so still im Ermittlungsraum, dass Robbie über Charlies leises Schnarchen hinweg beinahe das Schluchzen der jungen Frau hören konnte.

Eine kleine Auseinandersetzung.

Für Joanne war es also nichts Ernstes gewesen. Aber vielleicht hatte Tom das anders gesehen. Oder Suzanne. Vielleicht war er nicht ausgezogen. Vielleicht hatte sie ihn hinausgeworfen.

Robbie gähnte. Wenn er schon nicht mit Carter sprechen konnte, wäre vielleicht Joanne einen Versuch wert. Er machte sich eine Notiz mit ihrem Namen und legte sie auf den Schreibtisch.

Dann schloss er leise die Tür hinter sich. Charlie Button schlief weiter.

KAPITEL 13

Jackman schritt im Büro auf und ab. »Noch immer nichts Neues von unserem Zeugen?«

»Nein.« Marie sah auf die Uhr. »Der Kollege am Empfang meldet sich, sobald er da ist. Vielleicht steckt er im Stau.«

Jackman antwortete nicht. Er hatte sich die halbe Nacht Gedanken über Alan Pitt gemacht. Hätte er bloß den Wunsch des Mannes ignoriert und wäre sofort ins Krankenhaus gefahren. Pitt war der Einzige, der vielleicht etwas gesehen hatte, was sie in den Ermittlungen voranbringen würde, und jetzt war er dreißig Minuten überfällig.

Marie nagte an ihrer Unterlippe. »Es gibt viele Gründe, warum er vielleicht aufgehalten wurde, Sir. Er hat nicht einmal eine genaue Uhrzeit genannt, also geben wir die Hoffnung nicht auf. Er kommt schon noch.«

Jackman kannte Marie und wusste, dass sie ihm Mut zusprach, obwohl sie seine Bedenken teilte. »Wir hätten gestern zu ihm fahren sollen. Gleich nach seinem Anruf.«

»Ja, das hätten wir, aber wir haben es nicht getan. Das lässt sich nicht mehr ändern.« Sie seufzte. »Wollen Sie vielleicht einen Kaffee?«

»*Noch* einen?«

Sie zuckte mit den Schultern. »Dann haben wir wenigstens etwas zu tun.«

Das Telefon klingelte. Sie sahen einander an. »Jackman.«

»Ihr Mann ist da. Ich habe ihn ins Verhörzimmer 2 gesetzt.«

»Danke, Sergeant. Wir kommen sofort runter.«

»Dann bleibt uns der Kaffee wohl erspart«, meinte Marie lächelnd.

Jackman nickte. »Ich habe wirklich geglaubt ...«

»Ich auch, wenn Sie es genau wissen wollen.«

»Das dachte ich mir schon. Gut, gehen wir. Wir haben einen möglichen Zeugen.«

Ein Blick auf Alan Pitt genügte, und Marie wusste, dass Jackman recht gehabt hatte. Der Mann unterzog sich gerade einer Chemotherapie.

Pitt trug eine Wollmütze mit dem Logo eines Fußballclubs und war beängstigend dünn, obwohl er mehrere Lagen Kleidung trug. Sein Gesicht war eingefallen, die Wangenknochen traten hervor. Marie war froh, dass sie ihn gestern nicht mehr belästigt hatten.

Jackman übernahm die Vorstellung, und Marie bot Pitt eine Tasse Tee oder Kaffee an.

»Nur Wasser, bitte. Durch die Medikamente schmeckt alles irgendwie seltsam.«

»Es ist sehr nett, dass Sie vorbeigekommen sind, Sir. Wir hätten sonst auch zu Ihnen fahren können.«

Der Mann sah sich in dem kalten, grauen Verhörzimmer um und grinste. »Ehrlich gesagt, ist es eine erfrischende Abwechslung zum sterilen Krankenhausalltag. Ich war noch nie auf einem Polizeirevier. Es ist irgendwie aufregend.«

Marie wünschte, ihr ginge es genauso, wenn sie an ihren Arbeitsplatz dachte.

Jackman startete das Aufnahmegerät, nannte die Namen der Anwesenden und hielt fest, dass es sich lediglich um eine informelle Befragung handelte. Nach dem Gespräch würde Mr Pitt eine Erklärung unterzeichnen, die bestätigte, dass er die Fragen nach bestem Wissen und Gewissen wahrheitsgetreu beantwortet hatte.

»Sie meinen also, am Abend des 9. Februar zwei Männer in der Nähe des Hauses der vermissten Frau gesehen zu haben, ist das korrekt?«

Pitt nickte. »Oh, ich muss es laut sagen, nicht wahr? Ja, das stimmt.«

»Können Sie uns sagen, warum Sie um diese Uhrzeit auf dem Treidelpfad unterwegs waren? Und wie spät es genau war?«

»Zweiundzwanzig Uhr fünfzehn. Das weiß ich sicher, weil ich um diese Zeit immer mit meinem Hund spazieren gehe. Wir verlassen das Haus um zehn, gehen eine Viertelstunde in eine Richtung und anschließend wieder zurück.« Er nippte an seinem Wasser. »Ich wollte gerade umdrehen, als ich Stimmen hörte, und dann sah ich diese beiden Männer auf dem Weg, der zum Garten der Hollands führt. Sie standen an dem Tor, hinter dem der Weg weiter über die Felder und schließlich zur Mallard Lodge verläuft.«

»Haben Sie mit den beiden gesprochen?«

»Das wollte ich, aber sie diskutierten ziemlich aggressiv, weshalb ich sie lieber in Frieden ließ. Ich glaube, sie haben mich nicht einmal bemerkt.«

»Haben Sie die Männer danach noch einmal wiedergesehen?«

Er schüttelte den Kopf. »Ich bin auf direktem Weg nach Hause und niemandem begegnet.«

»Jetzt kommen wir zur Millionenfrage, Mr Pitt. Können Sie uns die beiden Männer beschreiben?«

»Natürlich! Na ja, zumindest einen.«

Maries Aufregung hielt sich in Grenzen. So etwas hatte sie schon oft gehört.

»Es war eine klare Nacht und beinahe Vollmond. Er war groß – etwa einen Meter achtzig – und in guter körperlicher Verfassung. Also, er schien ziemlich kräftig.«

»Haarfarbe?«, fragte Marie.

»Das Mondlicht beeinflusst die Farbwahrnehmung, nicht wahr? Aber er hatte auf jeden Fall helle Haare. Ich glaube, blond, oder vielleicht auch silbergrau.«

»Und der Schnitt? Waren sie lang, kurz, glatt, gelockt?«

»Ah, das ist einfach. Er hatte einen Pferdeschwanz. Wie einige ausländische Fußballspieler. Deshalb erinnere ich mich so gut an ihn. Mein Cousin Henry trug die Haare früher genauso. Der Mann sah genauso aus wie Henry, er trug sogar eine ähnliche Brille.«

Jackman stieß einen Pfiff aus. »Das sind ein paar aufschlussreiche Details. Können Sie sich auch erinnern, was er anhatte?«

»Dunkle Kleidung, aber ich kann nicht genau sagen, was es war.«

»Und der andere Mann?«

Pitt schüttelte den Kopf. »Er blieb eher im Schatten. Er war ebenfalls groß, mehr kann ich leider nicht sagen.« Er trank noch etwas Wasser und hustete keuchend.

Marie warf Jackman einen besorgten Blick zu. »Ich glaube, das reicht für heute, oder, Sir?«

Jackman nickte. »Mr Pitt, würden Sie den Mann wiedererkennen?«

»Auf jeden Fall. Ich konnte sein Gesicht ziemlich deutlich sehen.«

Jackman lächelte zufrieden. »Dann würde ich Sie bitten, noch einmal wiederzukommen, um mit unseren IT-Experten ein Phantombild zu erarbeiten.«

»Ich würde vorschlagen, ich fahre nach Hause, ruhe mich aus, nehme meine Mittagsdosis Tabletten und komme dann am Nachmittag noch einmal vorbei.«

Marie sah ihn an. »Aber nur, wenn Sie sich wohl genug fühlen.«

»Das Wort ›wohlfühlen‹ gehört im Moment nicht zu meinem Wortschatz. Es gibt gute Tage wie heute, und nicht so gute. Ich weiß nie, wie der nächste Tag werden wird, also ist es am besten, wenn ich alles so schnell wie möglich erledige, wenn Sie verstehen, was ich meine.«

Marie nickte. Sie verstand genau, was er meinte.

Marie kehrte in den Ermittlungsraum zurück und fragte über Funk, ob es Neuigkeiten von Leahs hartnäckigem Bewunderer gab. Einer der Officer, die Leah im Auge behielten, meldete sich zurück. »Er ist abgetaucht, Sarge. Keine weiteren Spielchen oder Sichtungen.«

»Langsam glaube ich, dass die Polizeipräsenz ihn abgeschreckt hat.«

»Hoffen wir's. Ich langweile mich hier zu Tode. Man kann pro Schicht auch nur eine gewisse Anzahl an Marsriegeln verdrücken.«

Marie bedankte sich bei ihm und blätterte die Liste der befragten Personen durch. Niemand schien verdächtig oder in irgendeiner Form von der jungen Frau besessen.

Vielleicht hatte Carter doch recht. Marie schloss die Akte und kaute auf ihrer Unterlippe herum. Carter wirkte seltsam gleichgültig. Normalerweise war er sehr vorsichtig, was die vorschnelle Einschätzung eines Falles betraf.

Maries Telefon klingelte.

»Ich bin mir nicht sicher, wie lange ich meine Nichte noch einsperren kann, Sergeant.« Die Superintendentin klang angespannt. »Sie ist der Meinung, dass die Maßnahmen in keinem Verhältnis dazu stehen, was passiert ist. Sie meint, sie hätte vermutlich überreagiert, und es wäre bestimmt nur ein tollpatschiger Versuch irgendeines Mannes gewesen, ihre Aufmerksamkeit zu erregen.«

»Und was glauben Sie, Ma'am?«

»Sie ist wie eine Tochter für mich, also raten Sie mal.« Ruth Crooke seufzte entnervt. »Aber selbst ich frage mich, ob es nicht daran liegt, dass wir in unserem Beruf zu viele schreckliche Dinge sehen. Vielleicht nehmen wir deshalb immer gleich das Schlimmste an, vor allem, wenn uns nahestehende Personen betroffen sind.«

»Aber gerade diese schrecklichen Dinge sind doch der Grund, warum wir kein Risiko eingehen dürfen.«

»Richtig. Haben Sie irgendwelche Vorschläge, Sergeant? Wenn ich noch eine Runde Monopoly spielen muss, stürze ich mich womöglich aus dem Fenster.«

»Was möchte Leah?«

»Zurück an die Uni. Oder wenigstens in ihre Wohnung und einige Dinge erledigen.«

»Soll ich sie vielleicht abholen? Ich begleite sie überallhin und bringe sie danach wieder nach Hause. Die uniformierten Kollegen werden immer genau wissen, wo wir sind, und Leah kann mal eine Pause einlegen. Und Sie auch, Ma'am.«

»Wo ist Carter?«

»In seinem Büro, Ma'am. Er kann hier die Stellung halten und mich sofort informieren.«

»Sie haben wohl recht.« Ruth Crooke holte tief Luft. »Ich hoffe, ich bereue es hinterher nicht.«

»Ihr Bewunderer wird ihr kaum nachstellen, wenn ich bei ihr bin, glauben Sie nicht auch?«

»Passen Sie auf das Mädchen auf, Marie.«

»Natürlich, Ma'am.«

Marie legte auf und machte sich auf den Weg zu Carter.

»Die Kleine hält es also nicht mehr aus, mit ihrer Tante zu Hause eingesperrt zu sein. Ich wusste, dass es so kommen würde.«

»Warum bist du eigentlich so ruhig, Carter?«

Er zuckte mit den Schultern. »Ich habe einfach nicht das Gefühl, dass ernste Schwierigkeiten drohen.«

»Ausnahmsweise hoffe ich, dass du recht hast.« Sie wandte sich zum Gehen. »Ich halte dich auf dem Laufenden.«

Zurück im Ermittlungsraum sah sie, dass Jackman sich mit Gary Pritchard unterhielt. »Ich fahre zum Babysitten. Oder besser gesagt: Ich stelle mich als polizeiliche Personenschützerin zur Verfügung.« Sie erzählte ihm von dem Problem der Superintendentin.

»Okay. Passen Sie gut auf, und lassen Sie das Mädchen keine Sekunde lang aus den Augen.«

Sie warf ihm einen vernichtenden Blick zu. »Ich mache das ja nicht zum ersten Mal.«

Er lachte. »Schon klar. Ich meinte nur, dass sie die Verwandte einer hochrangigen – und nebenbei auch kratzbürstigen – Polizeibeamtin ist, es wäre also sicher vernünftig, doppelt vorsichtig zu sein.«

»Wird gemacht.«

Robbie Melton war in ein Gespräch mit Max vertieft.

»Also, wenn du an alle Personen denkst, mit denen du über Suzanne Holland geredet hast, wie haben sie sich über sie geäußert?«

Max musste nicht überlegen. »Sie waren argwöhnisch, Kumpel. Total argwöhnisch.«

»Finde ich auch. Ich weiß, die ›Befragung‹ des Ex-Mannes war etwas unorthodox und nichts fürs Protokoll, aber der Hass auf sie schien ihn aufzufressen. Er meinte, sie würde Menschen verletzen, und zwar wortwörtlich.« Er kaute auf seinem Stift herum. »Ich glaube, er meinte wohl eher, dass sie Menschen *zerstört* hat.«

»Ich habe einmal einen Film über eine solche Frau gesehen. Nach außen war sie zuckersüß und lieb, doch in Wahrheit war sie eine hinterlistige, bösartige Schlampe. Meinst du so etwas in der Art?«

»Sie hat Harvey verführt, ihn dazu gebracht, sie zu heiraten, ihn ausgenommen und ihm am Ende vorgeworfen, er hätte sie beklaut. Also, ja.«

»Wollte sie mit Tom Holland dasselbe abziehen?«

Robbie kratzte sich mit dem Stift am Nacken. »Falls sie das vorhatte, hatte sie noch nicht damit begonnen. Auf den Fotos scheinen die beiden ein glückliches Paar zu sein.«

»Vielleicht war Tom Holland ihre einzige wahre Liebe, und sie hat sich von Grund auf geändert, nachdem sie ihn kennengelernt hatte?«

»Es heißt ja, dass niemand aus seiner Haut herauskann.« Robbie runzelte die Stirn. »Und falls sie wirklich im siebten Himmel schwebten, warum sagt uns das dann keiner?«

»Keine Ahnung. Außerdem würde mich interessieren, wo, zum Teufel, dieser Halbbruder ist, von dem dir dein versoffener Animateur erzählt hat. Ich habe den ganzen Vormittag nach einem Ralph Dolan gesucht. Keine Spur.«

»Wie hast du ihn geschrieben?«

»D-O-L-A-N. Wie du.« Max deutete auf die Notiz, die Robbie ihm gegeben hatte. »Außerdem habe ich es mit E und auch mit zwei L versucht.«

»Ich bin mir sicher, dass es ein irischer Name ist.« Robbie dachte an einen alten Schulfreund, dessen Namen niemand richtig schreiben konnte, weil er vollkommen anders ausgesprochen wurde. »Versuchen wir es mal mit Google.« Er rief verschiedene Varianten des Namens Dolan auf. »Hier bitte, da sind noch ein paar Möglichkeiten, die du versuchen kannst. Doland, Dooley, Dowling, Doolin, Doolan, O'Dooley und so weiter.«

Max verzog das Gesicht. »Ich danke dir vielmals.«

»Wahrscheinlich wäre es auch hilfreich, im Sexualstraftäterverzeichnis nachzusehen. Tut mir leid. Harvey hat ihn als seltsam bezeichnet und ihm nicht über den Weg getraut.« Er stand auf. »Ich werde mir inzwischen Suzannes und Toms Finanzen ansehen. Falls sie Geld von ihrem gemeinsamen Konto abgezweigt hat, hatte sie sicher etwas vor mit ihrem geliebten Ehemann.«

»Aber der Sturm hat ihn zuerst erwischt.«

Darauf fiel Robbie keine Antwort ein.

Als Alan Pitt am Nachmittag wiederkam, wirkte er wesentlich erholter. Jackman hoffte, dass seine Behandlung anschlug.

Das Schlimmste an ihrem Vorhaben war, dass sie mit Orac zusammenarbeiten würden – und dass er Marie blöderweise mit Leah hatte losziehen lassen. Marie war immer eine Art Puffer zwischen ihm und der Furcht einflößenden

IT-Expertin. Doch heute musste er ihr allein gegenübertreten.

In Wahrheit fand Jackman Orac faszinierend, aber er hatte keine Ahnung, wie er am besten mit ihr umgehen sollte.

Marie hatte ihm versichert, dass Orla Cracken nicht der einschüchternde Cyborg war, für den Jackman sie hielt. Doch ihr Aussehen sprach dagegen.

Orac hatte weißblonde Haare, die sie zu einem kurzen Irokesen geschnitten hatte, und trug verspiegelte Kontaktlinsen, die wie polierter Stahl glänzten. Das allein reichte, dass Jackman sämtlich IT-Anfragen an seine Kollegen delegierte. Der andere Grund war, dass Orac Freude daran hatte, ihn mit übertriebener Aufmerksamkeit zu überschütten, wodurch er sich noch unwohler fühlte.

Alan Pitt zuliebe nahmen sie den Aufzug ins Untergeschoss. Jackman blieb vor der Tür stehen, atmete tief durch und trat ein.

»DI Jackman persönlich! Was für eine Ehre.« Orac saß vor mehreren Computerbildschirmen und sah ihn mit ihren befremdlichen Augen an. »Kommen Sie doch rein.«

Jackman schluckte und versuchte, sie nicht zu offensichtlich anzustarren. Wie machte sie das bloß? Er schien schon jetzt keinen zusammenhängenden Satz mehr formulieren zu können. Und wieso stotterte er auf einmal?

»Und Sie müssen der Zeuge sein.« Orac streckte Alan Pitt die Hand entgegen. »Mr Pitt, ich bin Orla, aber meine Freunde nennen mich Orac.«

Alan Pitt lächelte. »Aus *Blake's 7*, nicht wahr?«

»Ich bin genauso unbezahlbar wie der Supercomputer und vermutlich auch genauso kurz angebunden, reizbar und wenig hilfsbereit.«

Sie warf Jackman einen abfälligen Blick zu, und er schluckte erneut.

»Setzen Sie sich doch bitte, Mr Pitt. Dann fangen wir gleich an. Es ist ganz einfach, und der Computer übernimmt den Großteil der Arbeit.«

»Hilft das hier weiter?« Der Zeuge gab Orac das Porträtfoto eines blonden, etwa vierzigjährigen Mannes. »Das ist mein Cousin. Der Mann, den ich gesehen habe, hatte ähnliche Gesichtszüge. Vielleicht können wir es als Ausgangspunkt verwenden?«

»Sehr schlau, Mr Pitt.« Orac nahm das Foto, scannte es und rief es in ihrem Programm auf. »Also los, erzählen Sie mir von dem Mann.«

Schon nach zehn Minuten war Alan Pitt mit dem Phantombild zufrieden. Jackman betrachtete den ernsten Mann, der eine modische Brille mit dunklem Rahmen trug. Seine langen, aschblonden Haare waren zu einem Pferdeschwanz zusammengefasst, und er erinnerte ihn an einen Fußballspieler.

»Das ist leider alles, was ich noch weiß.« Alan schien traurig, dass seine Zeit mit der mysteriösen Orac bereits zu Ende ging.

»Sie haben uns sehr geholfen, Mr Pitt. Es ist das erste Mal, dass wir eine brauchbare Spur verfolgen.« Jackman war bereits auf dem Weg zur Tür. »Ähm ... und danke, Orac.«

»Jederzeit, Detective Inspector. *Jederzeit.* Es war mir ein Vergnügen.«

Jackman stürzte zur Tür hinaus.

»Wow! Das ist mal eine besondere Frau.« Alan Pitt schüttelte den Kopf. »Sind die Augen echt?«

»Angeblich ist sie auf einem Auge blind und versteckt es hinter diesen seltsamen Kontaktlinsen.«

»Sie mag Sie, oder?«

Jackman hustete laut und murmelte etwas, das wie »Schwachsinn« klang.

Alan Pitt grinste, ließ das Thema aber klugerweise fallen. »Glauben Sie, dass die beiden Männer etwas mit dem Verschwinden der Frau zu tun hatten, DI Jackman?«

»Vermutlich. Der Zeitrahmen passt perfekt.«

»Was geschieht jetzt mit dem Phantombild?«

»Wir werden es an sämtliche Kollegen weiterleiten. Genauso wie an die regionalen und nationalen Zeitungen und ans Fernsehen.«

Alan Pitt nickte. »Dann wollen wir hoffen, dass ich keinen Fehler gemacht habe. Nicht auszudenken, wenn jemand fälschlicherweise beschuldigt wird, bloß weil ich eine falsche Beschreibung abgegeben habe. Es ist immerhin schon lange her.«

»Ihre Beschreibung war exzellent, Sir, und wir sind Ihnen sehr dankbar.« Jackman hielt inne. »Übrigens: Falls Sie den Mann zufällig irgendwo wiedersehen, vielleicht sogar in der Nähe Ihres Hauses, dann kontaktieren Sie uns bitte unverzüglich.«

»Natürlich. Aber das bedeutet hoffentlich nicht, dass er gefährlich ist, oder?«

»Nein, ich dachte eher daran, dass er aus der Gegend stammen könnte. Sie haben ihn schon einmal gesehen, da wäre es durchaus möglich, dass Sie ihm noch einmal über den Weg laufen. Er könnte vollkommen unschuldig sein, aber selbst in diesem Fall müssen wir mit ihm reden, damit wir ihn von den Ermittlungen ausschließen können.«

Alan Pitt nickte. Er schien um Atem zu ringen.

»Geht es Ihnen gut?«

»Ich bekomme manchmal schwer Luft. In einer Minute geht es wieder.«

Doch Jackman war klar, dass es Alan Pitt alles andere als gut ging. Er wartete, bis sich sein Zustand gebessert hatte, dann brachte er ihn langsam zur Tür. »Passen Sie auf sich auf, Sir. Und danke noch mal.«

»Melden Sie sich bei mir, wenn Sie ihn gefunden haben?«

»Vielleicht brauchen wir Sie sogar, um ihn zu identifizieren. Wenn das in Ordnung für Sie ist?«

Pitt nickte. »Aber lassen Sie sich nicht zu lange Zeit – wenn Sie wissen, was ich meine.«

KAPITEL 14

Carter blickte von seinem Schreibtisch auf. Durch die halb offene Tür sah er, wie Marie mit großen Schritten den Ermittlungsraum betrat. Er kannte sie seit vielen Jahren, doch sie brachte ihn immer noch dazu, zweimal hinzusehen. Sie war einer der bemerkenswertesten Menschen, die er kannte. Groß und stark, mit wunderschönem kastanienbraunem Haar und einem unerschütterlichen Selbstbewusstsein. Sie lebte, wie sie ihr verdammtes Motorrad fuhr – kontrolliert und auf Sicherheit bedacht, aber trotzdem mit einem Hauch von Wagemut.

Doch dieser Tage schien alles anders. Er musterte sie, während sie mit Robbie sprach. Ihr fehlte jegliche Energie. Sie wirkte zwar nicht lethargisch, aber das Feuer war trotzdem erloschen.

Sie sah auf und winkte ihm kurz zu.

Er hob die Hand zum Gruß, und nach ein paar Minuten trat sie in sein Büro.

»Leah ist gut nach Hause gekommen und um einiges entspannter.« Sie ließ sich auf den einzigen anderen Stuhl sinken. »Sie ist ein nettes Mädchen. Ich mag sie.«

»Gott sei Dank ist sie ganz anders als Ruth Crooke. Es

gab also keine weiteren seltsamen Vorkommnisse in den Blumenbeeten?«

»Bis jetzt nicht.«

»Gut.«

»Woran arbeitest du?«

Carter schob ihr einen Stapel Unterlagen entgegen. »Noch immer am Cannon-Fall. Aber langsam ist ein Ende in Sicht. Ich werde mich bald nach einem neuen Zeitvertreib umsehen müssen. Es dauert vielleicht noch einen Tag, dann ist alles erledigt.«

Er wusste, dass er danach einer anderen Ermittlung zugeteilt werden würde, und er fragte sich, ob Laura Jackman persönlich aufsuchen oder telefonisch mit ihm sprechen würde. Er hoffte in jedem Fall, dass es bald zu dem Gespräch kam.

Gerade wollte er noch etwas sagen, als das Telefon auf seinem Tisch klingelte.

»Sie ist verschwunden! McLean! Leah wurde entführt!«

»Ma'am.« Carter stellte das Gespräch auf Lautsprecher, damit Marie mithören konnte. »Beruhigen Sie sich. Marie hat sie doch gerade erst nach Hause gebracht, und die uniformierten Kollegen observieren das Grundstück. Sind Sie sicher, dass sie entführt wurde?«

»Ich bin doch nicht bescheuert, Detective! Ich bin gerade zur Tür hereingekommen. Die Terrassentür wurde aufgebrochen, und im Wintergarten liegt ein zerbrochener Kaffeebecher. Es sieht nach einem Kampf aus, und Leah ist verschwunden. Also kommen Sie gefälligst her. Sofort!«

Carter warf Marie einen entsetzten Blick zu. Das durfte nicht wahr sein!

Sie rannten zusammen aus seinem Büro, und während Marie Jackman Bescheid gab, besorgte Carter ein Auto.

Als er damit vor der Dienststelle hielt, wartete Marie bereits auf ihn.

»Da stimmt doch etwas nicht!«, stammelte er. »Ich verstehe das nicht.«

Marie sah ihn an. »Verdammt noch mal, Carter, der Typ hat sie tagelang verfolgt! Wir wussten, dass so etwas passieren würde. Warum bist du so schockiert?«

Er zog die Luft zwischen den Zähnen ein. Er konnte ihr keine Antwort geben.

»Weil du dich geirrt hast? Na und? Das passiert uns doch allen ab und zu. Beruhige dich einfach.«

Doch Carters Gedanken rasten. Er musste zur Superintendentin und sich selbst ein Bild machen.

Ruth Crooke wohnte in einem bescheidenen Haus mit vier Schlafzimmern, hinter dem sich – wie bei allen Gebäuden in der Straße – ein langer Garten erstreckte. Von diesem führte eine Tür auf einen schmalen Fußweg, der wiederum auf einem Kinderspielplatz endete.

Die uniformierten Beamten waren bereits dort. Ruth Crooke hatte sie über Funk gerufen, sobald ihr klar gewesen war, was passiert war.

»Wir haben etwa fünf Minuten, bevor die Superintendentin nach Hause gekommen ist, noch mit Leah gesprochen«, erklärte PC Connor Waite atemlos. »Und davor haben wir eine Runde um die Gärten gedreht. Er hat uns wohl beobachtet – aber ich habe keine Ahnung, von wo.« Er sah sich kopfschüttelnd um. »Wir waren nicht eine Minute lang unachtsam. Ich verstehe das nicht.«

»Haben Sie etwas Verdächtiges gehört?«, fragte Marie.

»Nichts.«

Marie verzog das Gesicht und wandte sich an Carter. »Bringen wir es hinter uns.«

Die Superintendentin war außer sich vor Zorn und ließ sich sofort darüber aus, dass es ein furchtbarer Fehler gewesen war, Carter McLean zu bitten, den Perversen dingfest zu machen, der ihre Nichte bedrohte.

Marie beobachtete Carter aufmerksam, um notfalls einzugreifen, falls der alte Hass wieder aufloderte, doch er wirkte wie betäubt.

Nach einer Weile meinte er bloß: »Ich hole sie zurück, Ruth. Ich schwöre bei Gott, ich hole sie zurück.«

Ruth Crooke starrte ihn an und wusste offenbar nicht, wie sie darauf reagieren sollte. Am Ende ließ sie die beiden stehen und ging zu den Beamten in den Garten.

Marie nahm Carters Arm und drückte ihn. »Rede mit mir, Carter.«

Er sah sie lange und fest an, brachte aber kein Wort über die Lippen.

Marie folgte ihm vom Flur ins Wohnzimmer und weiter in den Wintergarten.

Eine junge Polizistin bewachte die Tür.

»Der Tatort ist unberührt, Sarge, wir haben niemanden in die Nähe gelassen. Die Spurensicherung ist auf dem Weg.«

Marie sah sich in dem hellen, offenen Raum um, wo sie sich vor Kurzem noch mit Leah unterhalten hatte. Sie warf einen Blick auf die Uhr. War das wirklich erst eine Stunde her? »Er hat nie aufgehört, das Haus zu beobachten, sondern bloß darauf gewartet, dass wir unvorsichtig werden. Er weiß jede Menge über die Polizeiarbeit, oder nicht?«

»Wie hat er die Tür aufgebracht, ohne Leah aufzuschrecken?« Carter löste sich langsam aus seiner Starre.

Sie gingen durch das Haus und suchten nach Hinweisen. Leahs Handy hing in der Küche an einem Kabel. »Als ich ging, meinte sie noch, dass sie unbedingt ihr Telefon laden muss.« Sie überprüfte den Ladestand. »Noch nicht voll aufgeladen. Und es läuft Musik. Wenn er schnell und leise war, ist er vielleicht ins Haus, während sie in der Küche war. Dann hat sie ihn sicher nicht gehört.« Marie ballte die Hände zu Fäusten. »Das arme Mädchen. Ich habe sie im Stich gelassen.«

»Nein, hast du nicht! Das war ich – nicht du!«, rief Carter. »Aber ich schwöre bei Gott, dass ich sie finde. Vor Einbruch der Dunkelheit ist sie wieder da.«

Marie trat erschrocken einen Schritt zurück.

»Ich nehme das Auto. Lass dich von einem uniformierten Kollegen zurückfahren oder ruf Max oder Charlie an.«

»Wo willst du hin?« Marie bekam langsam Angst.

»Ich bin mir nicht sicher, aber ich kenne da vielleicht jemanden, der mir den entscheidenden Hinweis liefern kann.« Er schluckte und packte sie am Arm. »Vertrau mir, Marie. Ich bringe das in Ordnung.«

Marie wollte ihm schon folgen, doch dann hielt sie inne. Was auch immer er vorhatte – er wollte sie offensichtlich nicht dabeihaben. Einen Moment lang hatte sie nicht die geringste Ahnung, was sie jetzt machen sollte. Dann holte sie ihr Handy hervor und wählte Jackmans Nummer.

»So habe ich ihn noch nie erlebt«, sagte Marie.

Jackman kannte Marie sehr gut. Er hatte sie in den verschiedensten Gemütszuständen erlebt, aber so durcheinander hatte er sie noch nie gesehen.

Sie saßen in seinem Auto und warteten auf die Spurensicherung, während Marie ihm von Carters seltsamer Reaktion auf Leahs Entführung erzählte.

»Wissen Sie, kurz bevor Sie mir gesagt haben, was passiert ist, wollte ich ihn bitten, uns nun doch mit Suzanne und Tom Holland zu helfen. Laura Archer hat mich bekniet und mir von seiner allerletzten Aufgabe erzählt.« Er fuhr sich mit der Hand durch die Haare. »Aber jetzt weiß ich nicht mehr, was ich tun soll.«

»Ich wollte Sie bereits dasselbe fragen. Er redet ständig davon, dass er uns bei den Ermittlungen unterstützen will. Er kannte die Hollands, Tom war sein bester Freund. Wir brauchen seine Hilfe, und er ist ganz versessen darauf. Im Grunde kann alles einen Rückfall auslösen. Auch das hier.«

Jackman lehnte sich zurück und sah aus dem Fenster. Die Beamten sicherten gerade den Tatort und begannen mit der Befragung der Nachbarn. »Vielleicht ist der Frust darüber, dass er nicht am Holland-Fall mitarbeiten kann, schuld an seinem Ausbruch.«

»Möglich. Zusammen mit der Tatsache, dass Ruth Crooke ihn um Hilfe gebeten hat und er jetzt das Gefühl hat, er hätte sie enttäuscht.« Sie seufzte. »Sie hat ihn wirklich fertiggemacht, Sir. Aber er stand einfach nur da und hat es über sich ergehen lassen.«

»Es macht mich nervös, dass er jetzt wie ein einsamer Rächer durch die Straßen streift. Ich wollte kein wandelndes Pulverfass in meinem Team – ich dachte wirklich, ich käme mit ihm klar.« Er sah Marie an. »Irgendeine Idee, wo er sein könnte?«

Marie schüttelte den Kopf. »Nicht die geringste. Er meinte bloß, dass er jemanden kennt, der ihm vielleicht etwas über Leah erzählen kann. Ein Informant, schätze ich.«

»Hat jemand seine Liste mit Kontakten?«

»Ja, ich. Aber er war jetzt doch einige Zeit im Innendienst; wahrscheinlich ist sie nicht mehr aktuell. Kleinkriminelle sind ständig in Bewegung.«

»Erinnern Sie sich an jemanden, mit dem Carter früher öfter zusammengearbeitet hat?«

»An niemand Bestimmten.« Sie hob den Blick. »Die Spurensicherung ist da.«

Ein großer weißer Van hielt vor dem Grundstück.

»Dann würde ich sagen, wir kümmern uns zuerst um den Tatort und danach um unseren einsamen Rächer.«

KAPITEL 15

Danny Hurley wanderte in dem großen, leeren Lagerraum auf und ab.

Sein Herz raste, und er sah zum zehnten Mal innerhalb weniger Minuten auf die Uhr. Sie hatten von zwei Stunden geredet. Aber die waren mittlerweile vorüber.

Er lauschte, ob er irgendwo ein Motorengeräusch hörte, doch da war nur das Brummen eines Traktors auf einem weit entfernten Feld.

War etwas schiefgelaufen? Hatte die Polizei den zeitlichen Ablauf der Observierung geändert? Unwahrscheinlich. Bis jetzt waren sie immer pünktlich gewesen. Er checkte sein Handy, steckte es aber gleich wieder wütend zurück in die Hosentasche.

Sie sollten längst hier sein.

Draußen stand sein Auto bereit, um sein Mädchen aus dieser fürchterlichen Stadt fortzubringen. Sie würden an einen Ort fahren, wo sie allein sein und einander besser kennenlernen konnten. Er lachte, und es hallte in dem hohen Raum wider. Es gab kaum etwas, das er nicht über Leah Kingfield wusste, doch sie musste noch jede Menge über ihn lernen.

Wieder lachte er, dann setzte er sich erneut in Bewegung und warf einen weiteren Blick auf die Uhr.

Carter fuhr quer durch die Stadt und hielt schließlich vor einem verwahrlosten Haus am Rand von Salterns einziger Sozialwohnsiedlung. Die Gegend war ziemlich heruntergekommen, aber im Vergleich zu anderen Straßenzügen nicht allzu schlimm. Die größtenteils älteren Bewohner gaben ihr Bestes, damit es relativ annehmbar aussah.

Carter warf die Autotür zu, sperrte ab und schritt rasch den Weg zum Haus hoch, wobei er einer rostigen Schubkarre und einem noch rostigeren Fahrrad ausweichen musste. Schließlich hämmerte er an die Tür.

Sobald sie sich öffnete, drängte er sich ins Haus, packte den Mann im Flur am Hemd und schob ihn nach hinten.

»Auf ein Wort, mein Freund. Dann bin ich auch schon wieder weg.«

Der Mann war klein und übergewichtig und wehrte sich nicht. Carter schubste ihn auf ein zerschlissenes Sofa.

»Ich hab's eilig und keine Zeit für Spielchen.«

Der Mann starrte ihm mit offenem Mund entgegen. Carter war sonst nie so.

»Ich muss jemanden finden, und zwar schnell. Ich gebe dir zwei Namen, und du sagst mir, wo die beiden stecken. Und behaupte ja nicht, dass du es nicht weißt, denn ich weiß, dass du es tust.« Er beugte sich vor und roch Schweiß. »Das ist kein Witz, also verarsch mich nicht.« Flüsternd nannte er die beiden Namen.

Der Mann leckte sich nervös über die Lippen. »Den einen findest du in *Ramsey's Bar*. Im Hinterzimmer.«

Carter glaubte ihm. »Und den anderen, wenn ich bitten darf?«

Dieses Mal wirkte der Mann besorgt. »Er ist mal dort und mal da. Ich kann dir nur sagen, wo er wohnt, aber mehr weiß ich nicht.«

»Das reicht.«

Der Mann gab Carter die Adresse eines kleinen Hauses am Rand der Siedlung.

Carter nickte und trat einen Schritt zurück. Er griff in seine Hosentasche und zog einen Geldschein heraus. »Für deine Mühe.« Er warf die Zehnpfundnote neben dem Mann aufs Sofa und verließ das Haus mit großen Schritten.

Er startete den Wagen, fuhr jedoch nicht sofort los. Er durfte jetzt keinen Fehler machen. Nachdenklich trommelte er mit den Fingern aufs Lenkrad. Wie hatte es so weit kommen können? Er war sich so sicher gewesen. Sein Gesicht war hart wie Stein. Jetzt war keine Zeit für Schuldzuweisungen. Er musste diesen verdammten Schlamassel in Ordnung bringen, bevor Leah etwas zustieß.

Marie starrte auf die lange Liste mit Namen. »Als Carter und Bill noch zusammengearbeitet haben, hatte er viele Leute im Untergrund. Er meinte immer, wenn man sie richtig einsetzt, erspart man sich viel Lauferei.« Sie lächelte schief. »Carters Motto war: ›Wer nicht wagt, der nicht gewinnt.‹ Bill war nicht immer glücklich damit, wie Carter die Informanten manipulierte, aber es brachte Resultate.«

Jackman betrachtete die Liste und schüttelte den Kopf. »Das sind zu viele. Wir können nicht ganz Saltern durchkämmen, nur weil vielleicht irgendjemand irgendetwas weiß. Unsere Chancen sind größer, wenn wir uns auf die Suche nach Carters Wagen machen.«

»Ich habe den Kollegen bereits Bescheid gegeben. Sie wissen, dass er auf eigene Faust unterwegs ist, aber ich habe ihnen gesagt, dass sie ihn in Ruhe lassen und uns verständigen sollen, falls sie ihn sehen. Wenn er wirklich jemandem auf der Spur ist, dann wollen wir die Party auf keinen Fall sprengen.«

Jackman massierte sich die Schläfen. »Was, zum Teufel, hat er vor?«

»Ich schätze, er will seine Informanten mobilisieren. Er wird wohl einige alte Gefallen einlösen.«

»Hat er tatsächlich so viel mit diesen Leuten zu schaffen?«

»Damals auf jeden Fall. Carters Weste war nie ganz sauber. Aber jetzt?« Marie zuckte mit den Schultern. »Wer weiß.«

»Vielleicht sind wir bald schlauer. Er meinte doch, dass er sie vor Einbruch der Dunkelheit zurückbringt, oder?«

Sie nickte. »Ja, genau.«

»Dann müssen wir ja nicht mehr lange warten. Aber *wir* müssen uns an die Regeln halten. Informieren Sie unser Team, und wir versuchen, sie auf gesetzeskonforme Art zu finden, okay?«

Danny war außer sich. Endlich hatte er eine Nachricht erhalten. Es hatte einige unvorhersehbare Verzögerungen gegeben, doch ansonsten lief scheinbar alles nach Plan. Seine Männer mussten sich lediglich eine Zeit lang bedeckt halten, dann würden sie sich wie vereinbart mit ihm treffen. Die Ware war sicher und unbeschädigt.

Er konnte an nichts anderes denken. Wenn sie seinem Mädchen auch nur ein Haar gekrümmt hatten, würde er sie töten, das schwor er.

Danny ließ sich auf einen Stapel Plastikboxen sinken und legte den Kopf in die Hände. Noch nie hatte er ein derart verzehrendes Verlangen verspürt. Das Warten war die Hölle. Er hätte gerne das Gesicht berührt, das er so viele Male fotografiert hatte. Die Haut, die aussah wie Porzellan. Er zog ein zerknittertes Foto aus seiner Jackentasche und betrachtete es. Sie war das hübscheste Wesen, das er je gesehen hatte. Bald ... Schon bald ...

Er richtete sich auf. Motorengeräusche!

Er rannte zur Doppelflügeltür und lugte hinaus. Die Sicherheitsbeleuchtung ging an, und das Licht fiel auf den geliehenen grauen VW-Transporter. Danny schob die schwere Tür auf und winkte den Wagen in den Lagerraum.

Sobald er angehalten hatte, gingen die Fahrer- und die Beifahrertür auf, und zwei Männer kletterten eilig aus dem Wagen.

»Das Geld!«, zischte der eine.

»Erst, wenn ich sehe, dass sie unverletzt ist.« Danny holte zwei dicke Umschläge aus der Jacke, drückte sie aber fest gegen seine Brust.

»Das Geld. Sofort. Das Mädchen ist im Laderaum. Wir müssen sofort hier weg.«

Danny knirschte mit den Zähnen. »Wenn sie verletzt ist, könnt ihr das Geld vergessen.«

»Sie ist nicht verletzt, schau doch selbst nach.« Der Fahrer deutete mit dem Kopf zur Rückseite des Transporters.

Danny warf ihnen einen bösen Blick zu, packte den Türgriff und zog ihn auf.

Carter traf ihn mit der Wucht einer Dampflokomotive.

Sie schlugen gemeinsam auf dem Boden auf, und sämtliche Luft wich aus Dannys Lungen. Ehe er sichs versah, trug er Handschellen, und sein Gesicht wurde in den Schmutz gepresst.

»Ich bin DS Carter McLean, und Sie sind verhaftet.«

Carter griff nach den beiden Umschlägen und warf sie dem Fahrer und seinem Komplizen zu. »Hier. Und jetzt verschwindet!«

Eine Sekunde später waren sie fort, und Danny, der mittlerweile auf dem Rücken lag, sah zu, wie sich seine Träume in Luft auflösten. Der Mann las ihm seine Rechte vor. Dann nahm er sein Handy und erklärte der Polizei, dass zwei Männer britischer Herkunft gerade aus einem Innenhof in der Cray Lane auf der Fendyke Road in Richtung Osten flohen.

Danny versuchte aufzustehen, doch ein Stiefel knallte in seinen Rücken, und er brach schmerzerfüllt zusammen.

Er musste hilflos zusehen, wie der Mann hinten in den Transporter sprang und sein Mädchen vorsichtig heraushob.

»Leah!«, rief Danny. »Ich liebe dich!«

»Du liebst sie?« Carter McLean starrte ihn mit vor Wut verzerrtem Gesicht an. »Du weißt nicht das Geringste über die Liebe, du krankes kleines Arschloch!«

Er hob die Faust, und Danny spannte sämtliche Muskeln an und wartete auf den Schlag, doch Carter drehte sich bloß zur Seite und spuckte aus.

Vor dem Gebäude erklangen Sirenen, und Danny Hurleys Traum, mit dem schönsten Mädchen der Welt durchzubrennen, zerplatzte wie eine Seifenblase.

KAPITEL 16

Es tut mir leid. Ich weiß, ich hätte nicht auf eigene Faust losziehen sollen, Sir«, sagte Carter zu Jackman. Er wirkte zerknirscht, doch Jackman nahm ihm das keine Sekunde lang ab. »Sie haben die Superintendentin jedenfalls in eine sehr schwierige Lage gebracht. Einerseits würde sie Sie am liebsten in der Luft zerreißen, andererseits steht sie für immer in Ihrer Schuld.«

»Das Mädchen ist in Sicherheit. Dabei würde ich es – was Ruth Crooke betrifft – gerne belassen. Ich hätte auf die Superintendentin hören sollen. Und auf Marie. Aber das habe ich nicht.«

»Setzen Sie sich, Carter. Wir müssen darüber reden, was passiert ist.«

Carter ließ sich reumütig auf den Stuhl sinken.

»Wie, um alles in der Welt, konnten Sie den Entführer so schnell aufspüren? Die halbe Dienststelle hat das Mädchen rund um die Uhr bewacht und hatte trotzdem keine Ahnung, was vor sich ging. Genau wie *Sie* – zumindest, bis die Situation eskaliert ist. Was war dann plötzlich anders?«

»*Ich*, Sir.« Carter zuckte mit den Schultern. »Ich war so mit meinen eigenen Problemen beschäftigt und wollte unbedingt in den Holland-Fall, dass ich die Bedrohung nicht ernst genommen habe. Ich war nur mit halber Kraft dabei.«

»Gut, das sehe ich ein. Aber wie haben Sie es geschafft, Danny Hurley dranzukriegen?«

Carter senkte den Blick. »Ich bin nicht stolz darauf, Sir, aber vor dem Unfall habe ich oft die Regeln bis zum Äußersten ausgereizt, um Ergebnisse zu erzielen. Ich hatte relativ freie Hand bei unseren Informanten. Mittlerweile funktioniert das nicht mehr, man muss ja für alles ein verdammtes Formular ausfüllen. Aber ich blieb mit den Leuten in Verbindung. Ich habe ein sehr gutes Gedächtnis, Sir, und ich weiß eine Menge über die Kleingangster, mit denen ich früher gearbeitet habe. Ich weiß immer noch, wer wen verpfeift und wer mit wem eine offene Rechnung hat.«

»Das hat Marie auch gesagt. Auch wenn sie es anders formuliert hat.«

Carter nickte und sah Jackman an. »Ich habe von jemandem gehört, dass Danny in letzter Zeit mit Geld um sich geworfen und mehrere Laufburschen angeheuert hat. Danny ist nicht der hellste Stern am Himmel. Er hat seine Spuren nicht gut genug verwischt und seinen Leuten zu wenig bezahlt. Sie hatten nicht das Gefühl, ihm gegenüber loyal sein zu müssen. Nachdem ich zwei Informanten zu Hause aufgespürt hatte, war die Sache klar. Also habe ich seine Fahrer auf dem Weg zu dem Rendezvous im Lagerraum abgefangen.«

»Danny hat einige seltsame Angaben darüber gemacht, wie er zu den Informationen über Leah gekommen ist.«

»Das habe ich schon gehört, aber der Kerl ist nicht sehr vertrauenswürdig. Und vielleicht sogar ein wenig zurückgeblieben. Es ist ihm nicht einmal in den Sinn gekommen, dass Leah vielleicht gar nicht mit ihm in den Sonnenuntergang reiten *möchte.*«

»Da stimme ich Ihnen vollkommen zu. Aber einige der Dinge, die er gesagt hat, machen mir trotzdem Sorgen.«

»Ich kenne nicht den genauen Wortlaut, aber er behauptet, dass die Sache ursprünglich nicht von ihm ausging, oder?«

»Er schwört, dass er dafür bezahlt wurde.«

Carter wirkte verwirrt. »Aber er gibt doch zu, dass er mit ihr abhauen wollte. Er hat ihr noch beim Abtransport brüllend seine ewige Liebe geschworen. Es besteht also kein Zweifel, dass er von ihr besessen war.«

»Nein, absolut nicht. Es ist bloß beunruhigend.«

»Es stellt sich natürlich die Frage, woher eine kleine Ratte wie Danny das Geld für so eine Aktion hatte.« Carter runzelte die Stirn. »Ich habe in der Datenbank nachgesehen. Er hat ein paar kleinere Delikte auf dem Kerbholz, hauptsächlich Diebstähle. Nichts, was etwas in dieser Größenordnung finanzieren könnte.«

»Vielleicht steckt ein Körnchen Wahrheit in dem, was er sagt. Vor allem, wenn man bedenkt, wie perfekt geplant alles schien. Das Timing war punktgenau, und er hatte besorgniserregend viele Informationen über Leah und die Arbeit der Polizei.«

»Da könnte was dran sein, Sir. Danny ist nicht clever genug, um das alles allein auszuhecken. Er hatte sicher Hilfe.« Carters Gesicht verdüsterte sich. »Also gehen wir davon aus, dass sein Gönner ein Verbrecher ist, der besser über unsere Arbeit Bescheid weiß als wir? Oder handelt es sich um jemanden auf unserer Seite des Zauns?«

Jackman versteifte sich. »Übertreiben wir es nicht gleich, Carter. Ich tippe auf einen Verbrecher, der ein Problem mit Ruth Crooke hat.«

Carter nickte. »Ich mag sie nicht und habe auch nie etwas anderes behauptet, aber das war echt übel.«

»Sehr, und es hat sie ziemlich mitgenommen. Sie ist eine toughe Frau, aber man verliert schnell die Nerven, wenn jemand aus der Familie verschwindet.« Jackman stützte sich mit den Ellbogen am Tisch ab. »Aber lassen wir das. Ich möchte noch eine letzte Sache klären. Wollten Sie mit Ihrem Alleingang Marie aus den zweifelhaften Vereinbarungen mit Ihren Informanten raushalten?«

Carter nickte. »Ja, Sir. Marie hält sich einhundertprozentig an die Regeln, genau wie ihr Mann Bill, aber …«

»Aber *Sie* haben sie ausgereizt, das sagten Sie schon. Und jetzt?«

»Die Polizeiarbeit hat sich in den letzten Jahren sehr verändert, Sir. Mir ist klar, dass die alten Methoden nicht mehr funktionieren, und ich weiß auch, dass ich heute alles auf eine Karte gesetzt habe, aber das wird nicht wieder vorkommen, versprochen.«

Jackman seufzte. »Das will ich hoffen, Carter, denn Ihr Verhalten heute war inakzeptabel. Wir arbeiten hier als Team, jeder Einzelne. Allerdings …« Er bedachte Carter mit einem durchdringenden Blick. »Allerdings haben Sie Leah sicher und unverletzt nach Hause gebracht.«

»Und zwar vor Einbruch der Dunkelheit.« Ein kaum merkliches Grinsen zeichnete sich auf Carters Gesicht ab. »Ich kann nicht glauben, dass ich das tatsächlich gesagt habe. Schrecklich melodramatisch.«

»Wo stehen Sie im Cannon-Fall?«

»Rosie und ich sind mehr oder weniger damit durch.«

»Wie sehen Sie die Sache?«

»Wenn die Staatsanwaltschaft den Fall ablehnt, gibt es tatsächlich keine Gerechtigkeit mehr auf dieser Welt.

Wir haben an alles gedacht, er ist vollkommen wasserdicht.«

Jackman traf einen spontanen Entschluss. »Gut. Wenn Sie bereit sind, würde ich Sie bitten, dem Team im Holland-Fall unter die Arme zu greifen. Unser zweifellos gut gemeinter Versuch, Sie in Watte zu packen, ist wohl fehlgeschlagen, und wir haben einen entscheidenden Vorteil vertan, indem wir Ihr Wissen über die Hollands nicht genutzt haben.«

»Das heißt, ich bin dabei?«

»*Falls* Sie das Gespräch mit der Superintendentin überleben, dann ja.«

Carter richtete sich entschlossen auf. »Apropos, ist Ruth Crooke schon wieder aus dem Krankenhaus zurück? Dieses Mal sollte wohl besser ich den ersten Schritt machen und mich bei ihr entschuldigen.« Carter holte tief Luft. »Auch wenn es mir gegen den Strich geht.«

»Das wäre sicher eine sehr weise Entscheidung, was Ihre weitere Karriere betrifft, Sergeant. Und nein, sie ist noch bei Leah.«

Carter lächelte. »Die Kleine wurde nicht verletzt, Sir, und sie ist hart im Nehmen. Sobald klar war, dass sie sich nicht mehr in Gefahr befindet, stand für sie außer Frage, dass sie hinten im Transporter bleibt. Und sie wollte unbedingt einen Blick auf den Kerl werfen, der sie entführen ließ. Sie ist eine temperamentvolle junge Frau.«

»Was ist eigentlich mit den Männern, die Danny angeheuert hat?«

»Die sind entkommen.« Carter runzelte die Stirn. »Ich habe sofort einen Funkspruch abgesetzt, aber sie hatten wohl ein Auto in der Nähe.«

»Sie kennen die beiden, nicht wahr?«

Carter antwortete nicht sofort. »Ich ... ähm ... musste einigen Leuten ein wenig entgegenkommen, Sir. Es war notwendig, um Danny auf frischer Tat zu ertappen. Ich hätte Leah auch einfach nach Hause bringen können, aber dann wäre Danny davongekommen und noch immer hinter ihr her. Also habe ich seine beiden Komplizen überredet, den Job zu Ende zu bringen.«

»Und im Gegenzug haben Sie kurz die Orientierung verloren und ihnen einen kleinen Vorsprung verschafft?«

»Ich, Sir?« Carter sah ihn gespielt schockiert an.

»Ja, *Sie*. Aber hören wir jetzt auf damit. Ich will gar nicht wissen, wie Sie das alles inszeniert haben. Ich will nur, dass meine Ermittlungen so laufen, wie ich es gewohnt bin. Und zwar *innerhalb* der gesetzlichen Vorgaben.«

»Verstanden. Sie werden keine Probleme mehr mit mir haben, Sir. Versprochen.«

»Nachdem die Superintendentin sicher auch noch einige Fragen an Sie haben wird, sollte Ihre Geschichte hieb- und stichfest sein.« Jackman wusste, dass das Abschlussgespräch mit Carter genauso wasserdicht sein würde wie der Cannon-Fall, und wenn Ruth Crookes Nichte ihm Rückendeckung gab, wäre er aus dem Schneider.

»Gut, dann noch eine letzte Warnung, Detective. Benehmen Sie sich! Keine Alleingänge mehr! Oder Sie sitzen wieder hinter dem Schreibtisch – und zwar für den Rest Ihres Lebens.« Jackman fühlte sich wie ein Schuldirektor, der einem seiner besten Schüler die Leviten lesen musste. »Und eines noch: Wenn der Holland-Fall Ihnen über den Kopf wächst, dann erwarte ich, dass Sie mir Bescheid sagen – und das ist ein Befehl. Außerdem will ich, dass Sie regelmäßig mit Laura Archer reden.«

Carter nickte eifrig. »Verstanden, Sir. Und danke.«

KAPITEL 17

Ist das nicht Suzannes Bruder? Oder besser gesagt: Halbbruder? Hat er etwas mit der Sache zu tun?« Carter starrte auf das Foto auf dem Whiteboard.

Marie und Jackman sahen einander an.

»Suzannes *Bruder?*«, fragte Marie.

Carter wirkte verwirrt. »Äh, ja. Warum?«

»Kennst du ihn?«

»Nein, aber ich habe ihn zwei- oder dreimal gesehen.« Er verzog das Gesicht. »Nicht gerade ein Typ, mit dem man sofort Freundschaft schließen will.«

»Weshalb?«

»Er ist undurchsichtig. Redet nicht viel, aber beobachtet alles. Als würde er ständig analysieren, was man sagt oder tut. Echt unheimlich.«

Jackman betrachtete das Foto. »Haben Sie mal mit ihm gesprochen?«

»Nicht persönlich. Einmal hat er auf Suzanne gewartet, als Tom und ich vom Boot nach Hause kamen. Tom wechselte ein paar Worte mit ihm, aber ich hielt mich im Hintergrund. Ich hatte sofort ein ungutes Gefühl, als ich ihn sah.« Carter runzelte die Stirn. »Außerdem war er einmal zum

Grillen bei Tom. Ich glaube nicht, dass er eingeladen war, aber er kam trotzdem. Da ist mir aufgefallen, wie er die Menschen beobachtet.«

»Wir kennen ihn unter dem Namen Ralph Dolan. Ist das korrekt?«

Carter neigte den Kopf zur Seite. »Die anderen nannten ihn Ralphie, aber es fiel nie ein Nachname. Tom konnte ihn nicht ausstehen. Er hatte den Verdacht, dass er scharf auf Suzanne war.«

»Auf seine *Schwester?*« Marie betrachtete den Mann auf dem Foto angewidert. »Igitt!«

»Ja, das trifft es ganz gut.« Carter zuckte mit den Schultern. »Wie schon gesagt: unheimlich.«

»Wissen Sie, wo er wohnt?«, fragte Jackman.

»Nein, tut mir leid. Das hat mich nicht interessiert.« Er wandte sich an Jackman. »Warum hängt sein Bild hier?«

»Wir haben einen Zeugen, der am fraglichen Abend einen Mann in der Nähe des Hauses gesehen hat, auf den diese Beschreibung zutrifft. Bis jetzt hatten wir keine Ahnung, wer er ist.«

Marie warf einen Blick auf die Uhr. Die anderen würden jeden Augenblick zur Morgenbesprechung eintreffen. Es fühlte sich gut an, dass Carter hier bei ihnen war und nicht allein in seinem Büro hockte. »Ist der Cannon-Fall abgeschlossen?«

»Fast. Wir haben ihn noch mal nach oben geschickt, damit die sich ihn ein letztes Mal ansehen können. Dann haben wir ihn hoffentlich los.«

Marie berührte seinen Arm. »Schön, dass du wieder da bist.«

»Schön, wieder da zu sein.«

Marie fand, dass er ziemlich besorgt wirkte. Was vermutlich verständlich war, auch wenn er im Einsatz gut funktionierte, wie man an dem gestrigen Alleingang gesehen hatte. Sie nahm sich vor, nicht mehr zu versuchen, Carter McLean zu verstehen.

Die nächsten fünfzehn Minuten vergingen mit Berichten darüber, was in der letzten Nacht in der Stadt vorgefallen war, und Marie hörte nur mit halbem Ohr zu, falls ein Name fiel, der für ihren Fall relevant sein konnte.

Dann war Jackman an der Reihe und begann mit einem Update zu Suzanne Holland.

»Wie viele von euch wissen, waren DS McLean und der verstorbene Tom Holland befreundet, deshalb sind wir dankbar, dass er ab jetzt unserem Team angehört und uns vielleicht bei der einen oder anderen Frage weiterhelfen wird.« Er wandte sich an Carter. »Er hat uns bereits die Identität des Mannes verraten, der in der Nacht des Verschwindens in der Nähe des Hauses gesehen wurde. Deshalb schlage ich vor, dass wir uns im Moment vor allem auf die Suche nach Ralph Dolan konzentrieren. Max? Haben Sie noch etwas herausgefunden?«

Max erhob sich. »Ich konnte zumindest seinen Namen bestätigen, Sir. Der Mann heißt Ralph Edward *Doolan*. Aber bis jetzt konnte ich ihn noch nicht lokalisieren. Er hat zuletzt in Nottingham gewohnt, doch dann ist er umgezogen, und es gibt keine Nachsendeadresse.«

»Wissen wir *irgendetwas* über ihn? Womit verdient er sein Geld? Hatte er schon einmal Schwierigkeiten mit dem Gesetz?«

»Wir haben ihn zumindest nicht im System, Sir.«

Jackman wandte sich erneut an Carter. »Können Sie uns noch etwas über ihn erzählen?«

Carter berichtete von Tom Hollands Eindruck, dass

Doolan zu großes Interesse an seiner Halbschwester hatte, und von seinen eigenen Beobachtungen. »Ich habe keine Ahnung, wo und was er arbeitet.«

Robbie hob die Hand. »Wenn es sich bei dem Mann tatsächlich um Doolan handelte, könnte es doch auch eine plausible Erklärung geben, warum er seine Schwester an diesem Abend besucht hat.«

Jackman zuckte mit den Schultern. »Klar. Aber die kennen wir nicht. Wollte er sie nur besuchen? Entführen? Sie umbringen? Ist ein Streit außer Kontrolle geraten?«

»Oder hat er ihre Leiche gefunden?«, überlegte Marie. »Aber warum hat er dann nicht einfach den Notruf gewählt?«

»Und wer war bei ihm?«, fügte Carter hinzu. »Haben Sie nicht gesagt, dass er sich mit einem anderen Mann unterhalten hat?«

»Alan Pitt hat Doolan klar und deutlich gesehen, aber der andere Mann hielt sich im Schatten.«

»Sir?«, meldete sich Marie zu Wort.

Jackman sah sie an und hob fragend eine Augenbraue.

»Es geht um Alan Pitt, den Zeugen. Wie kann er bezüglich des Datums so sicher sein? Es ist immerhin schon achtzehn Monate her.«

»Nachdem ich weiß, wie unzuverlässig Zeugenaussagen sein können, habe ich ihm genau diese Frage gestellt. Das Datum ist ihm in Erinnerung geblieben, weil er an diesem Tag die endgültige Krebsdiagnose erhalten hat. Er stand zwar unter Schock, wollte aber trotzdem so weitermachen wie bisher – daher war er auch mit dem Hund unterwegs. Er war völlig mit seinen Problemen beschäftigt, doch die Stimmen der Männer haben ihn aus seiner Trance gerissen. Zuerst wollte er etwas sagen, aber sie klangen ziemlich wütend – vielleicht stritten sie sich sogar –, und deshalb zog er sich lieber zurück. Er war recht verwirrt und dachte einen Moment lang, der Mann mit dem Pferdeschwanz wäre sein Cousin.« Jackman hielt einen Moment inne. »Ich glaube, das ist Grund genug, um sich an das Datum und das Gesehene zu erinnern.«

»Aber es war dunkel.«

»Gehen Sie doch mal bei Vollmond raus, wenn der Himmel klar ist, Marie. Ich wette, Sie würden einen Pferdeschwanz und eine Designerbrille auch ohne künstliches Licht erkennen.«

Marie lächelte. »Schon gut, Sie haben recht. Der Arme.«

Jackman winkte Carter zu sich. »Kommen Sie her und erzählen Sie uns alles über Ihren Freund Tom und Suzanne, was Ihnen wichtig erscheint.«

Marie sah Carter nach, wie er nach vorne schritt. Vor ihm lag das tiefe Becken, das sie ihm die letzten Monate hatten ersparen wollen. Würde er untergehen oder schwimmen?

»Tom war mein bester Freund. Wir sind zusammen zur Schule gegangen und auch nachher befreundet geblieben. Wir haben uns nur einmal wirklich gestritten, und zwar, als er mir sagte, dass er Suzanne Cash heiraten wollte.« Er schluckte, sprach aber weiter. »Ich hatte Gerüchte gehört, dass sie ... einfach ins Bett zu bekommen war, und dachte, Tom hätte etwas Besseres verdient, aber ...« Er zuckte mit den Schultern. »Tom blieb hart. Er behauptete, alles über ihre Vergangenheit zu wissen und dass es keine Rolle spielte. Sie hätte sich verändert. Sie würde ihn lieben, und mehr gäbe es dazu nicht zu sagen. Im ersten Jahr hätte ich ihm sogar zugestimmt. Alle hielten sie für die perfekte Partnerin, und sie hatte nur Augen für Tom. Und dann haben sie geheiratet.«

Marie erinnerte sich daran, dass Carter behauptet hatte, die Frau kaum gekannt zu haben. »Warst du sein Trauzeuge?«, fragte sie.

Carter warf ihr einen seltsamen Blick zu. »Sie haben direkt am Standesamt geheiratet, ohne Gäste. Als Trauzeugen sprangen zwei Beamte an, und es gab keine Fotos. Tom hat behauptet, er hätte es so gewollt – ohne großen Aufwand.« Er seufzte. »Danach war ich kaum noch bei ihm zu Hause. Wir trafen uns nach wie vor, gingen aus, unternahmen etwas und arbeiteten an unserem Boot, aber ich habe die beiden selten besucht.«

»Sie hatten also immer noch Vorbehalte ihr gegenüber?«, fragte Jackman.

»Ich fand einfach keinen Draht zu ihr, also hielt ich mich fern. Außerdem habe ich ein paar diskrete Nachforschungen über ihre erste Ehe angestellt. Ich fand in etwa dasselbe heraus wie Robbie, auch wenn ich keine Beweise hatte. Es ist keine sehr angenehme Geschichte.«

Robbie grunzte zustimmend.

»Etwa ein Jahr nach der Hochzeit wurde Tom plötzlich ziemlich schweigsam, aber er wollte nicht sagen, was los war. Er schwor, dass sie immer noch im siebten Himmel schwebten, aber ich glaubte ihm nicht. Ihr kennt das sicher, wenn jemand zu oft betont, dass es ihm gut geht. Irgendwann weiß man verdammt gut, dass er lügt.«

Wie du, dachte Marie und nickte.

»Das ist alles, was ich weiß. Da war nichts Konkretes, aber unter der Oberfläche brodelte es gewaltig.«

»Wissen Sie, worüber sich die beiden gestritten haben, Carter?«, fragte Jackman. »Es muss etwas Ernstes gewesen sein, sonst hätte er kaum seine Sachen gepackt und wäre zu Ray gezogen.«

»Und warum Ray?«, fügte Marie hinzu. »Du warst sein bester Freund. Warum kam er nicht zu dir?«

»Ich hatte an diesem Abend eine Observierung. Außerdem wusste er, dass ich Suzanne nicht leiden konnte, obwohl er nie schlecht über sie geredet hat. Kein einziges Mal. Vielleicht wollte er mir nicht sagen, was passiert war.«

»Er hat es Ihnen *nie* erzählt?« Max klang überrascht. »Wir besprechen solche Dinge doch normalerweise mit unseren Kumpeln.«

»Nicht, wenn wir uns schämen oder wissen, dass wir im Unrecht waren«, widersprach Carter.

»Gutes Argument.«

»Hat Ray vielleicht etwas erwähnt?«, fragte Jackman.

»Er hat nur gesagt, dass es sich wieder einrenken würde. Ein Sturm im Wasserglas.« Carter verzog das Gesicht. »Der gute Ray konnte ziemlich unverblümt sein. Er meinte, wenn ich davon erfahre, reiße ich wieder die Klappe auf und mache alles nur noch schlimmer.« Er stieß ein kurzes Lachen aus. »Wir sprachen nicht einmal auf dem Weg zum Junggesellenabschied darüber.«

Marie warf Jackman einen Blick zu und fuhr sich mit dem Finger waagrecht über die Kehle. *Das reicht, Sir. Beenden Sie das.*

Jackman räusperte sich. »Danke, Carter. Ich würde vorschlagen, Robbie, Max und Charlie suchen weiter nach Doolan, während Marie und Carter sich um Suzanne kümmern. Wir konnten einen ungefähren Zeitplan erstellen, was sie in der Woche vor ihrem Verschwinden getan hat. Nehmt ihn als Ausgangspunkt und findet so viel wie möglich über sie und die Leute heraus, mit denen sie Kontakt hatte. Aber haltet euch dieses Mal nicht zurück. Bis jetzt waren alle sehr schweigsam, doch jetzt ist Schluss mit den Ausflüchten. Wir müssen jemanden zum Reden bringen.«

»Kann ich auch helfen, Sir?«, fragte Gary Pritchard.

»Ja, wenn die uniformierten Kollegen Sie nicht brauchen. Ich möchte, dass Sie Danny Hurley im Auge behalten. Ich weiß, dass Leah wieder in Sicherheit ist, aber seine Geschichte beunruhigt mich immer noch. Wir müssen mehr über diesen geheimnisvollen Dritten herausfinden, der den seltsamen Plan offensichtlich ausgeheckt und vermutlich auch finanziert hat.«

»Gerne, Sir. Ich kann Ihnen sicher einige Tage zur Verfügung stehen.« Gary zwinkerte Marie zu, und sie lächelte. Sie wusste, wie sehr es ihn freute, wenn er Jackman zur Hand gehen konnte.

»Wunderbar. Mal sehen, was wir bis zur Nachmittagsbesprechung auf die Beine stellen können.«

Marie und Carter beschlossen, es zuerst bei Suzannes letztem Arbeitgeber zu versuchen. Kurz darauf parkten sie vor dem Sonnenstudio in der East Market Street.

»Hübsch«, meinte Marie sarkastisch. »Wirklich hübsch.«

»Na ja, es ist ein Job. Und man bekommt ein paar Sonnenstrahlen gratis.«

»Schön, dass du es positiv siehst.« Marie öffnete den Gurt, doch bevor sie aussteigen konnte, legte Carter ihr eine Hand auf den Arm.

»Ich wollte mich noch bedanken, dass du keine Einwände erhoben hast, dass ich doch noch zu den Ermittlungen stoße. Vor allem nach der Aktion gestern.«

»Bekomme ich jetzt endlich eine Entschuldigung?«

»Ich war ein Arschloch.«

»Ja.«

»Ich wusste, dass ich die Situation nur möglichst schnell unter Kontrolle bringen kann, wenn ich einen nicht ganz legalen Weg beschreite, und ich wollte dich nicht mit hineinziehen.«

»Sehr aufmerksam von dir, aber ich hätte in diesem Moment wohl einiges nicht so eng gesehen.«

»Vielleicht, vielleicht auch nicht. Es war das Risiko jedenfalls nicht wert. Trotzdem tut es mir leid.«

»Okay, Entschuldigung angenommen. Aber in nächster Zeit solltest du dich besser an die Regeln halten, meinst du nicht auch?«

»Das wurde mir bereits gesagt, danke.« Er seufzte und lehnte sich zurück. »Du weißt gar nicht, wie froh ich bin, dass ich endlich helfen kann.«

Marie wusste es nur zu gut. »Deine letzte Aufgabe.«

Er nickte. »Meine letzte Aufgabe.« Er fuhr sich mit der Hand übers Gesicht. »Er weicht inzwischen nicht mehr von meiner Seite, Marie.«

Ihr Herz wurde schwer. *Bitte nicht schon wieder!* Sie wandte sich zu ihm.

»Während der Morgenbesprechung hat er hinten an der Wand gelehnt und mir zugehört. Es überrascht mich, dass der Gestank nicht den Feuermelder ausgelöst hat.«

»Da war kein Gestank, Carter. Nur der übliche Achselschweiß und die furzenden Kollegen.« Es war ein vergeblicher Versuch, die Situation aufzulockern. »Und Tom Holland war auch nicht da.«

»Das weiß ich. Aber ich sehe ihn trotzdem.« Sein Griff wurde fester. »Er wird verschwinden, Marie. Das weiß ich bestimmt! Genau wie die anderen. Lösen wir diesen Fall, dann bekomme ich vielleicht mein Leben zurück. Zumindest einen Teil.«

Sie sah ihm in die flehenden Augen.

Wenigstens hatte er zugegeben, dass er sich seinen toten Freund nur einbildete. Er wollte lediglich den letzten Schatten der Vergangenheit loswerden. Und sie musste irgendwie die Kraft finden, ihn dabei zu unterstützen.

Sie traf eine Entscheidung. Sie würde der Felsen sein, an den er sich klammern konnte. Gemeinsam würden sie herausfinden, was, zum Teufel, mit Toms Frau passiert war, und dann konnte er allein weitermachen. »Was sagt er jetzt gerade?«

»*Suzanne* – nur dieses eine Wort. *Suzanne.*«

»Dann sollten wir keine Zeit in diesem verdammten Auto verschwenden, sondern so schnell wie möglich klären, was hier los ist, oder?«

Carter strahlte. »Ja, Sergeant Evans, ganz genau.« Sein Lächeln wurde breiter. »Los geht's!«

KAPITEL 18

Danny fühlte sich nicht wohl und durfte erst wieder befragt werden, nachdem der Amtsarzt sein Okay gegeben hatte, doch Jackman hatte nicht vor, Zeit zu verschwenden. Während seine Officer im Fall Suzanne Holland unterwegs waren, ging er die Originalberichte Wort für Wort durch.

Beim dritten Kaffee griff er zum Telefon. »Professor Wilkinson?«

»Ganz genau. Und am anderen Ende höre ich wohl die liebreizende Stimme eines Detective Inspectors, der nicht mehr weiterweiß. Wie kann ich helfen, DI Jackman?«, erwiderte Rory Wilkinson.

»Ich hätte sehr gerne Ihre Meinung zu einem Fall gehört, den ich geerbt habe.«

»Für Sie bin ich allzeit bereit. Geht es um einen makabren, grausamen Mord? Mit jeder Menge Blut?«

Jackman lächelte. Er sah vor sich, wie sich der groß gewachsene Mann mit der Hakennase erfreut die Hände rieb. »Ich habe, ehrlich gesagt, keine Ahnung. Ich weiß nicht einmal, ob es Mord war.«

»Keine Leiche? Kein Blut? Du meine Güte.«

»Keine Leiche, aber literweise Blut.«

»Wie alt?«

»Mehr als achtzehn Monate.«

»Faszinierend.«

»Würden Sie sich vielleicht die Tatortfotos für mich ansehen? Ach, und wenn Sie wollen, können wir auch den Tatort besichtigen. Er ist mehr oder weniger unverändert.«

»Nach so langer Zeit? Ist die Tat in einer Art Wurmloch passiert?«

»Es ist ein seltsamer Fall, Rory. Das Cottage gehörte einem Ehepaar. Die Frau, deren Blut im ganzen Wohnzimmer verteilt ist, ist verschwunden. Der Mann kam drei Tage später beim Absturz eines Kleinflugzeuges ums Leben. Das Haus steht leer, und niemand kann etwas damit anfangen. Es hängt praktisch in der Luft.«

»So wie Sie.«

»Genau.«

»Dann würde ich mir die Sache gerne ansehen. Wer hat die erste forensische Untersuchung geleitet?«

Jackman betrachtete die beinahe unleserliche Unterschrift mit zusammengekniffenen Augen. »Sieht aus wie ... Squires?«

»Ah! Squirrel, das Eichhörnchen. Guter Mann, wenn auch ein wenig seltsam.«

Jackman unterdrückte ein Lachen. Seltsamer als Rory war kaum möglich.

»Habe ich Ihnen schon einmal erzählt, warum er Eichhörnchen genannt wird? Abgesehen von dem offensichtlichen Wortspiel mit seinem Nachnamen?«

»Wenn es etwas mit Nüssen zu tun hat, will ich es nicht wissen.«

»Spielverderber! Sie sind schon fast wie DI Nikki Galena, sie verdirbt mir auch immer alles.«

»Tut mir leid. Also darf ich Ihnen die Berichte weiterleiten?«

»Ich komme lieber vorbei. Bereiten Sie alles vor, dann bin ich in einer Stunde bei Ihnen.«

»Wenn es Ihnen nichts ausmacht? Wir können auch zum Tatort fahren, wenn Sie möchten.«

»Ein Ausflug mit dem reizenden DI Jackman? Ist der Papst katholisch?«

Jackman legte grinsend auf. Abgesehen von dem übertriebenen Geplänkel, war der Chefpathologe einer der klügsten Köpfe, die er je kennengelernt hatte. Es hob seine Laune ungemein, dass er bald Wilkinsons Meinung dazu hören würde, was mit Suzanne Holland passiert war.

Die wunderschöne Stadt Sanxenxo erstrahlte im hellen Sonnenlicht, doch Harvey Cash quälte sich gerade erst aus dem Bett.

Der Kater am nächsten Tag gehörte mittlerweile zu seinem Leben wie das Atmen, und sogar das tat weh. Jeder Atemzug hallte durch seinen Kopf wie ein Donnerschlag.

Er schlich langsam und vorsichtig zum Kühlschrank und kippte eine halbe Flasche kaltes Wasser hinunter. Der Schock ließ ihn nach Luft schnappen.

Danach stand er einen Moment lang einfach nur da und hielt sich an der schweren Tür fest, während er versuchte, nicht das Gleichgewicht zu verlieren und seinen rebellierenden Magen wieder unter Kontrolle zu bringen.

Erst nach einer Weile war er fähig, sich auf einen Küchenstuhl sinken zu lassen und überhaupt an Essen zu denken. Schon die Vorstellung bereitete ihm Übelkeit. Ein Drink kam nicht infrage, das wusste er, aber nüchtern zu sein, war genauso unerträglich.

Seit ihn dieser britische Polizist besucht hatte, dachte er unentwegt an Suzanne.

Er hatte dem Jungen viel erzählt – mehr als irgendjemandem zuvor. Aber er hatte ihm nicht alles gesagt, und jetzt fragte er sich, ob es nicht besser gewesen wäre.

Er hatte die Karte des Detectives mit einem grün-gelben Magneten seines Fußballvereins, dem Norwich City FC, am Kühlschrank befestigt, und als er hinübersah, wurde ihm klar, wie weit er sich von Norwich City und seinem geliebten Club entfernt hatte.

Er betrachtete die Karte und überlegte. Sollte er ihn anrufen? Sollte er dem überzeugenden Polizisten die schreckliche Wahrheit über Suzanne verraten? Oder sollte er sich einen Drink gönnen?

Harvey entschied sich für die zweite Option.

Die überwältigenden Reaktionen auf das in mehreren Zeitungen und im Fernsehen veröffentlichte Phantombild waren ein regelrechter Schock.

Superintendentin Ruth Crooke tippte mit dem Finger auf den eindrucksvollen Stapel an Meldungen. »Das haben wir sicher den sozialen Medien zu verdanken. Die halbe Welt denkt, dass sie den Mann schon mal gesehen hat.« Sie sah Jackman missmutig an. »Gibt es wirklich so viele Männer mit derselben Frisur?«

»Ich habe von einer verlässlichen Quelle – nennen wir sie Max – erfahren, dass lange Haare bei Männern heutzutage sehr beliebt sind. Viele Frauen finden das sexy.«

Ruth schnaubte. »Ich finde es eher lächerlich. Die sehen

doch aus, als ob ... Ach, egal. Das Problem ist, dass ich Unmengen unserer zivilen Mitarbeiter darauf ansetzen muss. Wir ertrinken in Arbeit.«

»Es ist frustrierend, das ist mir klar.« Jackman versuchte, vernünftig zu bleiben. »Aber vielleicht kennt einer dieser Leute den Mann wirklich. Wir können nur hoffen, dass ein erstes Sortieren die brauchbaren Hinweise herausfiltert.« Er betrachtete die dunklen Ringe unter Ruths Augen. »Wie geht es Ihnen?«

»Mir?« Die Superintendentin schwieg lange. »Ich bin erschüttert, Rowan. Bis in die Grundfesten.«

»Natürlich. Und Leah?«

»Sie ist unglaublich. Am Anfang war sie nervös und unruhig, doch nach der tatsächlichen Entführung hat sie sich in eine Art Superheldin verwandelt. Es ist wirklich verblüffend.«

»Aber auch gut. Wo ist sie jetzt?«

»Sie geht wieder ganz normal zur Uni, aber ich habe darauf bestanden, dass sie zumindest bei mir wohnen bleibt, bis wir herausgefunden haben, ob noch jemand involviert war.«

»Ich fahre gleich mit Professor Wilkinson ins Haus von Suzanne und Tom Holland und hoffe, dass Danny Hurley danach vernehmungsfähig ist. Die Befragung hat höchste Priorität.«

»Gut. Danke, Rowan. Das weiß ich zu schätzen. Allein der Gedanke, dass noch jemand Unbekanntes darauf lauert, sie in die Finger zu bekommen, lässt mein Blut gefrieren.«

»Die uniformierten Kollegen setzen die Überwachung doch fort, oder?«

»Ja. Sonst hätte ich nie zugelassen, dass sie weiterstudiert.« Sie lächelte schwach. »Sie halten mich auf dem Laufenden, was Hurley betrifft?«

»Natürlich, Ma'am.«

Rory Wilkinson ließ sich Zeit. Er wanderte langsam durch das Cottage und verglich die Blutspuren immer wieder mit den Fotos der Spurensicherung. Bis jetzt hatte er noch nichts gesagt, und das war ziemlich untypisch für ihn.

Schließlich drehte er sich zu Jackman um und meinte: »Blutspurenanalysen haben mich immer schon fasziniert. Es ist sehr viel komplizierter, als der Laie vermuten würde.«

Jackman sah ihn interessiert an. Rory hatte noch keinen einzigen sarkastischen oder witzigen Kommentar von sich gegeben.

»Ich kann nur raten, aber ich denke, unser Eichhörnchen ist mit seinem Bericht lieber auf Nummer sicher gegangen. Diese Frau ist hier gestorben. Zweifellos.«

Jackman musste die Neuigkeiten erst mal verdauen. »Können Sie mir in etwa sagen, was passiert ist?«

»Glücklicherweise wurden die Blutspuren und auch die Spritzmuster sehr genau aufgezeichnet. Wenn Sie mir etwas Zeit geben, kann ich die Tat vermutlich rekonstruieren. Es gibt da ein außerordentliches neues Programm, mit dem ich Ihnen ziemlich genau sagen kann, was passiert ist.« Er grinste. »Ich bin nun mal ein Genie.«

»Da kann ich nur zustimmen.«

Rory steckte die Fotos und die Berichte in seine Aktentasche. »Das wird ein Spaß! Ich konnte bereits Spritzspuren, Verlagerungsspuren, Ablagespuren und Schleifspuren identifizieren. Und außerdem eine arterielle Blutung mit der typischen rhythmischen Blutverteilung. Ein Traum!«

»Schön, dass Sie das so sehen«, bemerkte Jackman trocken.

»Geben Sie mir bis heute Abend Zeit, dann werde ich Ihnen die nächste Episode dieses nervenaufreibenden Dramas präsentieren.«

»Sie sind ein Goldstück, Professor.«

»Ja, nicht wahr?«

Marie und Carter saßen wieder im Auto, und die Stimmung war um einiges entspannter als zuvor.

Carter reichte Marie einen mit Konfitüre gefüllten Donut und stellte einen Styroporbecher mit Kaffee auf das Armaturenbrett. »Niemand konnte sie leiden, oder? Nicht einer von ihnen.«

»Nein. Und wir haben mit *vielen* Leuten gesprochen. Arbeitskolleginnen, Bekannte aus dem Fitnessstudio oder vom Friseur. Aber niemand mochte sie.«

»Trotzdem hat der arme Tom sie vergöttert.« Carter klang unheimlich traurig. »Zumindest schien es so.«

»Was für ein Mensch war Tom eigentlich?« Marie unterdrückte den Impuls, über die Schulter auf die Rückbank zu schauen.

»Er war sanftmütig. Das ist das erste Wort, das mir einfällt. Liebenswürdig, aufmerksam und ein Witzbold, aber nie auf verletzende Art. Die Kinder in unserem Hilfsprojekt haben ihn geliebt.«

Marie biss in ihren Donut. »War er vielleicht *zu* nett? Fast schon naiv? Du hast ja gesagt, dass für ihn nur die Liebe zu seiner Frau zählte, nicht ihre fragwürdige Vergangenheit.«

»Nein, naiv war er nicht. Er war einfach ein guter Mensch. Er dachte immer nur das Beste über andere Leute. Nicht wie wir zynischen Polizisten, die gleich vom Schlimmsten ausgehen.«

Marie wischte sich Zucker von ihrer Hose. »Es tut mir so leid, dass du deinen Freund verloren hast, Carter. Klingt, als wäre er ein großartiger Kerl gewesen.«

»Das ist er. Ähm ... das *war* er. Er war einer der Besten. Ich vermisse ihn. Ich vermisse sie alle.«

Marie kamen die Tränen, und sie wechselte eilig das Thema. »Und was sagen uns unsere heutigen Recherchen über Suzanne?«

Carter trank schlürfend einen Schluck Kaffee. »Dass meine erste Einschätzung richtig war. Tom Holland war ein verdammter Vollidiot, dass er diese Schlampe überhaupt geheiratet hat. Er hatte wohl nur Scheiße im Hirn.«

Marie brach in schallendes Gelächter aus, und einen Augenblick später stimmte Carter mit ein.

KAPITEL 19

Ich weiß nicht, wer mir das Geld geschickt hat! Wie oft muss ich Ihnen das noch sagen?«, brauste Danny Hurley auf. Jackmans Gesicht blieb teilnahmslos.

Er hatte Soziologie und Anthropologie studiert und nicht vergessen, was er gelernt hatte. Er hörte nicht nur zu, sondern beobachtete auch. Körpersprache und Bewegungen waren oft genauso laut wie Worte. Manchmal brüllten sie geradezu.

»Man hat Sie also tatsächlich dafür bezahlt, ausgerechnet die junge Frau zu beobachten und zu entführen, von der Sie besessen sind? Was glauben Sie, wie sich das für uns anhört, Danny?« Er wandte sich an Gary Pritchard. »Es klingt ziemlich weit hergeholt, oder was meinen Sie, Constable?«

Gary nickte zustimmend. »Auf alle Fälle, Sir. Schwer vorstellbar.«

Danny schlug sich mit der Faust in die offene Hand. »Nein! Sie kapieren gar nichts! Warum hören Sie mir nicht zu?«

»Das tun wir, Danny, aber was wir hören, ergibt keinen Sinn.«

»Ich wurde dafür bezahlt, dass ich ihr Blumen, Schokolade und so Zeug schicke. Kleinigkeiten eben.«

»Aber Sie haben keine Ahnung, wer Sie engagiert hat?«

»Ich habe ihn nie gesehen.«

»Ihn? Sie wissen also, dass es sich um einen Mann handelt? Warum?«

Danny begann zu stammeln. »Keine Ahnung. Aber eine Frau würde so etwas doch nicht machen, oder?«

»Wie wurden Sie bezahlt?«

»Das Geld und die Anweisungen kamen mit einem Paketdienst.«

»Sie machen Witze! Niemand lässt Geld von einem Mann in einem Van ausliefern!«, rief Gary. »Welche Firma?«

Danny betrachtete die Kratzer in der Tischplatte und murmelte: »Weiß ich nicht. Da war kein Logo auf dem Wagen.«

Jackman schüttelte den Kopf. »Das wird ja immer besser. Wo sind die ›Anweisungen‹ jetzt?«

»Ich habe sie verbrannt. Das gehörte zum Deal.«

Jackman lehnte sich nach vorne. »Warum sagen Sie uns nicht die Wahrheit, Danny? Sie mochten das Mädchen wirklich, nicht wahr? Sie wollten sie für sich. Wir haben die Fotos an der Wand gesehen, Danny. Die waren nicht für Ihren Auftraggeber. Die waren für Sie ganz allein.«

Dannys Augen wurden schmal, doch er sagte nichts.

Jackman entschied sich für eine andere Taktik. »Okay, Danny. Sagen wir, ich glaube Ihnen. Das tue ich nicht, aber nehmen wir es einfach mal an. Kannten Sie Leah, bevor der Unbekannte sich an Sie gewandt hat?«

»Ich hatte sie noch nie zuvor gesehen.«

»Gut. Er hat Ihnen also Geld geschickt, und Sie haben ...

was gemacht? Ihr Karten unter der Tür hindurchgeschoben oder etwas in der Art?«

»Ja, Karten. Briefe. Und dann Rosen.«

»Das alles kam also nicht von Ihnen, sondern von jemand anderem, der auch auf Leah scharf war?«

Die Vorstellung schien Danny nicht zu gefallen. »So war das nicht.«

»Woher wissen Sie das? Es klingt ganz genau so. Jemand gibt Ihnen Geld, damit Sie einer attraktiven jungen Frau Geschenke machen? Er wollte hundertprozentig etwas von ihr.« Er warf Gary einen wissenden Blick zu. »Und genau das verstehe ich nicht: Sie sind in eine Frau verliebt und schenken ihr im Auftrag eines anderen Mannes Blumen und andere kleine Aufmerksamkeiten?«

Gary rieb sich nachdenklich das Kinn. »Also *ich* würde das auf keinen Fall tun.«

Jackman konnte beinahe hören, wie Danny mit den Zähnen knirschte.

»Helfen Sie uns, Danny. Wir kapieren es einfach nicht.«

»Es ging um Rache, okay? Es war Zahltag! Aber dann habe ich Leah gesehen, und ...«

Er warf die Arme hoch, und seine Stimme war nur noch ein Flüstern. »Ich habe mich noch nie auf den ersten Blick in ein Mädchen verliebt. Dieser Typ machte sich nichts aus ihr. Es ging nicht um sie, nur um Rache. Aber für mich war es wie ein Traum.« Er sank nach vorne und legte den Kopf in die Hände. »Ein Traum.«

Jackman deutete mit dem Kopf in Richtung Tür, und er und Gary erhoben sich. »Die Befragung wird um vierzehn Uhr unterbrochen. DI Jackman und PC Gary Pritchard verlassen das Verhörzimmer.«

Jackman bat Gary in ein leeres Büro und schloss die Tür.

»Wir sollten Leah von der Uni holen und wieder unter strenge Beobachtung stellen. Meinen Sie nicht auch?«

Gary nickte. »Jemand hat es auf die Superintendentin abgesehen, oder?«

»Ganz sicher. Danny Hurley ist in Leah verknallt, das ist klar. Aber was die Rache betrifft, sagt er vermutlich die Wahrheit.«

»Das glaube ich auch.«

»Ich werde mir seine bisherigen Aussagen ansehen. Vielleicht gibt es Hinweise auf denjenigen, der dahintersteckt. Sie sprechen in der Zwischenzeit mit Ihrem Sergeant und lassen Leah in Sicherheit bringen. Danny sitzt zwar hinter Gittern, ist aber immer noch in Gefahr.«

Gary wandte sich der Tür zu. »Hoffen wir, dass Dannys verpfuschte Aktion und die Verhaftung den Mistkerl genügend abgeschreckt haben.«

»Hoffentlich. Aber bis wir das wissen, gehen wir lieber auf Nummer sicher.«

»Bin schon unterwegs, Sir!«

»Beeilen Sie sich, um Himmels willen. Wer auch immer Danny bezahlt hat, läuft nach wie vor dort draußen herum.«

Eine Dreiviertelstunde später saß Jackman Ruth Crooke gegenüber und fragte sich, wie viel die Frau noch verkraften konnte. Die unbezwingbare Superintendentin, die er kannte, war verschwunden. Er verstand zwar, warum, aber die Verwandlung war trotzdem entmutigend.

»Ich habe Ihnen das nie erzählt, Rowan, aber meine Schwester starb keinen schönen Tod – falls es so etwas überhaupt gibt. Deshalb versuche ich vermutlich auch, das alles bei Leah zu kompensieren. Ich will nur das Beste für sie. Ich weiß, dass ich ihr nicht garantieren kann, dass ihr Leben immer einfach sein wird, aber ich will, dass es zumindest *sicher* ist.« Ruth steckte sich eine Haarsträhne hinters Ohr. »Sie hat die Leiche ihre Mutter gefunden.«

Jackman wusste bereits, dass sich Ruths Schwester das Leben genommen hatte, aber nicht, dass ihre Tochter sie entdeckt hatte. »Ruth, das tut mir sehr leid. So etwas ist immer schrecklich, vor allem für einen jungen Menschen.«

»Ich glaube, dass sie deshalb Psychologie studiert. Sie will andere vor diesem Schicksal bewahren.«

»Das ist ein sehr guter Grund.« Er lächelte. »Ich hielt sie schon vorher für eine starke junge Frau, aber jetzt bin ich mir sicher.«

»Was haben Sie aus diesem Hurley herausbekommen?«

Jackman erzählte ihr von der Befragung. »Beim zweiten Mal hatte ich Rosie dabei, und wir haben noch etwas mehr erfahren.« Er beugte sich nach vorne. »Wir glauben, dass der mysteriöse Mann im Hintergrund über Ihre Nichte Druck auf Sie ausüben wollte, und Danny Hurley hat dann noch eins draufgesetzt. Wir haben rekonstruiert, wofür er tatsächlich bezahlt wurde – der Rest ging auf sein Konto. Rosie und ich glauben, dass niemand die Absicht hatte, sie zu entführen, aber Danny hat den Plan geändert.«

Ruth runzelte die Stirn. »Dann ging es also darum, mir Angst einzujagen, nicht, Leah zu entführen.«

»Meines Erachtens ja. Die Anweisungen des Mannes – falls es tatsächlich ein Mann ist – waren ziemlich kompliziert. Danny sollte Laufburschen anheuern und sich selbst im Hintergrund halten. Er sollte das Orchester dirigieren, nicht selbst mitspielen.«

»Nun, das ist wohl schiefgelaufen. Die Person im Hintergrund hätte besser ihre Hausaufgaben erledigt, bevor sie ihn engagiert hat.«

»Ja. Er – oder sie – hat sich definitiv den Falschen ausgesucht.«

»Das beruhigt mich ein wenig, auch wenn wir uns nie wirklich sicher sein können, nicht wahr?«

»Natürlich nicht, Ma'am. Mir geht es dabei genauso. Dannys Unberechenbarkeit hätte durchaus ernsten Schaden anrichten können.«

»Wie können wir diesem unbekannten Auftraggeber auf die Spur kommen?«

»Na ja ...« Jackman zögerte. »Ich habe überlegt, Carter darauf anzusetzen. Er weiß mehr über die Diebe und Verbrecher dieser Gegend als wir alle zusammen.«

»Und er hat bessere Beziehungen nach oben als der Chief Constable.« Ein Hauch Bitterkeit lag in Ruths Stimme. »Er ist ein Mysterium und von großem Nutzen für uns – ob es uns gefällt oder nicht. Aber sagen Sie ihm niemals, dass ich das gesagt habe!«

»Das würde mir nicht im Traum einfallen.«

»Gut, dann schicken Sie ihn los. Aber halten Sie ihn um Himmels willen an der kurzen Leine.«

»Da weiß ich etwas Besseres, Ma'am. Ich drücke die Leine Marie Evans in die Hand.«

KAPITEL 20

Carter wirkte besorgt. »Ich werde mein Bestes geben, aber ich habe bereits einen Großteil meiner Gefälligkeiten eingelöst, um den Mistkerl zu schnappen.«

»Versuchen Sie es mit Geld.« Jackman sah sich um. Es war niemand in Hörweite. »Ich habe ein wenig am Budget gedreht.« Er hielt Carter einen Umschlag entgegen.

»Das brauche ich nicht, Sir. Ruth hat etwas gut bei mir, nach allem, was sie durchmachen musste.«

»Nehmen Sie es. Sie hat es genehmigt.«

Marie griff nach dem Umschlag und steckte ihn in die Jackentasche. »Wenn ihr beide noch ewig weiterdiskutieren wollt, nehme eben ich die Sache in die Hand. Komm, Carter, auf geht's!«

Carter hob ergeben die Hände. »Ich muss los. Befehl ist Befehl.«

Jackman sah ihnen nach. Sie fühlten sich offensichtlich wohl miteinander. Er hoffte nur, dass Carters Probleme Marie nicht noch mehr belasteten als ohnehin schon. Vielleicht würde die Aufklärung des Holland-Falls einen Schlussstrich unter die Geschichte ziehen.

Er ging zurück in sein Büro und schloss die Tür. Wenn

etwas Tragisches passierte, gab es immer mehr als ein Opfer. Ein einziges Ereignis zog weite Kreise, wie ein Stein, der in einen See geworfen wurde. Jackman seufzte. Er hatte das Gefühl, dass sich die Lage noch erheblich verschlimmern würde, bevor es besser wurde.

»Endlich, verdammt noch mal! Ich habe was, Leute!« Max zog eine E-Mail aus dem Drucker. Robbie und Charlie eilten zu ihm.

»Doolan liegt im Scunthorpe General Hospital. Er war gestern in einen Autounfall verwickelt.«

»Wie schlimm ist es?«, fragte Charlie.

»Sein Zustand ist nicht gerade berauschend, aber auch nicht lebensbedrohlich. Wir müssen zu ihm.« Max wandte sich grinsend an Robbie. »Auch wenn es dort keine Sonne, kein Meer, keinen Strand und auch keine Sangria gibt, wie bei den Dienstreisen mancher Kollegen, bin ich dieses Mal an der Reihe.«

Robbie hob die Hände. »Scunthorpe gehört ganz dir.« Er grinste ebenfalls. »Obwohl ich natürlich *schrecklich* enttäuscht bin.«

»Ja, das glaube ich dir gerne.«

Max ging zu Jackman, um ihn auf den neuesten Stand zu bringen, und Robbie und Charlie kehrten an ihre Schreibtische zurück. Das war noch nicht das Ende. Sie mussten es zuerst noch schaffen, Doolan mit dem Verbrechen in Verbindung zu bringen. Aber zumindest wussten sie jetzt, wo er sich aufhielt, und so, wie es aussah, würde er ihnen so schnell auch nicht davonlaufen. Ein weiteres Glied in der Kette.

Robbie stand auf. »Willst du einen Kaffee, Charlie?«

»Mit Milch und zweimal Zucker, bitte.« Er griff in die Hosentasche.

»Lass stecken. Heute bin ich dran.«

Robbie schlenderte zur Kaffeemaschine und fragte sich, wie es seinem Freund in Spanien wohl ging. Hätte Harvey in der Nähe gewohnt, hätte er ihn noch einmal besucht. Er hatte das starke Gefühl, dass etwas nicht stimmte und er ihm nicht alles gesagt hatte. Aber was gab es noch zu erzählen? Und konnte es wichtig sein?

Robbie kehrte mit zwei Bechern zurück in den Ermittlungsraum und stellte einen vor Charlie ab.

»Danke.« Charlie sah von seinem Bildschirm auf. »Ich habe nachgedacht. Was, wenn der Typ mit dem Pferdeschwanz gar nicht Ralph Doolan war?«

Robbie blinzelte. Charlie verstand es, etwas vollkommen Offensichtliches so zu formulieren, dass man lieber noch einmal darüber nachdachte. »Wir gehen erst mal davon aus, dass es nicht zwei Männer mit Pferdeschwanz in Suzannes Leben gab.«

»Warum nicht?« Charlie zuckte mit den Schultern. »Der Kerl erinnerte Alan Pitt an seinen Cousin und Jackman an einen Arsenal-Spieler. Suzanne könnte genauso gut zwei Langhaarige gekannt haben. Es ist nicht auszuschließen.«

Robbie starrte ihn an. »Was, zum Teufel, weiß Jackman schon über Arsenal?«

Charlie lachte. »Nichts, soweit ich weiß. Aber falls Doolan ein wasserdichtes Alibi hat, dann müssen wir uns auf die Suche nach Pferdeschwanz Nummer zwei machen, oder?«

»Schätze, schon.« Robbie seufzte. »Ich kann es kaum erwarten.«

Sam Page war gerade von einem langen Spaziergang am Fluss zurückgekehrt, wo er ein paar Haubentaucher beobachtet hatte. Er trat ins Haus und ging direkt zum Anrufbeantworter. Keine neuen Nachrichten.

Also schlenderte er in die Küche und stellte Teewasser auf. Er machte sich Sorgen um Laura. Sie war so versessen darauf gewesen, seine Meinung zu ihrem Problempatienten zu hören, doch dann hatte sie sich nicht mehr gemeldet.

Mit dem Tee ging er in den Wintergarten. Er hatte das Grundstück absichtlich verwildern lassen, und nun war es zu einem Zufluchtsort für allerlei Wildtiere geworden. Sam liebte es, seine »Untermieter« zu beobachten, wie er die Feldmäuse, Igel, Fledermäuse und anderen Tiere in seinem Garten nannte.

Er nippte an seinem Tee und dachte an Laura.

Sie hatte ihm von Carter McLean erzählt, und Sam war sofort klar gewesen, dass es sich um einen der seltenen Fälle handelte, der den Therapeuten nachhaltig beschäftigte. Es behagte ihm nicht, dass es Laura so naheging, aber er hatte keine Ahnung, wie er ihr helfen konnte.

Schließlich murmelte er leise: »Komm schon, Sam. Ruf sie an.«

Laura antwortete nach dem ersten Klingeln. Sie hatte wohl auf einen anderen Anruf gewartet.

»Soll ich es später versuchen?«, fragte er.

»Oh, Sam. Nein, natürlich nicht. Jetzt passt es gut.«

»Ich wollte nachfragen, ob du bereits einen Termin mit deinem Patienten vereinbart hast, an dem ich auch teilnehmen kann.«

Sam hörte ein unterdrücktes Stöhnen.

»Er geht nicht ans Telefon und ruft nicht zurück. Ich habe ihm mehrere Nachrichten hinterlassen und geschrieben, aber er meldet sich nicht. Es tut mir leid, Sam, aber ich glaube, wir müssen die Sache abhaken.«

»Du machst dir große Sorgen um ihn, nicht wahr?«

Ihr Schweigen sprach Bände.

»Laura, du kannst sie nicht alle heilen. Manche Verletzungen kann selbst der beste Chirurg nicht mehr operieren, und genauso verhält es sich mit einer verletzten Seele.«

»Ich habe vor Kurzem mit Carters Freundin Marie gesprochen. Sie hat mir erzählt, dass der vierte Freund ihn inzwischen überallhin begleitet. Es hat mir eine Höllenangst eingejagt. Mit so etwas hatte ich noch nie zu tun.«

»Aber er kommt trotzdem zurecht?«

»Nach außen hin, ja. Er hält seinen Freund – *Tom* – sorgfältig unter Verschluss. Nur Marie und der DI wissen, dass etwas nicht stimmt. Für die meisten ist er jemand, der Unglaubliches überlebt hat. Ein Held.«

Sam dachte nach. »Deinen Erzählungen nach hat er sich für eine hervorragende Bewältigungsstrategie entschieden. Immerhin ›sieht‹ er die anderen drei Freunde nicht mehr, das heißt, es funktioniert ganz gut für ihn. Aber die vierte Aufgabe ist sehr viel komplizierter. Seit wann ist die Frau bereits verschwunden?«

»Seit achtzehn Monaten, Sam«, murmelte Laura. »Das ist eine lange Zeit.«

»Carter glaubt also, dass er für seinen Freund aufklären soll, was mit dessen Frau geschehen ist?«

»Ja.«

»Und dabei wird er die ganze Zeit über von der rastlosen Seele seines verstorbenen Freundes verfolgt. Außerdem müssen wir davon ausgehen, dass die Ermittlungen noch sehr lange dauern werden.« Er atmete tief durch. »Ich bin mir nicht sicher, wie Carter damit klarkommen wird. Es ist eine riesige Last, die der junge Mann sich da aufgeladen hat.«

»Daran will ich nicht einmal denken, Sam.«

»Es gibt aber noch einen Grund zur Sorge.«

»Und der wäre?«

»Dass dieser Patient dir sehr nahegeht. Zu nahe. Du musst dich abgrenzen. Du kannst es dir nicht erlauben, dass er deine Abwehr durchbricht.«

Laura antwortete nicht.

Ihr Schweigen sagte ihm alles, was er wissen musste. »Darf ich fragen, ob du deine Arbeit zur Traumaforschung inzwischen fertig hast?«

»Die habe ich ad acta gelegt.«

»Warum?«

»Du weißt genau, warum! Carter war das zentrale Studienobjekt.«

»Lass mich den Fall übernehmen. Ich weiß, dass du mehr als fähig bist, das Problem selbst zu lösen, aber du stehst dem Mann zu nahe. Das ist nicht gesund, meine Liebe. Ich muss dir wohl kaum erklären, wie wichtig emotionale Abgrenzung ist.«

Laura seufzte. »Mein Gott, Sam, ich habe sämtliche Tricks probiert. Sogar einige Übungen, die wir in der Supervision anwenden. Aber nichts hat funktioniert.« Sie hielt einen Moment lang inne. »Du hast recht, Sam, aber ich arbeite für die Polizei, das heißt, dass ich dir den Fall nicht einfach so übergeben kann. Dafür habe ich nicht die Befugnis.«

»Dann lass mich dir helfen. Mach es nicht allein.«

»Das würdest du tun? Das wäre eine riesige Erleichterung! Dann brauchen wir nur noch zu hoffen, dass die Damen und Herren von der Polizei den Fall in Lichtgeschwindigkeit lösen – sonst brauchen wir noch alle eine Therapie.«

Als Sam auflegte, fühlte er sich sehr viel besser. Wenn er mit an Bord war, musste Laura sich wenigstens keine Sorgen machen, dass sie etwas falsch einschätzte oder übersah. Und wenn die Sache mit Carter McLean eskalierte, würde sie ihn vielleicht dringend brauchen.

Jackman wollte gerade nach Hause gehen, als sein Telefon klingelte.

»Ich weiß, was passiert ist. Ich hab's Ihnen ja versprochen.« Rory Wilkinson klang aufgeregt. »Schade, dass ich hier in Greenborough sitze. Ich hätte Sie gerne in mein unterirdisches Königreich eingeladen und Ihnen die schnuckelige kleine 3-D-Animation der letzten Sekunden im Leben von Suzanne Holland gezeigt.«

»Ich könnte morgen vorbeikommen. Aber vielleicht geben Sie mir vorab eine kleine Zusammenfassung, wie alles ablief?«

»Natürlich, mein Bester! Wollen Sie das volle Programm oder eine gekürzte Lesung? Wenn Sie Ersteres wählen, kann ich mit meinem unerschöpflichen Repertoire an verschiedensten regionalen Dialekten angeben.«

»Das ist sicher höchst beeindruckend, Rory, aber eine einfache Zusammenfassung reicht.«

»Sind Sie zufällig mit DI Galena verwandt?«

»Nicht, dass ich wüsste. Ähm, was wollten Sie mir erzählen ...?«

»Ach ja, genau. Suzanne schlug mit dem Kopf auf dem Kaminsims auf, ging zu Boden und zog sich dank des gusseisernen Kamingitters noch eine weitere Wunde zu.«

»Sie ist gefallen?« Jackman war sich sicher gewesen, Rory würde ihm ein sehr viel gewalttätigeres Ende mitteilen.

»Ja, das ist sie.« Rory hielt kurz inne. »Aber nur, weil sie gestoßen wurde. Mit ziemlicher Wucht.«

»Sie können manchmal schrecklich nerven, Rory. Hat Ihnen das schon mal jemand gesagt?«

»Schon öfter.« Der Pathologe kicherte. »Ich kann Ihnen die Vorgänge mit Sicherheit besser erklären, wenn Sie die Animation vor Augen haben.«

»Dann komme ich gleich morgen früh vorbei, wenn es Ihnen recht ist.«

»Nachdem ich praktisch hier wohne, ist das kein Problem. Ach ja, und ich möchte mir den Tatort noch einmal aus kriminaltechnischer Sicht ansehen. In den letzten achtzehn Monaten wurden einige neue Methoden entwickelt. Blutspurenanalyse ist meine Leidenschaft, und ich habe da eine Theorie zu dem Teppich vor dem Kamin, weshalb ich das Wohnzimmer gerne noch einmal genauer untersuchen würde. Können Sie das für mich arrangieren?«

»Sagen Sie nur, wann. Ich habe den Schlüssel.«

»Das können wir ja besprechen, wenn Sie mich morgen beehren. Für heute sage ich nur *Ciao und Hasta Mañana.*«

Jackman legte auf und sah Marie im Türrahmen stehen.

»Gute Nachrichten?«

»Vielleicht, vielleicht auch nicht.« Sie setzte sich. »Carter hat den Namen eines der Laufburschen herausgefunden, aber die kleine Ratte ist untergetaucht.«

»Vielleicht finden ihn die Kollegen von der Streife.«

»Ich würde das Carter überlassen, Sir. Er kennt die Unterwelt von Saltern-le-Fen. Wenn ihn jemand findet, dann er.«

»Noch etwas Neues?«

»Da draußen herrscht eine seltsame Stimmung. Das ist uns beiden aufgefallen.« Marie massierte sich die Schläfen, als hätte sie Kopfschmerzen. »Es ist schwer zu erklären, aber es gibt jede Menge böses Blut gegen die Polizei – mehr als üblich –, und vor allem gegen Ruth Crooke. Ich werde morgen früh sofort eine Liste mit Leuten zusammenstellen, die etwas gegen sie haben, und dann klopfen Carter und ich an ein paar Türen.«

»Wo steckt Carter im Moment?«

»Bei ihr.«

»Freiwillig?«

Marie grinste. »Ja, kaum zu glauben, was? Ich kann mich auch täuschen, aber ich habe das Gefühl, dass die Sache mit Leah einen sehr alten Riss kittet.«

»Das wurde aber auch Zeit.«

Marie streckte sich. »Gibt es Neuigkeiten im Holland-Fall?«

Jackman erzählte ihr von Suzannes Halbbruder und Rorys Entdeckungen. »Sieht so aus, als kämen wir endlich voran. Wir sollten uns nicht zu früh freuen, aber vielleicht lichtet sich der Nebel langsam.«

»Das ist gut.« Marie gähnte.

»Ab nach Hause, Evans! Ruhen Sie sich aus.«

»Wird gemacht. Ich will nur noch schnell zu Carter, bevor ich gehe.«

»Aber lassen Sie sich bitte nicht in eines dieser endlosen Gespräche hineinziehen. Ich brauche Sie wach und nicht krank vor Sorge wegen irgendwelcher eingebildeter Toter.«

»Ähm, Sir. Sie sind wirklich tot. Nicht *eingebildet.*«

»Dann vergessen Sie das nur nicht.«

»Ja, Sir. Verstanden, Sir.«

Carter war auf dem Weg zum Kai und versuchte, sich auf die Straße zu konzentrieren. Er musste ständig an Ruth Crooke und den plötzlichen Wandel ihrer Beziehung denken.

Kurz vor Feierabend war er bei ihr gewesen, und sie hatten sich tatsächlich fast eine halbe Stunde ohne einen einzigen bissigen Kommentar unterhalten. Sie hatten es nicht laut ausgesprochen, aber sie hatten endlich Frieden geschlossen. Als er ihr Büro verlassen hatte, hatte er das Gefühl gehabt, als hätte der Wind eine gewaltige Sturmwolke vom Himmel gefegt.

Er parkte und holte den Schlüssel zum Lager heraus. Ein paar Kleinigkeiten musste er noch erledigen, dann war die *Eva May* mehr oder weniger fertig.

Silas saß auf einem alten Ölfass, Klink lag quer über seinen Füßen.

»Guten Abend, Silas. Alles klar?«

»Geht schon, mein Junge. Hast du was gegessen?«

Carter sah ihn schweigend an.

»Das dachte ich mir. Komm mit zu mir, es dauert nur ein paar Minuten. Ohne Treibstoff kann niemand arbeiten.«

Carter folgte Silas durch das hohe Gras und das Schilf zu seinem baufälligen Cottage. Er hatte schon einige Male bei Silas gegessen. Der alte Mann hätte es zwar durch keine einzige Lebensmittelkontrolle geschafft, aber es schmeckte jedes Mal köstlich.

Er hielt schnuppernd die Nase in die Luft. »Haseneintopf?«

»Klar. Hol dir eine Schüssel.«

»Und du?«

»Ich habe schon gegessen. Aber bediene dich ruhig.«

Der alte Mann streckte Carter einen Schöpflöffel entgegen und deutete auf einen uralten Topf, der blubbernd auf dem Herd stand.

»Da ist etwas von meinem selbst gemachten Wein drin. Schmeckt gut, oder?«

»Kann man wohl sagen.« Carter aß mit Appetit. Er hatte sich bei Silas Breeze immer schon wohlgefühlt. Diese alte, halb verfallene Hütte war wie ein Zufluchtsort vor der unbarmherzigen Welt.

Als die Schüssel leer war, lehnte er sich zurück und sah sich um. Kein Tom. Tatsächlich hatte er ihn noch nie gesehen, wenn er bei Silas war. »Ich muss noch ein paar Sachen erledigen, Si, aber danke fürs Essen. Das war lecker.«

»Weiß ich doch.« Der alte Mann zeigte ein beinahe zahnloses Lächeln. »Du arbeitest jetzt sicher zweimal so schnell.«

Silas behielt recht. Carter arbeitete, bis es zu dunkel war, um noch etwas zu erkennen. Den ganzen Abend über spürte er Toms Anwesenheit.

Als er schließlich nach Hause fuhr, folgte ihm Suzannes Name in die Dunkelheit.

KAPITEL 21

Jackman kam gerade rechtzeitig für die Morgenbesprechung aus Greenborough zurück. Marie traf ihn am Automaten im Flur.

»Kaffee?« Sie lächelte, und einen Moment lang sah er in ihren Augen die alte Marie aufblitzen.

»Gerne. Sind schon alle da?« Er deutete mit dem Kopf in Richtung Ermittlungsraum.

»Ja, Sir.« Sie reichte ihm einen Becher. »War Ihr Ausflug den Aufwand wert?«

»Es war sehr aufschlussreich, Marie. Sehr aufschlussreich.«

»Genauso wie das, was Max in Scunthorpe herausgefunden hat.«

»Dann gehen wir besser rein und stecken die Köpfe zusammen.«

Jackman erzählte den anderen, dass in den Ermittlungen um Danny Hurley eine weitere Person ins Spiel gekommen war, dann konzentrierte er sich auf den Holland-Fall.

»Professor Wilkinson wird das Haus der Hollands noch einmal kriminaltechnisch untersuchen, und bis alles abgeschlossen ist, bleibt es versiegelt.«

Jackman holte mehrere große Ausdrucke heraus und befestigte sie an dem Whiteboard.

»Das hier sind Standbilder einer Simulationssoftware. Das erste Bild zeigt den allgemeinen Grundriss des Wohnzimmers, und hier …«, er deutete auf ein Foto, das die Spurensicherung beim ersten Mal aufgenommen hatte, »… seht ihr das Zimmer aus der Sicht der Kriminaltechniker. Wichtig an dem altmodischen, offenen Steinkamin ist, dass der Sims im Vergleich zu modernen Kaminen sehr niedrig ist.« Er deutete auf das nächste Bild. »Professor Wilkinson geht davon aus, dass Suzanne in der Mitte des Teppichs vor dem Kamin stand. Also hier.« Auf dem Ausdruck war eine Frau von Suzannes Größe und Statur zu erkennen. Sie hatte dem Kamin den Rücken zugedreht.

»Wie hat er das gemacht?«, fragte Carter.

»Indem er Flecken und Blutspritzer analysiert hat.«

»Clever.«

»Er ist ein brillanter Wissenschaftler.« Jackman grinste schief. »Aber auch ein wenig unorthodox.«

Die anderen lachten. Jeder in Saltern mochte Rory Wilkinson. Mit seiner theatralischen Art schaffte er es immer wieder, die Spannung an einem traumatischen Tatort zu lösen.

»Ich würde vorschlagen, dass Sie alle nach vorne kommen und sich die Bilder ansehen, sobald wir hier fertig sind. Man bekommt eine ziemlich genaue Vorstellung von den Ereignissen. Zusammengefasst ist es etwa folgendermaßen abgelaufen: Suzanne Holland wurde mit ziemlicher Kraft nach hinten gestoßen. Sie blieb vermutlich mit dem Fuß am Teppich hängen, versuchte, sich umzudrehen, um das Gleichgewicht wiederzufinden, und schlug dann mit dem Kopf auf dem Kaminsims auf. Sie ging zu Boden und traf mit der Schläfe genau auf das gusseiserne Kamingitter. Laut Professor Wilkinson kann sie diese Verletzungen unmöglich überlebt haben.«

»Wie kann er sich da so sicher sein? Und woher weiß er, dass es die Schläfe war?« Marie starrte auf die Ausdrucke.

»Ich habe gerade eine zwanzigminütige Einführung über die Mechanismen und die Klassifizierung von Blutspritzern hinter mir. Die Geschwindigkeit, mit der das Blut den Körper verlässt, hängt, kurz gesagt, von der Wucht des Aufpralls ab. Außerdem weiß ich jetzt, dass es auf mehrere Arten aus dem Körper entweichen kann: Es tropft, sickert, fließt, quillt hervor oder spritzt, und dabei kommt es zu unterschiedlichen Mustern. Der Vortrag war die Kopfschmerzen wert. Es gibt offensichtlich nichts, was dieser Mann nicht über Blut an Tatorten weiß.«

»Schon gut, Sir! Ich habe ja nur gefragt.«

Jackman grinste, wurde aber sofort wieder ernst. »Was die Schläfe betrifft, so konnte mir Professor Wilkinson von einem arteriellen Blutstrahl berichten, der sehr wahrscheinlich von einer bestimmten Arterie stammt, nämlich der linken äußeren Kopfschlagader. Grund für diese Annahme war eine große Blutlache, die sich unter der Leiche gesammelt hat, nachdem das Herz aufgehört hatte zu schlagen.« Er stieß hörbar die Luft aus. »Natürlich können wir ohne die Leiche nicht hundertprozentig sicher sein, aber der Tatort und die vorliegenden Beweise verraten uns mehr als genug.«

Charlie hob die Hand. »Dann verbuchen wir es also als Unfall, Sir?«

»Wir wissen nicht, welche Absichten die Person hatte, die Suzanne gestoßen hat. Und auch nicht, ob es tatsächlich der Stoß war, der zu dem Schädelbruch und der geplatzten Arterie geführt hat. Der Blutverlust war jedenfalls erheblich. Wenn keine Absicht dahinterstand, dann war es Totschlag. Wenn es vorsätzlich geschah, war es Mord.«

»Wir müssen die Leiche finden«, murmelte Carter leise.

»Ganz genau.« Jackman wandte sich an Max. »Kommen Sie bitte nach vorne und erzählen Sie uns von Suzannes Bruder.«

Max trat neben Jackman. »Ralph Doolan liegt im Scunthorpe General Hospital. Er war gestern in den frühen Morgenstunden in einen Unfall mit Fahrerflucht verwickelt. Weder das Auto noch der Lenker konnten identifiziert werden.« Er warf einen Blick auf seine Notizen. »Ich durfte kurz mit ihm reden. Ich konnte seinen Namen und das Geburtsdatum sowie die Tatsache verifizieren, dass Suzanne seine Halbschwester war.« Max schloss sein Notizbuch und sah sich um. »Seine Verletzungen sind nicht lebensgefährlich, aber die Beine haben einiges abbekommen. Es sind mehrere Operationen geplant, er wird also noch eine Weile im Krankenhaus bleiben und kann nicht einfach abhauen. Er gibt zu, zum Zeitpunkt von Suzannes Verschwinden in den Fens gewesen zu sein.« Max fuhr sich mit der Hand durch die stacheligen Haare. »Aber er hatte seine Schwester zu diesem Zeitpunkt schon seit Wochen nicht mehr gesehen und schwört, dass er in der fraglichen Nacht nicht in der Nähe des Hauses war.«

»Sieht er aus wie der Mann auf dem Phantombild?«

»Auf jeden Fall. Er hat sogar noch den Pferdeschwanz. Und die Brille ist eine Ray-Ban.«

»Ist das gut?«, fragte Charlie.

»Klar, du Hinterwäldler. Die hat ihn locker zwei Hunderter gekostet.«

»Alibi?«, fragte Jackman.

»Er hat mir den Namen eines Freundes genannt. Er glaubt, dass er in der fraglichen Nacht bei ihm war, aber er ist sich nicht sicher. Mehr konnte er mir leider nicht sagen.« Max kehrte an seinen Platz zurück.

»Er hat also kein überzeugendes Alibi und ähnelt dem Mann auf dem Phantombild. Sieht nicht gut aus für Mr Doolan, oder?«, meinte Carter.

»Nein, tut es nicht«, stimmte Jackman ihm zu. »Wir sollten ihn unbedingt noch mal befragen. Max, Sie kümmern sich bitte um diesen Freund.«

»Das steht ganz oben auf meiner Liste für heute Morgen.«

»Gut, Leute. Dann geben wir weiter unser Bestes und finden heraus, was mit Suzannes Leiche passiert ist.«

Zehn Minuten später saß Jackman mit Marie und Carter in seinem Büro.

»Bevor Sie wieder losziehen und sich um Danny Hurleys Auftraggeber kümmern, möchte ich, dass Sie noch mal darüber nachdenken, was bei den Hollands vorgefallen ist. Immerhin wissen wir jetzt mit Sicherheit, dass Suzanne tot ist«, sagte Jackman.

»Ich verstehe nicht, warum der Täter die Leiche fortgeschafft hat.« Carter rieb sich das Kinn. »Angesichts der Blutmenge ist doch sofort klar, dass etwas Schreckliches passiert ist. Warum hat er nicht einfach den Notruf verständigt?«

»Hättest du das getan, wenn du sie gerade umgebracht hättest?«, fragte Marie.

»Glaubst du, es waren der Pferdeschwanz und sein Kumpel?«, entgegnete Carter.

»Wer sonst? Zwei Männer stehen auf dem Weg zum Tatort und sind in eine hitzige Diskussion vertieft. Was willst du denn noch?«

»Ein Motiv«, mischte sich Jackman ein. »Suzanne war nicht gerade beliebt, ihre Ehe war in die Brüche gegangen, und sie hat es eine Weile krachen lassen und sich durch sämtliche Betten geschlafen, aber das ist doch kein ausreichendes Motiv, um sie gegen den Kaminsims zu schubsen, oder?«

Carter sah ihn an. »Könnte sie gestolpert sein?«

»Rory hat mir versichert, dass ein derartig hoher Blutverlust bedeutet, dass sie entweder dagegengeschleudert oder von jemandem mit einer riesigen Wut im Bauch gestoßen wurde.«

»Was erhofft er sich eigentlich von dem Besuch am Tatort, Sir?«, fragte Marie.

»Er meinte bloß, er hätte da noch eine Theorie, mehr nicht.«

»Seltsam«, murmelte Carter.

Jackman erhob sich. »Ich fürchte, wir bewegen uns im Kreis, solange wir keine neuen Informationen haben. Machen wir uns also besser wieder an die Arbeit.«

Carter verschwand, um ein paar Anrufe zu erledigen.

Marie blieb zurück. »Wir kommen der Lösung doch langsam näher, nicht wahr, Sir?«

»Ja.« Jackman sah ihren Gesichtsausdruck. »Machen Sie die Tür zu, Marie. Was ist denn los?«

Marie zögerte. »Carter steigert sich schrecklich in die Sache hinein. Er ist davon überzeugt, dass sein unliebsamer Begleiter ihn in Ruhe lassen wird, sobald wir den Fall gelöst haben. Aber was, wenn ihm nicht gefällt, was am Ende herauskommt? Was, wenn Suzanne von jemandem getötet wurde, der Carter sehr nahestand?«

Jackman ließ ihre Worte auf sich wirken. »Sie meinen, einen seiner Freunde?«

Sie zuckte mit den Schultern. »Möglich wäre es. Ich habe letzte Nacht lange darüber nachgedacht, wer der zweite Mann wohl war. Von all den Leuten, die Suzanne näher kannten, sind vier tot, und es wird wohl schwer werden, ihre Alibis zu überprüfen.«

Jackman nickte. Das war ein berechtigter Einwand. »Ich werde die alten Berichte persönlich auf etwaige Unstimmigkeiten überprüfen. Aber diskret, wenn Sie verstehen.«

»Danke, Sir. Es ist nur eine Vermutung, aber ich mache mir große Sorgen, wie Carter reagieren wird, wenn es nicht so läuft, wie er sich das vorstellt.«

»Ich auch. Und Laura Archer ebenfalls. Ich habe sie gestern beim Amtsarzt gesehen, und sie sah beunruhigt aus.«

»Und wir können uns alle vorstellen, weswegen.«

Jackman rang sich ein Lächeln ab. »Danke, Marie, und jetzt gehen Sie besser, bevor die verschlossene Tür noch für Gerüchte sorgt.«

Zwei Stunden später saßen Marie und Carter in einem schäbigen Café in einer Seitenstraße und sprachen mit einem noch schäbigeren Mann.

Sidney war einer von Carters ältesten Spitzeln, und im Gegensatz zu den meisten anderen vertraute er ihm. Es hatte eine Weile gedauert, bis sie ihn ausfindig gemacht hatten, aber die Aussicht auf etwas zum Essen und ein warmes Getränk hatte ihn aus seinem Versteck gelockt.

Sie hatten ihm ein großes englisches Frühstück bestellt, und mittlerweile sah er fast schon wieder aus wie ein Mensch.

»Der Kerl ist ein Widerling, Mr McLean, ein anderes

Wort gibt es dafür nicht. Danny war schon einige Male hinter einer Frau her, aber entführt hat er noch nie eine. Dämlicher Wichser.«

»Bist du dir sicher, dass er allein alles geplant hat?«

»Er hat zwei Typen für die Entführung angeheuert.« Er zwinkerte Carter zu. »Aber das wissen Sie bestimmt. Danach wollte er mit ihr fortgehen.«

»Wohin?«

Sidney zuckte mit den Schultern. »Keine Ahnung. Aber das Ganze ist sicher nicht von ihm ausgegangen.«

»Das behauptet er auch.« Carters Augen wurden schmal.

»Da sagt er die Wahrheit, Mr McLean. Auf der Straße erzählt man sich, dass sich eine bestimmte, sehr bekannte Familie – die im Moment die Schlagzeilen beherrscht – bei dem Bullen bedanken wollte, der drei von ihnen in den Knast verfrachtet hat.«

Maries Augen wurden groß. »Meinen Sie die Cannon-Familie?«

Sidney legte den Kopf schief. »Vielleicht.«

Das war durchaus logisch. Marie dachte an die Verhaftungsprotokolle, und es stimmte: Ruth Crooke hatte die Ermittlungen geleitet. »Sie meinen also, es war nie geplant, dass Danny so weit gehen würde?«

Der alte Mann warf Marie einen verschlagenen Blick zu. »Die haben schon genug Schwierigkeiten, Miss. Es war als ›Geste‹ zu verstehen. Niemand sollte es mit ihnen in Verbindung bringen, aber es sollte dem verantwortlichen Bullen eine ordentliche Abreibung verpassen.«

Carter schüttelte den Kopf. »Da haben sie sich aber definitiv den Falschen ausgesucht.«

»Ich weiß nicht. Sogar bei uns wissen nicht viele Leute von Danny Hurleys dunkler Seite.«

Carter verzog das Gesicht. »Stimmt. Ich hatte vorher zwar nicht persönlich mit ihm zu tun, aber er ist mir in dieser Hinsicht nie aufgefallen.«

»Wir können Leahs Entführung wahrscheinlich nicht mit der Cannon-Familie in Verbindung bringen, oder?«, fragte Marie.

Sidney verdrehte die Augen. »Nicht in einer Million Jahren. Sobald ich hier raus bin, habe ich alles vergessen, was ich gerade gesagt habe.« Er lächelte wehmütig. »Und an Ihrer Stelle würde ich dasselbe tun, Miss. Um unser aller willen. Niemand stellt sich gegen die Cannons. Aber ich schätze, solange Danny sich in Ihrer Obhut befindet, kann die junge Frau wieder in ihr altes Leben zurückkehren.«

Sie bestellten noch mehr Tee für Sidney und bedankten sich bei ihm.

Marie war schon auf dem Weg zur Tür und drehte sich um, um etwas zu Carter zu sagen, doch der stand noch immer bei Sidney, flüsterte ihm etwas ins Ohr und gab ihm ein Bündel Geldscheine.

Zurück im Auto, sah sie ihn mit hochgezogener Augenbraue an. »War das Geld gut angelegt?«

»Ja, ich glaube, schon. Du nicht?« Sein Gesicht hellte sich auf. »Jetzt können wir endlich wieder zur richtigen Polizeiarbeit zurückkehren.«

Er startete den Motor, und Marie beobachtete ihn, während er fuhr. Die Art, wie sein Kiefer mahlte, sagte ihr, dass Carter McLean auf die eine oder andere Weise herausfinden würde, was im Haus der Hollands passiert war. Aber machte er es, um der Gerechtigkeit Genüge zu tun? Oder um sich von einem Geist zu befreien?

KAPITEL 22

Robbie betrachtete den immer größer werdenden Aktenstapel auf seinem Schreibtisch. Er hatte schon seit einiger Zeit vor, Joanne Simms, die Verlobte des verstorbenen Ray Barratt, zu besuchen, aber der Tag hatte nicht genug Stunden. Als er schließlich doch nach dem Hörer griff, fragte er sich, ob ihn tatsächlich mangelnde Zeit davon abgehalten hatte, sie anzurufen, oder ob es eher die Scheu davor gewesen war, mit einer Frau zu sprechen, deren Verlobter wenige Tage vor der Hochzeit tödlich verunglückt war.

Robbie und Joanne vereinbarten ein Treffen in der Nähe des DIY-Bastelladens, in dem sie arbeitete. Auf der Fahrt durch die Stadt dachte er darüber nach, wie widerstandsfähig die menschliche Psyche war. Irgendwie schafften es die Hinterbliebenen einer schrecklichen Tragödie trotz allem, ihr Leben wiederaufzunehmen und weiterzuführen. Er dachte an Stella, seine ehemalige Partnerin, die angeschossen worden war, weil sie unbeteiligte Zivilisten schützen wollte. Er dachte an Marie, die weiterhin eine verdammt gute Polizistin war, obwohl die Liebe ihres Lebens nach einem Motorradunfall direkt vor ihren Augen gestorben war.

Dann fiel ihm Carter McLean ein, und sein Gehirn kapitulierte.

Er atmete tief ein. *Lass es, Melton!*

Joanne wartete in einem kleinen Park in der Nähe des Ladens. Sie wirkte nervös. Dass er nicht wie ein Polizist aussah, kam Robbie in solchen Situationen zugute. Er schlüpfte in seine Rolle als »kleiner Bruder«, und Joanne entspannte sich zusehends. Nach kürzester Zeit unterhielten sie sich wie zwei alte Bekannte.

»Es ist doch unglaublich, dass die Frau eines von fünf derart engen Freunden angegriffen und aus dem Haus geschafft wird, und keiner – nicht einmal ihr Ehemann – hat die leiseste Ahnung, dass sie überhaupt verschwunden ist.« Robbie schüttelte den Kopf.

Joanne nickte. »Der arme Tom wohnte damals ein paar Tage bei uns. Er war in dieser Zeit kein einziges Mal zu Hause, weil er Angst hatte, Suzanne zu treffen.« Sie erschauderte. »Zuerst dachte ich: Gott sei Dank. Das viele Blut wäre schrecklich für ihn gewesen. Aber inzwischen ...« Sie zog an ihrem Ohrläppchen. »Inzwischen denke ich, wenn er doch zurückgegangen wäre, dann hätten sie den Junggesellenabschied abgesagt, und alle wären noch am Leben.«

Robbie tätschelte ihren Arm. Er hatte Angst, dass sie zusammenbrechen würde. »So dürfen Sie nicht denken, Joanne. Die Vergangenheit lässt sich nicht ändern, und ›was wäre, wenn‹ sind drei schrecklich schmerzhafte Worte.«

»Sie haben recht.« Sie stieß ein zitterndes Seufzen aus. »Aber egal. Wie kann ich Ihnen helfen?«

»Meiner Meinung nach ist es für die Ermittlungen immens wichtig, warum Tom und Suzanne sich gestritten haben. Wir haben keine Ahnung, was da los war. Können Sie mir vielleicht mehr erzählen? Beim ersten Mal meinten Sie, es wäre nur eine Kleinigkeit gewesen.«

Joanne rang die Hände. »Ich habe mir lange nicht erlaubt, über die Dinge nachzudenken, die Ray mir erzählt hat. Es war alles so schrecklich. Aber in letzter Zeit habe ich angefangen, mich dem Verlust zu stellen, und versucht, mich an alles zu erinnern.«

»Ich will keine alten Wunden aufreißen, Joanne, aber wir wissen mittlerweile, dass Suzanne in ihrem Wohnzimmer getötet und ihre Leiche anschließend weggebracht wurde.«

»Dann war es Mord?«

»Vielleicht. Zumindest Totschlag.« Er sah sie mit ernstem Gesicht an. »Wir müssen herausfinden, wer das getan hat und wo sie hingebracht wurde. Alles, was Ihnen einfällt, kann von Bedeutung sein.«

Joannes Stimme klang wieder gefasster. »Einiges davon sind bloß meine eigenen Gedanken dazu, was passiert sein könnte, aber egal. Ich glaube, dass der Riss zwischen Tom und seiner Frau sehr tief ging. Vielleicht war er sogar unüberbrückbar.«

Robbies Muskeln spannten sich an. Das war das erste Mal, dass jemand die Vorkommnisse nicht nur als »kleine Auseinandersetzung« bezeichnete.

»Tom hat etwa vier oder fünf Tage bei uns gewohnt, bevor sie nach Amsterdam aufgebrochen sind.« Sie hielt kurz inne. »Er war ein netter Kerl, ein richtiger Softie, und er liebte Suzanne wirklich. Er verstand nicht, warum seine Freunde – und vor allem Carter McLean – sie nicht auch liebten. Es war furchtbar für ihn, dass niemand seine Frau zu mögen schien. Natürlich wusste er, dass sie vor ihm zahllose andere Männer gehabt hatte, aber er schwor, dass sie ihm von Anfang an treu gewesen war. Er meinte, sie hätte eine zweite Chance verdient.«

Joanne warf einen Blick auf die Uhr, sprach dann aber weiter. »Was auch immer passiert ist, er war am Boden zerstört. Ray und er unterhielten sich oft bis tief in die Nacht hinein, und ich hörte Tom weinen. Es war schrecklich, und Ray machte es noch schlimmer, indem er mich bat, Tom nicht darauf anzusprechen. Er meinte bloß, Tom wäre verletzt worden und würde es nicht ertragen, darüber zu reden.«

In Robbies Kopf begann eine Alarmglocke zu schrillen. Harvey Cash hatte dasselbe gesagt. Dass Suzanne Menschen *verletzte.*

»Ich muss wieder zurück in den Laden. Aber wenn mir noch etwas einfällt, rufe ich Sie an.«

Robbie gab ihr seine Karte und bedankte sich, dann eilte er zurück zu seinem Auto. Er musste mit Harvey Cash reden, und wenn es nötig war, würde er sich sogar noch ein Flugticket nach Sanxenxo kaufen.

Er lief ins Büro, zog sein Notizbuch aus der Tasche und suchte Harveys Nummer heraus. Es war ihm egal, wie viel es kostete, dieser Anruf war zu wichtig.

Doch Harvey Cash stammelte bloß unzusammenhängendes Zeug.

Robbie biss die Zähne zusammen und versuchte verzweifelt, ihn dazu zu bringen, sich zu konzentrieren. Es dauerte eine Weile, aber letzten Endes bekam er seine Antwort.

Er legte auf, und das Adrenalin schoss durch seine Adern. Jetzt musste Carter McLean nur noch alles bestätigen, und sie hatten ein Motiv für den Mord an Suzanne Holland.

Als Carter den Ermittlungsraum betrat, hechtete Robbie Melton praktisch über seinen Schreibtisch und lief auf ihn zu.

»Endlich! Haben Sie fünf Minuten für mich, Sarge? Es ist dringend.«

»Lassen Sie sich ruhig Zeit. Marie ist bei Jackman. Wir glauben, dass die Sache mit Leah Kingfield endgültig vom Tisch ist.«

»Das ist schön, vor allem für die Superintendentin. Können wir vielleicht in Ihr Büro gehen? Es ist wegen Suzanne Holland.«

Robbie folgte Carter in dessen Büro, setzte sich und legte sofort los. »Sarge? Ist es möglich, dass Suzanne Holland ihre Ehemänner schlug?«

Carter fühlte sich, als hätte man ihm einen Schlag in die Magengrube verpasst. »Ich ... Das habe ich noch nie in Erwägung gezogen.«

»Dann tun Sie das, Sarge. Ich glaube, dass sie ihre Partner misshandelt hat, und zwar nicht bloß psychisch. Ich glaube, sie war auch körperlich gewalttätig.«

Carter war zu schockiert, um etwas zu erwidern.

»Sarge, hat Tom irgendwann etwas über die Beziehung zu Suzanne gesagt, das vermuten ließ, dass sie nicht ... gesund war?«

»Was meinen Sie?«

Robbie hüpfte beinahe vor Aufregung auf seinem Stuhl auf und ab. »Hat er sein Eheleben als wechselhaft bezeichnet? Als übermäßig emotional? Als verrückt?«

»Irgendwie schon, auch wenn er nicht viel darüber erzählt hat. Er sagte, Suzanne wäre unberechenbar und dass er immer alles falsch machen würde. So etwas in der Art?«

»Ganz genau.«

»Er sprach nicht oft über sie, Robbie, und das war allein *meine* Schuld. Ich mochte sie nicht, und das hat ihn verletzt. Also hat er seine Probleme für sich behalten, und ich habe ihn im Stich gelassen.«

Wäre er bloß verständnisvoller gewesen. Hätte er sich bloß mehr Mühe gegeben. Hätte er ...

»Vielleicht hätte es auch gar nichts geändert, Sarge. Die meisten Männer gewalttätiger Frauen reden nicht darüber. Sie können es nicht.« Robbie warf die Hände hoch. »Stellen Sie sich das nur mal vor! Sie haben jeglichen Respekt vor sich selbst verloren, fühlen sich machtlos und manipuliert. Vielleicht glauben Sie den Scheiß, den sie Ihnen weismachen will, mit der Zeit sogar selbst. Ihr Verhalten versetzt Sie in einen Schockzustand, und Sie schämen sich – unter anderem deshalb, weil Sie nichts dagegen tun können. Tom konnte sich niemandem gegenüber öffnen.«

Carter sah Robbie an. »Tom hatte sich tatsächlich verändert. Er wurde stiller und war ... in sich gekehrt. Wie sind Sie bloß darauf gekommen?«

»Ich habe einem Betrunkenen zugehört.« Robbie seufzte. »Und ich hätte es nicht für möglich gehalten, aber inzwischen mag ich ihn irgendwie.«

»Sie meinen Suzannes ersten Ehemann?«

»Ich meine Suzannes erstes Opfer.«

KAPITEL 23

Marie und Jackman gingen nach oben, um Superintendentin Ruth Crooke auf den neuesten Stand zu bringen. Carter hatte sich vor dem Gespräch gedrückt. »Leah ist nicht mehr in Gefahr, da bin ich mir hundertprozentig sicher. Richtet es der Superintendentin einfach aus. Ich will weiter an Suzannes Fall arbeiten.«

»Ich bin natürlich erleichtert«, erklärte Ruth, »aber die letzten Tage waren so nervenaufreibend, dass ich noch nicht ganz glauben kann, dass es tatsächlich vorbei ist.«

»Wir haben natürlich keine handfesten Beweise, Ma'am«, erwiderte Marie entschuldigend. »Aber ich bin mir ziemlich sicher, dass der Alte die Wahrheit gesagt hat. Carter und er kennen sich schon eine Ewigkeit, und Carter meinte, seine Informationen wären immer korrekt gewesen.«

»Was ist mit Ihnen, Marie? Was haben Sie für ein Gefühl? Sie sprachen neulich davon, dass die Stimmung auf den Straßen angespannt wäre. Sollte ich mir darüber Sorgen machen?«

»Die Kollegen von der Streife glauben, dass die Unruhe von den Anhängern der Cannon-Familie ausgeht, Ma'am. Es gibt zwei Lager. Die Hälfte glaubt, dass sie wie immer davonkommen werden, die andere erwartet, dass sie dieses Mal endgültig erledigt sind. Und diese Uneinigkeit lassen sie an uns aus.«

»Vor allem an mir, wie es aussieht.« Ruth klang erschöpft. »Immerhin war ich die leitende Ermittlerin.«

»Das war nicht anders zu erwarten, Ma'am«, erklärte Jackman. »Das passiert jedes Mal, wenn wir einheimische Verbrecher einbuchten.«

»Marie? Sie haben meine Frage nicht beantwortet.« Ruth sah sie an.

»Ich glaube, Leah kann ihr Leben wiederaufnehmen. Und Carter ist derselben Meinung.«

Ruth atmete erleichtert aus. »Wenn das so ist, kann ich mich wohl ein wenig entspannen. Auch wenn ich sie trotzdem weiterhin im Auge behalten werde.«

»Sie meinen, das war's fürs Erste mit Monopoly?«

Ruth lächelte schwach. »Ja, Gott sei Dank!«

Jackman hatte noch etwas mit der Superintendentin zu besprechen, während Marie sich langsam auf den Rückweg in den Ermittlungsraum machte. Irgendetwas nagte an ihr. Sie war überzeugt, dass etwas nicht stimmte. Das Problem war nur, dass sie keine Ahnung hatte, wer oder was dieses Gefühl auslöste.

»Ich kenne diesen Blick.« Gary Pritchard trat neben ihren Tisch.

»Mhm. Ich bin dann stundenlang zu nichts zu gebrauchen, weil ich ständig darüber nachdenke, was mir seltsam vorkommt.«

Gary zog einen Stuhl heran und setzte sich. »Ist es etwas Aktuelles oder etwas in der Vergangenheit?«

»Definitiv aktuell. Es hat mit dem heutigen Tag zu tun, da bin ich mir sicher.«

»Dann geh noch mal sämtliche Schritte durch. Denk an alle Orte und Gespräche ...«

»Ich hab's! Du bist großartig!« Marie lachte, doch dann wurde sie sofort wieder ernst. Denn nun musste sie herausfinden, warum das Frühstück mit Sidney Bedenken in ihr ausgelöst hatte.

»Gern geschehen.« Gary erhob sich. »Wären nur alle Probleme so einfach zu lösen.«

»Bleib noch kurz, Gary.« Sie deutete auf den Stuhl, und er setzte sich wieder. »Ich weiß, dass du erst seit Kurzem hier arbeitest, aber immerhin stammst du aus der Gegend. Was weißt du über einen Spitzel namens Sidney? Er arbeitet für Carter.«

»Sidney ...« Gary drehte gedankenverloren an seinem Siegelring. »Was willst du wissen?«

Sie zuckte mit den Schultern. »Alles.«

Gary zögerte und fühlte sich offensichtlich unwohl. »Sein voller Name ist Sidney Leyton-Crowe. Früher war er Direktor einer Privatschule für Jungen. Er war in einen riesigen Skandal verwickelt, doch am Ende konnte er seine Unschuld beweisen und wurde von allen Vorwürfen freigesprochen. Trotzdem hat es ihn schwer getroffen. Er erlitt einen Nervenzusammenbruch. Es war tragisch.«

Marie wusste, dass viele Obdachlose herzzerreißende Dinge erlebt hatten, und sie hätte wissen müssen, dass Sidney einer davon war. Er wirkte ungeheuer intelligent und gerissen.

»Natürlich«, murmelte sie. »Aber was sollte dann das Gerede von *Bullen* und *dämlichen Wichsern?*«

»Man muss mit den Wölfen heulen. Er hätte nicht lange überlebt, wenn er sich auf der Straße wie ein ›Snob‹ verhalten hätte.«

»Wie kam es dazu, dass er Carters Spitzel wurde?«

Gary sah sich eilig um. Es war niemand in Hörweite. »Er war sein Schuldirektor. Hätte Carter damals nicht solchen Mut bewiesen und für ihn ausgesagt, hätte er nicht die geringste Chance gehabt. Er wurde reingelegt, aber alle hatten zu große Angst, um sich für ihn einzusetzen.«

»Alle außer Carter.«

»Genau. Er hatte schon in der Schule einen starken Sinn für Gerechtigkeit. Kein Wunder, dass er Polizist wurde.«

»Danke, Gary, und keine Sorge: Meine Lippen sind versiegelt.«

Er nickte und stand auf. Dieses Mal ließ sie ihn gehen.

Sie sah sich um. Abgesehen von Charlie Button und ein paar jungen Detectives war der Ermittlungsraum leer. »Charlie? Gibt es etwas, das ich wissen sollte?« Sie deutete auf die leeren Stühle.

»Max und Rosie sind noch einmal bei Doolan, und Robbie hat sich auf Carter gestürzt, sobald er einen Fuß durch die Tür gesetzt hatte. Seitdem habe ich die beiden nicht mehr gesehen.«

»Hat er etwas herausgefunden?«

»Seinem Gesichtsausdruck nach zu schließen, ja. Er hat noch einmal mit seinem spanischen Saufkumpan telefoniert.«

»Tatsächlich?«

»Es klang, als würde er mit einem Kleinkind reden. Oder mit einem kompletten Vollidioten.«

»Dann war Harvey wohl betrunken.« Marie fragte sich, was der Mann im Vollrausch offenbart haben konnte.

Sie beschloss, dass es Zeit für einen Kaffee war. »Willst du auch einen, Charlie?«

»Nein, danke, Sarge. Ich bleibe beim Wasser. Ich habe

schon wieder mit dem Training begonnen. Das nächste Mal muss ich Carters Zeit im Marathon unterbieten. Ich kann immer noch nicht glauben, dass er schneller war als Max und ich.«

»Ihr solltet mittlerweile wissen, dass er voller Überraschungen steckt.«

»Ja, nicht wahr?«

Auf dem Weg zum Kaffeeautomaten überlegte Marie, warum Carter ihr nichts von Sidneys Vergangenheit erzählt hatte. Es war seltsam, dass er ihr einerseits so viel anvertraute, andere Dinge aber vor ihr verbarg. Was hatte er ihr sonst noch verschwiegen?

Als sie an ihren Schreibtisch zurückkehrte, trat Robbie aus Carters Büro.

»Sarge, ich habe gerade mit Carter über eine Vermutung geredet, die mir vorhin gekommen ist. Es geht um etwas, das Harvey Cash bestätigt hat – wenn man das in seinem Zustand so bezeichnen kann.« Er sah sie durchdringend an. »Ich glaube, wir sollten mit dem DI reden.«

»Der ist noch bei der Superintendentin. Erzähl es erst mal mir.«

Marie hörte Robbie mit wachsender Besorgnis zu. Es konnte gut sein, dass er recht hatte. Warum sollte sich ein Mann sonst von seinen engsten Freunden abkapseln? Einige der traumatischsten Dinge, die Marie miterlebt hatte, hatten sich im häuslichen Umfeld zwischen zwei Menschen abgespielt. Wenn Harvey es auch bestätigt hatte, hatten sie vielleicht endlich ein Mordmotiv.

»Ich gehe nach oben und hole Jackman. Das will er sicher auch hören.« Sie erhob sich, fragte dann jedoch: »Wie hat Carter es aufgenommen?«

»Er ist ziemlich von den Socken und fühlt sich schuldig,

weil er nicht bemerkt hat, dass Tom Holland ernste Probleme hatte.«

»Carter gibt sich für alles die Schuld.«

Trotzdem stieg Sorge in ihr hoch. Sie beschloss, vorher noch schnell mit ihm zu reden.

Doch dann sah sie, dass seine Tür geschlossen war. Carter machte nie die Tür zu.

Sie eilte mit Robbie darauf zu und klopfte. Als niemand reagierte, ging sie hinein. Der kleine Raum war leer.

»Das ist nicht gut«, murmelte sie.

»Verdammt, das ist meine Schuld!«, knurrte Robbie. »Ich hätte warten und zuerst mit dir reden sollen. Aber ich war so schockiert von dem, was Harvey mir erzählt hat, dass ich sofort zu ihm bin und ihm alles erzählt habe. Ich Idiot!«

»Du meine Güte, jetzt fang du nicht auch noch damit an! Du hast getan, was jeder normale Detective getan hätte. Machen wir uns lieber auf die Suche nach Carter.«

Laura setzte sich Sam gegenüber und betrachtete die dicke Akte, die zwischen ihnen auf dem Tisch lag. »Du denkst also wirklich, dass ich meine Arbeit fertig schreiben soll?«

»Ich habe alles gelesen, Laura, und es ist gut. Du brauchst keine Auflösung der Fallstudie über Carter McLean. Der Aufbau deiner Beobachtungen reicht völlig. Du *musst* das Paper fertig schreiben und der Fachwelt präsentieren. Es ist eine exzellente Arbeit.«

»Danke für das Lob, Professor. Ich fühle mich geehrt.«

»Ehre, wem Ehre gebührt!«

Es klingelte an der Tür.

»Ich habe zwar keinen Termin mehr, aber ...«

»Carter?« Laura warf einen Blick in sein Gesicht und sagte dann hastig: »Kommen Sie doch rein.«

Sie öffnete die Tür zu ihrem Büro. »Sam, das ist Carter McLean. Carter, setzen Sie sich bitte.«

Carter blieb in der Tür stehen. Er war offensichtlich nicht begeistert, Sam Page zu sehen.

»Carter, Sam ist Professor der Psychologie. Er ist mein Lehrer und Mentor. Und ein guter Freund.« Laura lächelte. »Sogar Fachleute wie wir brauchen ab und an Hilfe und einen guten Rat, und ich gehe dann immer zu Sam. Sie können ihm vertrauen.«

Carter schien sich ein wenig zu entspannen. Sie hatte die Tür absichtlich nicht geschlossen. Er warf einen Blick darauf, dann ging er zu dem leeren Stuhl.

»Sie haben gerade einen Schock erlitten, oder täusche ich mich?«, fragte Sam leise.

Carter schnaubte. »Stimmt genau, Prof.«

Laura beobachtete ihn sorgfältig. Er zeigte Anzeichen von Unruhe und kaum verhohlener Wut. Aber richtete sich diese gegen ihn selbst oder gegen eine andere Person? »Verraten Sie uns, was passiert ist?«

Carter wiegte sich langsam vor und zurück. Dann schlug er die Hände vor den Mund und sah sich gehetzt um, als suchte er nach einer Fluchtmöglichkeit.

Laura ließ sich nicht aus der Ruhe bringen. Sie war froh, dass Sam hier war und alles mitansehen konnte. »Vielleicht hilft es, wenn Sie mit uns reden.«

»Ich habe ihn im Stich gelassen. Schon wieder.«

»Tom? Tom Holland?«

Carter atmete zitternd ein. »Ja, Tom Holland. Meinen besten Freund. Ich habe ihn jetzt schon zwei Mal enttäuscht, aber das wird nicht wieder vorkommen.« Er atmete tief ein, dann richtete er sich auf. »Es tut mir leid, Laura.« Er wandte sich an Sam. »Und bei Ihnen muss ich mich auch entschuldigen. Ich bin sonst nicht so. Vielleicht sollte ich erst mal alles erklären ...«

Laura hörte ihm aufmerksam zu. Es war, als hätte jemand einen Schalter umgelegt. Die verwirrte, gequälte Seele hatte sich wieder in einen rational denkenden Polizisten verwandelt.

Nachdem Carter am Ende angelangt war, lehnte er sich zurück, als wäre er gerade bei einer Besprechung und wartete nun auf das Feedback der Kollegen.

Sam ergriff als Erster das Wort. »Ich würde mich an Ihrer Stelle auch schuldig fühlen. Aber wenn jemand etwas vor seinen Freunden verheimlicht, dann zieht er bewusst eine Grenze, und es ist nicht einfach, zu entscheiden, ob man sie übertreten soll oder nicht. Hätte Tom nur ein Stück weit nachgegeben, bin ich mir sicher, dass Sie für ihn da gewesen wären. Er hat die Mauer errichtet, nicht Sie.«

»Ich hätte mehr tun sollen. Irgendetwas.«

»Was genau? Wenn Tom wirklich von seiner Partnerin misshandelt wurde, dann fiel es ihm sicher sehr schwer, es zuzugeben – egal, wem gegenüber.« Sam schüttelte den Kopf. »Die Statistik zeigt, dass sich die Anzahl der Frauen, die häusliche Gewalt ausüben, in den letzten zehn Jahren vervierfacht hat, aber nur ein kleiner Prozentsatz der Männer spricht offen darüber.«

Carter senkte den Blick. »Sie haben sicher recht, aber ich ertrage es einfach nicht, dass er derart leiden musste und ich nichts davon gemerkt habe.«

»Aber Sie haben doch trotzdem Zeit mit ihm verbracht, nicht wahr?«, meinte Laura. »Sie haben sich nicht von ihm abgewandt. Sie haben zusammen an dem Boot gearbeitet und andere Dinge unternommen.«

»Ja, daran hatte sich nichts geändert.«

»Dann waren Sie sehr wohl für ihn da. Für Leute in schwierigen Beziehungen sind Auszeiten besonders wichtig, und dafür haben Sie gesorgt. Außerdem haben Sie sich in Bezug auf seine Frau sicher zurückgehalten, oder?«

»Ich habe nicht über sie geredet, wenn es sich vermeiden ließ. Manchmal habe ich sogar guten Willen gezeigt und an Dingen teilgenommen, die sie organisiert hat – wie zum Beispiel an dem einen oder anderen Grillfest. Aber das war selten.«

»Das spielt keine Rolle. Sie waren trotzdem eine Konstante in seinem Leben.« Sam hielt inne. »Diese Hypothese wurde doch noch nicht einmal bewiesen, oder?«

»Nein, aber es ist sehr wahrscheinlich. Außerdem hat ihr Ex-Mann mehr oder weniger zugegeben, dass er dasselbe durchgemacht hat.«

»Kennen Sie den Mann? Vertrauen Sie ihm? Vielleicht will er sich rächen. Ich würde vorschlagen, Sie warten, bis Sie mehr wissen, bevor Sie die Nerven verlieren.«

Carter lachte trocken. »Die habe ich doch schon verloren, oder?«

»Sie haben sehr emotional auf eine unangenehme Situation reagiert«, erklärte Laura ruhig. »Das ist angesichts der Umstände durchaus verständlich. Jedem anderen Polizisten würde ich raten, den Fall an die Kollegen abzugeben, aber nachdem ich weiß, wie sehr Sie sich wünschen, Ihrem Freund seinen letzten Wunsch zu erfüllen ...« Sie verzog das Gesicht. »Sind Sie wirklich sicher, dass Sie das schaffen?«

»Das muss ich. Wenn alles vorbei ist, kann ich immer noch zusammenbrechen.« Er stand auf. »Ich fühle mich wie ein Idiot, dass ich hier einfach so aufgekreuzt bin, aber jetzt geht es mir wieder gut. Ich fahre lieber zurück ins Büro und versuche, meinen Kollegen zu erklären, warum ich verschwunden bin.«

»Sagen Sie nur nicht zu viel, Carter. Halten Sie es einfach, und machen Sie keine große Sache daraus.« Sam erhob sich ebenfalls und schüttelte Carters Hand. »Falls Laura einmal beschäftigt sein sollte und Sie jemanden zum Reden brauchen ... Ich bin bereits in Rente und habe alle Zeit der Welt.« Er holte eine Visitenkarte aus seiner Geldbörse und reichte sie Carter. »Ich hoffe, Sie können der Sache auf den Grund gehen.«

»Ich auch, Sam, und danke fürs Zuhören. Die arme Laura ist es gewöhnt, aber ich kann eine ziemliche Herausforderung sein, fürchte ich.«

Nachdem Carter gegangen war, ließ Laura sich in ihren Stuhl fallen. »Verstehst du jetzt, warum ich mir Sorgen mache?«

Sam legte den Kopf schief. »Ich weiß nicht, was ich von diesem abrupten Stimmungswechsel halten soll. Es war ziemlich spektakulär.«

»Das ist ein neues Phänomen. Normalerweise ist er sehr gefasst, manchmal schottet er sich regelrecht ab, dann wirkt er wieder total entspannt und vernünftig. Er ist ein verdammt guter Schauspieler, aber das gerade war echt.«

»Mir ist aufgefallen, wie er seinen Kopf bewegt hat. Als ob er nach etwas suchen würde. Einem Geräusch vielleicht? Oder einem Geruch?«

Laura griff nach einem Stift und spielte damit. »Wenn er seine toten Freunde ›sieht‹, riecht er das Feuer, in dem sie verbrannt sind.«

Ein Schatten legte sich über Sams Gesicht. »Feuer? Ist es immer derselbe Geruch?«

Sie nickte und erzählte ihm, was nach dem Flugzeugabsturz geschehen war.

Beide dachten schweigend über Carters Zustand nach. Schließlich meinte Sam: »Ich glaube, der junge Mann sollte unter genauer Beobachtung stehen. Ich bin mir nur nicht sicher, wie wir das bewerkstelligen sollen. Gibt es jemanden, der die Warnhinweise erkennt, wenn er es irgendwann nicht mehr schafft?«

»Sein DI ist sehr verständnisvoll, und er hat eine gute Freundin, die in derselben Abteilung arbeitet. Ich mache mir nur Sorgen, dass wir ihr zu viel aufbürden. Er kostet sie jetzt schon sehr viel Kraft. Gott weiß, wie es erst sein wird, falls sich sein Zustand verschlimmert.«

»Das hat er doch längst, Laura. Wir brauchen jemanden, der ihn im Auge behält. Er ist immens labil, und das bereitet mir große Sorgen. Sie muss nur genau hinsehen und uns verständigen, wenn ihr etwas seltsam vorkommt. Ich glaube wirklich, du solltest sie darum bitten.«

Laura griff zögernd nach dem Telefon.

KAPITEL 24

Als Carter in den Ermittlungsraum zurückkehrte, saßen Jackman und Marie mit Robbie und Charlie zusammen und lauschten den Ausführungen des Pathologen Rory Wilkinson.

Carters Brust zog sich zusammen. Wilkinson hatte angedeutet, dass er eine sehr genaue Vorstellung davon hatte, was mit Suzanne passiert war.

»Habe ich viel versäumt?« Er setzte das gewinnendste Lächeln auf, das er zustande brachte. »Es tut mir leid, dass ich einfach so verschwunden bin. Ich musste mir über einige Dinge klar werden.«

»Und, waren Sie erfolgreich?«, fragte Jackman ungerührt.

»Ja, Sir. Absolut.« Er lächelte tapfer weiter.

Marie warf ihm einen erleichterten Blick zu.

»Dann willkommen zur Vorstellung, alter Freund.« Rory deutete mit einer ausladenden Geste auf einen leeren Stuhl. »Ich habe den Kollegen gerade die Vorteile der neuesten forensischen Technologien nähergebracht.«

Carter merkte, dass Jackmans Blick zu Marie huschte, die eilig nickte. Sie schien besorgt. Vielleicht wäre es ihnen lieber gewesen, wenn er ferngeblieben wäre.

»Die zweite kriminaltechnische Untersuchung des Tatorts hat bestätigt, dass Suzanne Holland durch erhebliche Krafteinwirkung nach hinten gestoßen wurde. Dabei blieb sie mit der Ferse am Teppich hängen, was die Fallgeschwindigkeit verzögerte. Darauf bin ich gekommen, nachdem ich die Blutspuren auf dem Teppich mit den Blutspuren am Boden verglichen habe. Sie sollten übereinstimmen, aber das tun sie nicht. Das ist erst der Fall, wenn man den Teppich ein wenig zurückschiebt, als wäre jemand daran hängen geblieben. Sie drehte sich, was den Aufprall noch heftiger werden ließ. Ihr Kopf prallte gegen den steinernen Kaminsims, und sie ging zu Boden. Dabei drehte sie sich erneut und landete mit der Schläfe auf dem gusseisernen Kamingitter. Sie hatte also doppelt Pech.«

»Das bestätigt, was Sie nach Durchsicht der ersten kriminaltechnischen Untersuchungen vermutet haben«, schloss Jackman.

»Auf jeden Fall. Meine Animationen des Tathergangs sind unwiderlegbar. Sie ergeben sich aus einer Berechnung der Geschwindigkeit und Entfernung sowie einer sorgfältigen Überprüfung jedes einzelnen Blutstropfens, aber ich kann Ihnen noch weitere Informationen liefern.«

Sämtliche Blicke waren auf ihn gerichtet.

»Das Opfer lag mehr als drei Stunden in derselben Position im Wohnzimmer, bevor die Leiche fortgeschafft wurde. Einer allein hätte sie nie aus dem Haus transportieren können. Es waren also zwei Männer – oder besser gesagt, zwei *Personen* – in die Sache verwickelt.«

»Woher wissen Sie, wie lange sie dort gelegen hat?«, fragte Charlie.

»Das haben mir erneut unsere wunderbar aufschlussreichen Blutspuren verraten, denn das Serum hatte sich bei dem Blut, das aus dem Körper gesickert ist, abgetrennt. Daraus lässt sich die Zeit zwischen dem Tod und dem Abtransport berechnen. Hätte man sie sofort weggeschafft und durch das frische Blut gezogen, hätten auch die Schleifspuren anders ausgesehen. Von denen es übrigens so gut wie keine gibt, sondern nur noch vereinzelte Tropfen, was darauf hindeutet, dass die Leiche hochgehoben und hinausgetragen wurde, wozu erneut zwei Personen notwendig waren.«

»Unser Zeuge hat zwei Männer vor dem Haus gesehen«, gab Carter zu bedenken. »Den Mann mit dem Pferdeschwanz und noch einen.«

»Was kann ihren Halbbruder so wütend gemacht haben?«, fragte Marie nachdenklich. »Er war doch eher ein unterwürfiger Typ, oder? Schweigsam und unheimlich?«

»Du weißt ja, was man über stille Wasser sagt ...«, erwiderte Robbie. »Falls er wirklich scharf auf Suzanne war, hat sie ihn vielleicht zurückgewiesen, und er wurde wütend.«

Carter hob die Hand. »Wisst ihr, was mich an dem Kerl mit dem Pferdeschwanz – oder besser gesagt, Ralph Doolan – stört? Er war ein Eigenbrötler. Tom hat erzählt, dass er immer allein war, wenn er Suzanne besuchte, und Max' Recherchen haben dasselbe ergeben. Er hat – wenn überhaupt – sehr wenige richtige Freunde. Wer war dann in der fraglichen Nacht bei ihm?«

»Das ist vermutlich total irrelevant ...«, begann Charlie und grinste nervös. »Aber Ralph Doolan liegt nach einem Unfall mit Fahrerflucht im Krankenhaus. Glaubt ihr, dass ihn jemand loswerden wollte?«

Die anderen wandten sich geschlossen zu ihm herum.

»Zum Beispiel der Kerl, der ihm geholfen hat, Suzannes Leiche wegzuschaffen?«, fügte er hoffnungsvoll hinzu.

»Am besten rufen Sie gleich mal Max und Rosie an und bitten die beiden, mit den Verkehrspolizisten zu reden, die den Unfall aufgenommen haben. Das könnte ein guter Ansatz sein, Charlie!« Jackman wirkte zufrieden und Charlie ebenfalls.

Doch im nächsten Moment dämpfte Robbie die gute Stimmung. »Was, wenn Ralph gar nichts mit Suzannes Tod zu tun hat? Vielleicht war der zweite Mann, der sich im Schatten hielt, der Mörder, und er hat Ralph nur angerufen, damit der ihm mit der Leiche hilft.«

Alle am Tisch seufzten.

Marie schüttelte den Kopf. »Wir brauchen mehr Beweise. Haben Sie vielleicht neue DNA am Tatort entdeckt, Professor?«

»Abgesehen von einigen Schädelsplittern, die übersehen wurden, hat die Kriminaltechnik gute Arbeit geleistet. Es gab keine neue DNA.«

Jackman erhob sich und ging zum Whiteboard. »Gut, was wissen wir bis jetzt? Rory hat uns gerade bestätigt, dass Suzanne im Wohnzimmer ermordet wurde, anschließend mehrere Stunden am Boden lag und schließlich fortgebracht wurde.« Er deutete auf den Namen Alan Pitt. »Unser Zeuge hat zwei Männer gesehen. Diesen hier«, er tippte auf das Phantombild, »und einen nicht identifizierten zweiten Mann. Die beiden standen auf dem Weg vor dem Haus und waren in eine hitzige Diskussion vertieft, und zwar in etwa zu der Zeit, als Suzanne getötet wurde.« Er deutete auf Suzannes Foto. »Harvey Cash, ihr erster Mann, hat angegeben, dass sie gewalttätig war und ihn misshandelt hat, und Carter konnte bestätigen, dass sein Freund Tom Holland sich nach der Heirat verändert hat. Besagte Veränderungen passen zu Personen, die in einer gewalttätigen Partnerschaft leben. Suzanne war unbeliebt, und ihre häufigen Partnerwechsel vor ihrer Ehe mit Tom Holland sind weithin bekannt. Es gibt keine Beweise, dass sie nach der Hochzeit mit Tom Holland an diesem Lebenswandel festhielt, obwohl wir aufgrund der ersten Ermittlungen und der Zeugen, die Max befragt hat, wissen, dass sie sich nach Toms Auszug mit mehreren Männern getroffen hat. Wir können also nicht mit Sicherheit sagen, ob sie ihm treu war oder nicht.« Als Nächstes zeigte er auf das Bild von Ralph Doolan. »Angeblich hatte Suzannes Halbbruder sexuelles Interesse an ihr, aber das ist reines Hörensagen, und abgesehen von mehreren Leuten, die ihn als ›unheimlich‹ beschrieben haben, gibt es dafür keine Beweise.«

Er trat einen Schritt zurück. »Habe ich etwas vergessen?«

Die Anwesenden schwiegen.

»Viel ist es nicht, was?«

»Hören Sie, ich verschwinde nur ungern, aber in meinem Keller wartet eine Leiche auf mich.« Rory erhob sich. »Falls mir auch nur die kleinste Kleinigkeit einfällt, melde ich mich bei Ihnen.«

»Danke, Rory.« Jackman sah sich um. »Ich glaube, wir sind hier ohnehin fertig. Zurück an die Schreibtische, Leute.«

Die Stühle wurden quietschend zurückgeschoben, und alle strömten davon.

Nur Carter ließ sich Zeit. Er wollte Marie versichern, dass es ihm gut ging, doch in diesem Moment sah er, dass Jackman ihn in sein Büro winkte. *Was? Jetzt?*, dachte er kläglich, doch er lächelte tapfer und folgte seinem Vorgesetzten aus dem Zimmer.

Marie sah den beiden nach und biss sich auf die Lippe. Laura Archer hatte ein paar Minuten vor Carters Rückkehr angerufen und ihr von seinem beunruhigenden Besuch erzählt, und natürlich hatte Marie eingewilligt, ihn im Auge zu behalten. Dazu wäre kein Anruf notwendig gewesen, das tat sie ohnehin schon seit Wochen.

»Sarge, hast du einen Moment?« Robbie wirkte besorgt.

»Carter geht es offensichtlich gut, ich hoffe also, dass du dir nicht immer noch Gedanken darüber machst?« Sie versuchte, beruhigend zu klingen. Sie wollte, dass alles so störungsfrei wie möglich ablief, was Carter betraf.

»Nein, Sarge, das ist es nicht.« Robbie zog einen Stuhl heran. »Irgendwie hat gerade niemand daran gedacht, dass Tom Holland Suzanne umgebracht haben könnte, falls sie ihn wirklich misshandelt hat. Solche Frauen sind süchtig nach Auseinandersetzungen. Vielleicht hat sie einen Streit provoziert, der schließlich zu ihrem Tod geführt hat.«

Marie stützte die Ellbogen auf dem Tisch ab. »Jackman und ich sind zu demselben Schluss gekommen. Als du vorhin die Frage aufgeworfen hast, ob der Mörder möglicherweise Ralph Doolan um Hilfe gebeten hat, kam mir dabei eigentlich nur Tom Holland in den Sinn. Sonst kannte ihn doch niemand, oder?«

»Ja, das dachte ich mir auch. Aber ich wollte es in Carters Gegenwart nicht ansprechen. Wenn man bedenkt, was beim letzten Mal passiert ist.« Er wirkte besorgt. »Ehrlich gesagt, habe ich meine Meinung geändert. Carter sollte doch nicht an den Ermittlungen beteiligt sein.«

»Wir haben unsere Gründe, ihn lieber in unserer Nähe zu wissen.«

Robbie nickte. »Darf ich noch einmal zurück an den Tatort?«

»Warum?«

»Ich will ihre persönlichen Sachen durchsehen. Briefe, Tagebücher, Kalender, Computer und so.«

Robbie war offensichtlich zu demselben Schluss gekommen wie Marie. Die Tatsache, dass Suzanne gewalttätig gewesen war, machte ihren Mann Tom zum Hauptverdächtigen. »Der Großteil davon befindet sich bereits in der Asservatenkammer, aber fahr ruhig hin. Mal sehen, was du findest. Ich kann ja in der Zwischenzeit dort anrufen und dir eine Berechtigung zur Einsichtnahme verschaffen.«

»Danke, Sarge.« Er wollte bereits aufstehen, setzte sich dann aber wieder hin. »Etwas passt nicht zu den üblichen Mustern in gewalttätigen Beziehungen. Suzanne hat es scheinbar nichts ausgemacht, dass Tom Zeit mit seinen Freunden verbrachte. Carter hat erzählt, dass sie viele Stunden gemeinsam auf dem alten Boot gearbeitet haben, und sie hatte nichts dagegen.«

Marie runzelte die Stirn. »Ich kann dazu leider nicht viel sagen. Im Grunde weiß ich nichts über häuslichen Missbrauch.«

»Ich leider schon. Ein alter Freund war mit einer kontrollsüchtigen Frau zusammen, und es war beängstigend. Also habe ich einiges darüber gelesen. Normalerweise isolieren die Täter ihre Partner, halten sie von Freunden und Familie fern und vergiften ihre Gedanken, bis auch die Opfer Hassgefühle gegenüber Menschen entwickeln, die ihnen früher nahestanden.« Er kratzte sich am Kinn. »Suzanne hat das nicht getan.«

»Wird so etwas nicht erst mit der Zeit schlimmer? Vielleicht war sie noch nicht auf dieser Stufe angelangt. Oder es war ihr nur recht, dass er sich in harmloser Gesellschaft an einem sicheren Ort aufhielt, weil sie in der Zwischenzeit mit anderen Dingen beschäftigt war.«

»Du meinst, sie hat an ihren alten Gewohnheiten festgehalten?«

»Darauf kannst du wetten.«

»Gutes Argument.« Robbie erhob sich. »Sag Carter bitte nicht, wohin ich unterwegs bin.«

»Das hatte ich nicht vor.«

»Ich gebe dir nachher Bescheid.«

»Tu das.«

Carter verließ Jackmans Büro. Er hatte sein Bestes gegeben, um seinen besorgten Vorgesetzten zu beruhigen, obwohl der beißende Gestank es ihm schwer gemacht hatte, sich zu konzentrieren. Tom hatte während des ganzen Gesprächs wie eine Statue am Fenster gestanden und hinausgesehen.

Er ging in sein Büro und zog die Tür so weit wie möglich zu, ohne sie tatsächlich zu schließen.

Ihm gefiel nicht, in welche Richtung sich die Ermittlungen bewegten. Er wollte mehr als alle anderen, dass sie den Fall endlich abschlossen, aber er wusste genau, woher der Wind wehte, und war sich sicher, dass sich seine Kollegen irrten.

Er setzte sich und überlegte, wie er die Ermittlungen wieder auf die richtige Spur bringen konnte.

Zuerst musste er mit Max reden. Er musste wissen, was bei dem Gespräch mit Ralphie herausgekommen war. Er verzog angewidert den Mund. Ralph war einer der unangenehmsten Menschen, die ihm je begegnet waren. Er war ein Voyeur und stellte Frauen vermutlich auch nach, obwohl Carter ihm nie etwas hatte beweisen können – und er hatte es bei Gott versucht. Es war nicht gelogen gewesen, dass er den Mann kaum kannte, aber nachdem er ihn dabei ertappt hatte, wie er seiner Halbschwester nachstellte, hatte er sofort gewusst, dass er einen Perversen vor sich hatte. Sogar sein herzensguter Freund Tom hatte den Verdacht gehabt, dass sein Schwager ungesunde Neigungen verspürte. Carter hatte Mitleid mit den Pflegekräften, die Doolan betreuten, und hoffte, dass sie eine dicke Haut hatten.

Carter hatte aus irgendeinem Grund vergessen, Max zu fragen, ob er Ralphs Alibi bereits überprüft hatte. Obwohl es im Prinzip egal war, wo und bei wem er gewesen war, denn es war ohnehin gelogen. Viel wahrscheinlicher war, dass er irgendwo die Höschen auf einer Wäscheleine befummelt hatte. Oder dass er seine Halbschwester umgebracht hatte, weil sie jeden Mann in Saltern an sich herangelassen hatte, außer ihren Bruder.

Carter lächelte. Dieser Gedanke ging endlich in die richtige Richtung.

KAPITEL 25

Kurz vor Schichtende trat Max in Jackmans Büro. »Charlie hat mich noch rechtzeitig erwischt, Sir, und ich habe mit den Kollegen von der Verkehrspolizei gesprochen. Sie haben das Unfallauto auf den Überwachungsvideos identifiziert und den Fahrer ausfindig gemacht. Es handelt sich um den Vater eines Mädchens, dem Doolan zu nahe gekommen ist. Er hatte den Spanner verjagt, ihn aber kurz darauf mit einer Kamera im Garten erwischt. Nachdem es zwei Uhr morgens war und Doolan direkt vor dem Zimmer der Tochter auf der Lauer lag, war er nicht gerade begeistert. Ralphie nahm die Beine in die Hand, aber der Mann fuhr ihm mit seinem SUV-Cross-over hinterher und erwischte ihn. Die Sache hatte also nichts mit uns zu tun.«

Jackman hatte so etwas in der Art bereits vermutet. Ein Perverser wie Doolan kam selten davon, auch wenn bisweilen jemand außerhalb des Gesetzes das Urteil vollzog.

»Was ist mit seinem Alibi?«

»Sein Freund ist unauffindbar, Sir, und ich frage mich, ob es ihn überhaupt gibt oder ob Ralph uns nur eine Weile hinhalten wollte.«

»Das ist ziemlich wahrscheinlich. Wie lief denn das

zweite Gespräch? Hat er Ihnen einen Grund zu der Annahme gegeben, dass er an diesem Abend bei Suzanne war?«

»Ich habe vor dem Besuch einen Suchlauf gestartet, und wir haben seine DNA noch nicht gespeichert, weshalb ich gleich mal eine Probe mitgenommen habe. Er wollte sich weigern und meinte, ich würde dazu sein schriftliches Einverständnis brauchen, aber ich habe ihm nett erklärt, dass wir jedes Recht auf eine Probenentnahme haben, nachdem wir in einem Kapitalverbrechen ermitteln. Das hat gewirkt. Jetzt können wir zumindest nachsehen, ob er auf Professor Wilkinsons Liste der am Tatort befindlichen Personen steht.«

»Die ist leider ziemlich lang, und sein Name ist vermutlich dabei, nachdem er zur Familie gehört.«

»Ja, wahrscheinlich. Trotzdem haben wir wenigstens seine DNA, falls ihm wieder einmal etwas Perverses einfällt. Damit haben wir ihn sofort am Haken.« Max rümpfte die Nase. »Er ist wirklich komisch, Sir, aber Rosie und ich können uns nicht vorstellen, dass er Suzanne getötet hat. Er wirkte ehrlich traurig, dass sie tot ist, und ich kann mir auch nicht vorstellen, dass er den Mumm hat, sich gegen eine Frau wie seine Schwester aufzulehnen.«

»Hat Charlie Ihnen gesagt, dass wir sie der häuslichen Gewalt verdächtigen?«

»Ja, Sir. Der arme Tom Holland tut mir echt leid. Sieht so aus, als hätte ihm der Absturz ein Leben voller Schmerz erspart.«

»Ein ganz schön extremer Weg, jemanden zu verlassen, Max.« Jackman verzog das Gesicht. »Machen Sie Feierabend. Und danke für Ihre Mühe.«

»Kein Problem, Sir. Ich war zwar enttäuscht, dass es

keine Sangria gab, aber dafür ist Scunthorpe nun mal nicht berühmt.«

»Dafür hatten Sie Rosie ein paar Stunden für sich allein«, erwiderte Jackman grinsend.

»Irgendwelche Vorteile *muss* es doch geben, Sir. Bis morgen.«

Nachdem Max gegangen war, trat Carter ins Büro. »Kann ich mir morgen ein paar Stunden freinehmen, Sir? Der Bootshafen hat angerufen. Sie kommen mit dem Kran, um die *Eva May* wieder zu Wasser zu lassen.«

Als Jackman sah, wie Carters Augen leuchteten, stimmte er sofort zu. Das war ein großer Tag für ihn, und natürlich wollte er dabei sein und alles miterleben. Im nächsten Augenblick wurde Jackman allerdings klar, dass es auch ziemlich traumatisch werden würde. Immerhin würde Carter allein sein anstatt zusammen mit seinen Freunden, die gemeinsam mit ihm an dem Boot gearbeitet hatten. »Fragen Sie doch Marie, ob sie mitkommen möchte! Sie sind doch befreundet, und sie würde sich sicher freuen, bei einem so wichtigen Ereignis dabei zu sein.«

Carter warf ihm einen seltsamen Blick zu.

»Ich werde sie fragen. Danke, Sir.«

»Fahren Sie nach Hause, Carter. Keine Überstunden heute.«

Carter nickte. »Das Angebot nehme ich gern an, nachdem ich noch ein paar letzte Kleinigkeiten am Boot zu erledigen habe. Schönen Abend, Sir.«

Jackman seufzte. Er durfte nicht vergessen, der Superintendentin noch einmal zu sagen, dass ein Lockern der Formalitäten in Saltern-le-Fen nicht möglich und auch nicht zielführend war.

Robbie würde heute bestimmt nicht pünktlich Feierabend machen. Seit zwei Stunden war er schon im Haus der Hollands und hatte noch nicht einmal die Hälfte von dem geschafft, was er sich vorgenommen hatte. Er kannte die bisherigen Berichte, weshalb ihn die bereits aufgenommenen Beweismittel nicht interessierten. Er suchte nach etwas anderem. Etwas, das ihm Aufschluss über den Alltag des Ehepaares gab. Er war von Anfang an der Meinung gewesen, dass Suzanne ihm verraten würde, was wirklich passiert war. Und wenn er schon nicht ihre Leiche zur Verfügung hatte, dann konnte er sich zumindest in ihrem Zuhause umsehen. Vielleicht hörte er irgendwo das Echo der Vergangenheit.

Robbie ging das Cottage Raum für Raum durch und suchte nach Hinweisen, wie die Hollands gelebt hatten. Am Anfang hatte es sich seltsam, beinahe makaber angefühlt, denn immerhin schnüffelte er im Haus von zwei Toten herum. Dann war es ihm unmoralisch vorgekommen, als hätte er kein Recht, hier zu sein, und im nächsten Moment war es unheimlich gewesen, durch ein Haus voller Geister zu streifen. Am Ende hatte er jedoch all diese Gedanken beiseitegeschoben und sich wieder in einen Detective verwandelt, der einen Tatort analysiert.

Er öffnete Schränke, zog Schubladen auf, las Post-it-Notizen am Kühlschrank, die Titel der Bücher in den Regalen und sah im Badezimmerschrank nach, welche Medikamente die Hollands genommen hatten.

Nachdem er Toms Jackentaschen und Suzannes Schmuck untersucht hatte, setzte er sich aufs Bett und fragte sich, ob er bis jetzt eigentlich irgendetwas Nützliches herausgefunden hatte. Vielleicht würde er doch noch zur Asservatenkammer fahren, dort konnte er sich zumindest die grundlegenden Dinge wie Handys, Laptops, Adressbücher und so weiter ansehen.

Er streckte sich und beschloss, für heute Schluss zu machen. Er konnte schon nicht mehr klar denken. Sein Blick fiel auf Toms Seite des Ehebettes, und eine tiefe Traurigkeit überfiel ihn. Der Nachttisch ähnelte seinem eigenen. Ein Wecker, ein Untersetzer, ein Telefon und ein Buch.

Er griff nach dem Buch und drehte es um, um den Klappentext zu lesen. Es war ein Spionagethriller aus dem Kalten Krieg und klang spannend. Ein Lesezeichen steckte im letzten Drittel, und Robbies Traurigkeit wuchs, als ihm klar wurde, dass Tom Holland niemals erfahren würde, wie es endete.

Als er das Buch zurücklegte, erhaschte er einen Blick auf etwas Glitzerndes im Fach darunter. Er schob ein paar Magazine beiseite und griff nach einem digitalen Bilderrahmen.

»Der wurde wohl beim ersten Mal übersehen«, murmelte er und betrachtete das Gerät einen Moment lang. Adrenalin jagte durch seine Adern. Deshalb war er hergekommen! Er hatte es gewusst.

Es war ein teurer Bilderrahmen, nicht das billige Zeug, und die Speicherkarte steckte noch in dem vorgesehenen Schlitz. Jetzt brauchte er bloß noch einen Netzadapter.

Robbie durchwühlte den Nachttisch und zog eine Taschentuchbox, ein Wärmekissen und mehrere Kataloge heraus, bis er fand, wonach er suchte. Die Fernbedienung lag gleich daneben.

Er stand auf, ging zur nächsten Steckdose und schloss das Gerät an.

Dann tätigte er einige Einstellungen und startete die Slideshow. Er atmete tief durch, machte den Bilderrahmen wieder aus und nahm ihn mit. Er enthielt womöglich Hunderte, wenn nicht Tausende Fotos, und er wollte sich jedes ganz genau ansehen.

An der Tür bedankte er sich flüsternd bei den toten Bewohnern des Hauses, senkte den Blick auf den Bilderrahmen und sagte: »Wenn du schon nicht mit mir reden kannst, Suzanne, dann kannst du mir vielleicht wenigstens *zeigen*, warum du sterben musstest.«

KAPITEL 26

Als Jackman am nächsten Morgen ins Büro kam, saß Robbie bereits auf seiner Schreibtischkante, und neben ihm standen zwei Becher Kaffee und zwei Gebäckstücke in einem offen stehenden weißen Karton.

»So ein luxuriöses Frühstück? Erwarten Sie jemanden?«, fragte Jackman.

»Na ja, es sind ja nur Sie hier, also ...« Robbie hielt ihm einen Kaffeebecher hin, den er gerne entgegennahm.

»Gehen wir in mein Büro? Da ist es gemütlicher.«

»Was Sie nicht sagen«, antwortete Robbie lachend und griff nach dem Karton. »Apfel-Blaubeere oder Zimtschnecke?«

»Entscheiden Sie, ich mag beides.« Jackman setzte sich und nahm den Deckel von seinem Becher. »Gibt es etwas zu feiern?«

»Kommt darauf an, wie man es sieht. Es ist zumindest ein weiterer Schritt in die richtige Richtung, auch wenn es die Sache zunächst komplizierter macht.« Robbie griff in die mitgebrachte Tasche und holte den digitalen Bilderrahmen heraus.

»Sehen Sie sich das hier an, Sir.« Er drückte ein paar

Knöpfe auf einer kleinen Fernbedienung und scrollte durch die farbenfrohen Fotos. »Der gehörte definitiv Tom Holland. Sie werden gleich sehen, warum.«

Er drosselte die Geschwindigkeit der Slideshow und klickte durch die Bilder.

Jackman betrachtete die Bruchstücke von Tom Hollands kurzem Leben.

Tom auf der *Eva May*, wie er eine Messingplakette polierte und in die Kamera grinste. Tom mit einer Bierflasche in der einen und einer Kettensäge in der anderen Hand, wie er versuchte, gefährlich auszusehen, aber im Grund nur albern wirkte. Es folgten Fotos der anderen toten Männer, auf denen sie sich wie große Kinder benahmen und dabei so – Jackman schluckte – *glücklich* aussahen. Er versuchte, nicht darüber nachzudenken, wie lange vor ihrem Tod die Bilder entstanden waren. Monate? Vielleicht auch nur Wochen. Er konnte beinahe den Sensenmann sehen, der am Bug des Bootes auf sie lauerte.

»Es ist nicht einfach, sich das anzuschauen.«

»Ich weiß, Sir. Ich bin sie alle durchgegangen. Es sind Hunderte. Tom liebte seine Kamera offensichtlich.«

»Gibt es bestimmte Fotos, die Sie mir zeigen möchten?« Jackman wollte nur noch, dass das endlich aufhörte.

»Hier, in diesem Ordner. Sie sind auf einer Party. Sie fand zwar nicht bei den Hollands zu Hause statt, aber die ganze Gang ist da, und er hat den ganzen Abend über fotografiert.«

Jackman sah genauer hin. Die Gäste hatten offensichtlich Spaß oder waren betrunken. Vermutlich beides. Man prostete sich zu und genoss das Essen. Frauen tanzten aufreizend, Männer miserabel, und es gab jede Menge obszöne Gesten gegenüber dem Fotografen.

Robbie hielt bei einem bestimmten Bild an. »Sehen Sie mal, Sir. Der Typ, der Suzanne beobachtet.«

Jackman erkannte ihn nicht.

Robbie klickte weiter, und auf dem nächsten Bild war der Mann aus einer anderen Perspektive zu erkennen. Jackmans Blick fiel auf den aschblonden Pferdeschwanz. »Ralph Doolan?«

»Genau. Ich habe es überprüft. Er ist es definitiv. Sehen Sie sich mal seinen Gesichtsausdruck an.«

»Lüstern.« Jackman schnaubte.

»Doolan taucht danach zwar nicht mehr auf, aber schauen Sie sich mal die nächsten Bilder an, Sir. Es ist scheinbar das Ende der Party – das große Finale.«

»Ich dachte, Doolan wäre gegangen, aber da ist er ja!« Jackman deutete auf einen Mann mit Pferdeschwanz, der gerade mit einem Glas in der Hand das Zimmer betrat.

»Sehen Sie sich die nächsten Fotos an.«

Jackman gehorchte. Zuerst war da ein Mann mit Pferdeschwanz und Brille, dann noch einer und noch einer, und schließlich waren es vier.

»Sie haben Ralph Doolan verarscht. Mit Perücken und Brillen mit dickem Rahmen. Ich habe die Fotos mit einigen Bildern aus dem Internet verglichen. Das hier sind Ray Barratt, Jack Corby, Matt Blake und Carter McLean, verkleidet als Ralph. Das nächste Bild wurde von einem Gast aufgenommen, und man sieht alle fünf Freunde.«

Jackman starrte auf die fünf Ralphs in einer Reihe. Sie verzogen lasziv die Gesichter, leckten sich die Lippen und griffen sich in den Schritt.

»Sie konnten ihn anscheinend wirklich nicht leiden.« Robbie schaltete den Bilderrahmen aus.

Jackman nahm einen großen Schluck Kaffee, sein Gebäckstück lag unangetastet auf dem Schreibtisch. Ihm war natürlich sofort klar, was das bedeutete, und er lehnte sich zurück, als wäre sämtliche Luft aus seiner Lunge gewichen.

»Also könnte der Mann, den Alan Pitt in der Tatnacht gesehen hat, auch einer der fünf Freunde gewesen sein. Eine Perücke und eine Brille mit dunklem Rahmen. Tom? Ray? Jack? Matt? Oder ...?«

»Carter?«, ergänzte Robbie leise. »Aber das kann ich mir nicht vorstellen, Sir. Absolut nicht. Außerdem könnte jeder von diesen Perücken gewusst haben. Die Jungs haben vielleicht noch Monate danach von ihrer Partyeinlage geschwärmt.«

Aber es war niemand von außerhalb, nicht wahr?, dachte Jackman. Es war einer der fünf Freunde gewesen. Er hatte zwar keine Beweise, aber er war sich trotzdem sicher. Marie hatte gefragt, was es mit Carter anstellen würde, wenn eine ihm nahestehende Person als Mörder enttarnt werden würde. Wie würde er erst diese Neuigkeiten aufnehmen? Oder sollten sie ihm lieber nichts davon erzählen? Denn ob es ihnen gefiel oder nicht, Carter McLean gehörte mittlerweile zum Kreis der Verdächtigen.

»Lassen Sie dieses Ding hier, Robbie, und erzählen Sie niemandem davon. Ich muss damit zur Superintendentin.«

Jackman erwischte Ruth, als diese gerade aus ihrem Büro trat und die Tür schließen wollte.

»Nur, wenn es wichtig ist, Rowan. Ich muss zu einer Dienststellenbesprechung.«

»Fünf Minuten, Ma'am, und es ist sehr wichtig.«

Sie traten ins Büro, und Jackman erzählte der Superintendentin ohne Umschweife, was sich auf dem digitalen Bilderrahmen befand. Ihr Gesicht verdunkelte sich.

»Ich muss ihn von den Ermittlungen abziehen, das ist Ihnen doch klar?«

»Ma'am, normalerweise würde ich Ihnen zustimmen, aber er ist der einzige lebende Zeuge, der uns Genaueres über die Beteiligten an diesem Fall erzählen kann. Und ganz egal, wie das hier aussieht, ich kann einfach nicht glauben, dass er die Frau seines besten Freundes getötet hat. Nicht einmal unabsichtlich.«

Ruth wirkte nicht überzeugt. »Ich hingegen glaube, dass Carter McLean zu allem fähig ist, wenn es seinen eigenen, sehr speziellen Moralvorstellungen entspricht.«

»Geht es wieder um die alte Fehde?«

»Sagen wir, ich bemühe mich, nicht noch einmal denselben Fehler zu machen. Ich habe Carter schon einmal erlaubt, die Dinge nach seinem Ermessen zu regeln. Es ist lange her, aber ich bereue es noch immer. Jemand, der mir sehr nahestand, musste den Preis dafür zahlen, und das werde ich ihm nie verzeihen.« Ihre Stimme wurde weicher. »Ich habe noch nie mit jemandem darüber geredet, Rowan. Ich habe mir nur vorgenommen, Carter, so gut es geht, an der kurzen Leine zu halten. Für mich war er ein Risiko und kein Mann für eine vertrauensvolle Position.«

Sie verstummte und überlegte offenbar, wie viel sie Jackman erzählen wollte. Dann traf sie eine Entscheidung.

»Wir arbeiteten gemeinsam an einem sehr heiklen Fall. Es ging um Kindesmissbrauch. Carter hatte schon immer jede Menge Informanten, und mit deren Hilfe fand er den Täter. Leider hatte er keine Beweise, also spielte er der Presse die Informationen zu, und die erledigte den Job für uns. Das Problem war, dass die Medien den Chief Superintendenten für das Leck verantwortlich machten. Sie zogen die Arbeit der Polizei durch den Dreck, und er verlor seinen Posten. Er war ein sehr guter Freund, Rowan.«

»Wussten Sie, dass Carter die undichte Stelle war?«

»Nein. Mir kam erst ein Verdacht, als die ganze Sache vorbei war, und selbst da konnte ich nicht glauben, dass er so etwas tun würde. Jahre später wurde mir klar, dass er vor nichts zurückschreckt, um einen Verbrecher hinter Gitter zu bringen.«

»Haben Sie ihn darauf angesprochen?«

»Nicht direkt. Ich habe einige Andeutungen gemacht, aber er stritt alles ab. Ich glaube nicht, dass er es so weit treiben wollte, und ganz sicher war er nicht darauf aus gewesen, dass der Chief Superintendent der Leidtragende sein würde. Aber genau das ist passiert, und es war Carters Schuld.«

Sie zuckte mit den Schultern. »Er ist nicht korrupt, das war er nie. Aber er ist bereit, sämtliche Mittel einzusetzen, um das Böse zu besiegen, und dabei gibt es auch immer wieder Opfer unter den Guten.« Sie seufzte und sank in sich zusammen. »Ich habe noch nie einer Menschenseele von meinem Verdacht erzählt, und ich weiß, dass das, was ich gleich sagen werde, hart *und* heuchlerisch klingt. Ich stehe tief in seiner Schuld, weil er meine Leah wieder zurückgebracht hat, aber er darf unter keinen Umständen an diesem Fall mitarbeiten. Ende der Geschichte.«

»Bitte, Ruth, geben Sie mir bis zum Ende der Woche.« Jackman sah sie flehentlich an. »Drei Tage, mehr nicht. Und wenn ich irgendwann das Gefühl haben sollte, dass er tatsächlich in den Fall verwickelt ist, sitzt er im nächsten Moment hier bei Ihnen.«

Ruth sah ihn an, und einen Moment lang dachte Jackman, dass sie hart bleiben würde.

Dann seufzte sie gequält. »Ich hoffe inständig, dass ich das nicht noch bereuen werde. Drei Tage, Rowan, und keine Sekunde länger.«

Zurück im Ermittlungsraum, rief Jackman Robbie und Max zu sich. »Ich will, dass die Wohnungen der drei anderen Freunde durchsucht werden, und auch das Holland-Haus soll noch einmal von oben bis unten durchkämmt werden. Es ist zwar unwahrscheinlich, dass wir etwas finden, immerhin ist es über ein Jahr her, aber ich will wissen, ob diese Perücken noch irgendwo sind.« Er sah sich um. »Carter und Marie sind heute Vormittag unterwegs, also beeilt euch. Ich will nicht, dass Carter jetzt schon davon erfährt, verstanden?«

»Was ist mit den Durchsuchungsbefehlen, Sir?«

»Bitten Sie die Angehörigen um ihre Mithilfe. Erklären Sie, dass wir hoffen, Beweismittel zu finden, die für einen späteren Prozess wichtig sind. Wenn alles nichts nützt, finde ich schon einen milde gestimmten Richter.«

Robbie und Max eilten davon.

»Sir?« Gary Pritchard trat auf ihn zu. »Nachdem Marie und Carter unterwegs sind, um *Fluch der Karibik* nachzudrehen, kann ich Ihnen vielleicht bei irgendetwas helfen?«

»Bleiben Sie einfach bei mir, Gary«, erwiderte Jackman. »Ich kann einen klaren Verstand in der Nähe gut gebrauchen. Mein Kopf ist voller plausibler Theorien und unmöglicher Vermutungen, und ich kann das eine nicht vom anderen unterscheiden.«

Marie und Carter trafen kurz vor den Männern vom Bootshafen am Kai ein. Silas und Klink warteten bereits auf sie.

Carter übernahm die Vorstellung, und Klink sprang sofort auf Marie zu.

»Na, du Hübscher!« Marie kraulte den Hund hinter den Ohren und ging in die Hocke, um ihn zu streicheln. Klink rollte sich auf den Rücken und streckte die Beine in die Luft.

Silas öffnete erstaunt den Mund. »Teufel aber auch! Das hat er nicht mehr getan, seit er ein kleiner Welpe war!«

»Das kann doch unmöglich der wilde Wachhund sein, von dem du mir erzählt hast?« Marie sah grinsend zu Carter hoch.

Der schüttelte den Kopf. »Vielleicht war was in seinem Futter.«

»Der Hund hatte immer schon seinen eigenen Kopf, und er weiß ganz genau, was er für Sie empfindet, Miss«, meinte Silas, dann wandte er sich an Carter. »Also, glaubst du, die alte Dame schwimmt, Junge? Oder kehrt sie dorthin zurück, wo sie herkommt?«

»Oh, sie wird schwimmen, alter Mann. Du wirst schon sehen.«

»Ja, das werde ich.« Silas setzte sich auf einen Stein. »Sie hat lange genug hier herumgestanden.«

»Stimmt.« Carter betrachtete die *Eva May.* »Es wird Zeit, dass du wieder die Wellen unter dem Kiel spürst, altes Mädchen.« Er berührte sanft sein geliebtes Boot.

Marie hatte einen Kloß im Hals. Es musste schrecklich wehtun, dass seine Freunde nicht bei ihm waren.

Im nächsten Moment drehte Carter sich zu ihr um und sagte: »Es hätte ein großer Tag werden sollen. Jede Menge zu trinken, ein Grillfest am Kai, ein Fotograf von der Regionalpresse, laute Musik ... Die Party hätte die ganze Nacht gedauert.«

Er sah sich traurig um, und Marie fragte sich, ob er nach seinen toten Freunden Ausschau hielt. »Es ist trotzdem ein großer Tag, Carter. Es war eine enorme Leistung und ein wundervoller Tribut an deine Freunde, dass du zu Ende gebracht hast, was ihr zusammen begonnen habt.«

Er drückte ihren Arm. »Danke, das bedeutet mir viel. Vielleicht ist es sogar besser, dass nur wir hier sind. Ein leiser Tribut.«

Marie nickte.

»Ich glaube, eure Leute vom Hafen sind da.« Silas deutete mit dem Kopf in Richtung Straße, wo sich zwei große Lkw auf sie zubewegten. Auf einem der beiden befand sich ein großer Kran.

»Jetzt zeig uns, was du kannst, *Eva May!*«

Carters Augen waren feucht, und auch Marie kämpfte gegen die Tränen.

Sobald der Kran ausgerichtet und stabilisiert war, sahen sie alle mit angehaltenem Atem zu. Die Prozedur dauerte nicht annähernd so lange, wie Marie vermutet hatte.

Der Kran hob die *Eva May* mithilfe mehrerer Gurte und Ketten hoch, dann schwenkte er mit dem alten Rettungsboot über den Fluss und wartete auf Carters Signal.

Alle jubelten, als das Boot auf der Wasseroberfläche aufkam.

»Wie geht es jetzt weiter?«, fragte Marie und hoffte, dass man das Zittern in ihrer Stimme nicht hörte.

Zwei Männer mit Schutzhelmen, Handschuhen und Stahlkappenschuhen kletterten an Bord.

»Die beiden lösen die Gurte von den Ketten und lotsen den Kranführer damit zurück an den Kai. Danach wird das Boot mit Seilen gesichert.«

Carter sah aufmerksam zu. Er hatte Marie einmal erzählt, dass ihn sein Vater als Kind oft allein in der Werft spielen ließ. In dieser Umgebung fühlte er sich zu Hause.

Kurz darauf waren der Kran und die Ausrüstung verstaut und bereit, zum Bootshafen zurückzukehren.

Carter bezahlte den Vorarbeiter und reichte ihm auch noch einen goldenen Karton mit einer exquisiten Flasche Whisky.

Marie sah Carter an. »Und jetzt?«

»Ich muss den Motor testen und wahrscheinlich einiges nachbessern, dann ist sie bereit für die erste Ausfahrt.« Er lächelte. »Aber jetzt würde ich gerne einen Toast aussprechen.« Er ging zum Auto und holte eine Kühlbox und drei Klappstühle.

In der Box befanden sich drei Gläser, eine Flasche Laurent Perrier und Gourmethäppchen. »Wir können das alte Mädchen doch nicht zu Wasser lassen, ohne es zu begießen, oder?«

Also verbrachte Marie die nächste Stunde am Kai, trank Champagner mit einem Wilddieb, einem Polizisten und einem verrückten Hund und schaute auf das Wasser, die Marsch, die Felder und den unendlichen Himmel hinaus. Es war bizarr.

Als die Gläser leer waren, meinte Carter: »Ich bleibe noch ein bisschen hier, Marie. Ich weiß, dass du zurückmusst, aber würdest du mich bitte entschuldigen?«

»Klar, kein Problem.« Jackman würde froh sein, wenn Carter noch etwas länger fortblieb.

»Lass dich auf dem Rückweg nur nicht von der Polizei aufhalten!«

»Du solltest aber auch nicht noch mehr trinken, Carter McLean. Immerhin musst du auch irgendwie nach Hause kommen.«

»Versprochen.« Er reichte Silas die Flasche. »Si passt gut darauf auf, keine Sorge.«

Marie streichelte Klink noch ein letztes Mal, schüttelte Silas die Hand und machte sich auf den Weg zum Auto. »Danke, Carter, dass ich dabei sein durfte!«, rief sie über die Schulter.

»Es gibt niemanden, den ich lieber hiergehabt hätte. Fahr vorsichtig.«

Doch Marie wusste, dass das nicht stimmte. Sicher hätte er diesen Moment viel lieber mit Tom, Matt, Jack und Ray geteilt.

KAPITEL 27

Nach der Ruhe am Kai glich der Ermittlungsraum einem emsigen Bienenstock.

»Schön, dass Sie wieder da sind. Wo ist Carter?« Jackman warf einen Blick über Maries Schulter.

»Ich habe ihn beim Boot gelassen. Ich dachte, Sie hätten nichts dagegen. Er braucht ein bisschen Zeit für sich, es war ziemlich emotional.«

»Das war eine gute Idee. Es gibt Neuigkeiten.« Er senkte die Stimme. »Max, Robbie und ein paar uniformierte Kollegen haben das Haus der Hollands noch einmal auf den Kopf gestellt und eine Kiste mit fünf Pferdeschwanzperücken und billigen Brillen mit dunklem Rahmen gefunden. Außerdem hat Harvey Cash noch einmal bestätigt, dass Suzanne ihn misshandelt hat, und er ist auch bereit, vor Gericht auszusagen. Was Tom Holland zum Hauptverdächtigen macht.«

»Der freundliche, sanfte Riese?«, flüsterte Marie.

»Ja, sieht so aus. Sogar dem sanftesten Menschen reißt irgendwann der Geduldsfaden.« Jackman kratzte sich am Kopf. »Holen wir uns einen Kaffee. Ich will Ihnen noch etwas erzählen.«

Sie gingen den Flur entlang zum Automaten. Ausnahmsweise war nicht viel los.

»Die Website, die die Wiederaufnahme der Ermittlungen verlangt, macht schon wieder Ärger«, sagte Jackman genervt. »Sie wollen Informationen über unsere Fortschritte, damit wir – wie sie sagen – *unsere Sicht der Dinge* darlegen können. Die Superintendentin hat ihnen erklärt, dass es sich um eine laufende Ermittlung handelt und wir uns dadurch nicht an ihrer Hexenjagd beteiligen können. Ich glaube, sie haben es nicht sonderlich gut aufgenommen.«

»Es wird sicher noch schlimmer, wenn sie herausfinden, dass wir den verstorbenen und allseits beliebten Tom Holland als Täter im Verdacht haben.«

»Wem sagen Sie das.« Er reichte ihr den ersten Kaffee. »Ich mache mir vor allem Sorgen, wie wir die Leiche finden sollen, falls es Tom oder einer der Freunde war. Immerhin sind alle außer Carter tot.«

»Und der wird uns sicher nicht helfen, wenn wir seinen besten Freund verdächtigen. Er glaubt felsenfest, dass Tom ihn heimsuchen wird, bis er Suzannes Mörder gefunden hat. Das ist nicht gut!«

»Es kommt noch schlimmer. Ralph Doolan können wir ausschließen. Sein Freund, oder besser gesagt, *sein Alibi* ist aufgetaucht. Der Mann schwört, dass sie an dem Abend zusammen in einem Club in Peterborough waren.«

»Beweise?«

»Unser Ralphie ist sich selbst treu geblieben und hat sich an eine Kellnerin rangemacht. Er wurde rausgeworfen und verhaftet. Es ist alles aktenkundig.«

»Na, toll. Einfach toll.«

Sie kehrten in den Ermittlungsraum zurück. Rosie hatte

gerade einen Anruf für Jackman entgegengenommen, der daraufhin in seinem Büro verschwand.

Marie setzte sich an ihren Schreibtisch und fragte sich, wohin das alles noch führen würde. Das Klingeln des Telefons riss sie aus ihren Gedanken.

»Danke, dass du heute dabei warst, Marie.«

»Nein, ich danke dir, Carter. Es war mir eine Ehre, und außerdem habe ich einen neuen Freund gewonnen.«

»Silas?«

»Ja, den auch. Aber ich dachte eher an Klink.«

Carter lachte. »So war er noch nie. Du hast keine Ahnung, wie glücklich du dich schätzen kannst. Bei Fremden ist er sonst ziemlich bösartig.«

»Silas?«

»Nein, Klink!«

Sie lachten beide, und zum ersten Mal seit Langem klang Carter gelöst und ungekünstelt. Die Tatsache, dass die *Eva May* wieder dort war, wo sie hingehörte, schien ihn positiv zu stimmen.

Doch bevor Marie noch etwas sagen konnte, trat Rosie an ihren Tisch und legte eine handgeschriebene Notiz vor ihr ab.

Sie nickte Rosie zu und vertröstete Carter auf später.

»Ist etwas passiert?«, fragte dieser.

»Alan Pitt hat gerade den DI angerufen. Er ist auf dem Weg hierher. Offenbar erinnert er sich an ein weiteres Detail.«

Carter schwieg einen Moment. »Dann hoffen wir, dass es uns weiterbringt. Halt mich bitte auf dem Laufenden. Bis später.«

Marie eilte in Jackmans Büro. »Hat Mr Pitt noch etwas gesagt?«

Jackman schüttelte den Kopf. »Er will mit uns persönlich reden.«

»Nachdem wir inzwischen wissen, dass der Mann mit dem Pferdeschwanz nicht Ralph war, könnte das ziemlich interessant werden.«

Jackman sah sie beunruhigt an. »Und genau deshalb mache ich mir Sorgen. Sie nicht auch?«

Sam konnte sich nicht entspannen. Es war ein heißer Nachmittag, und nicht einmal eine Stunde in seinem liebsten Vogelversteck hatte für Ablenkung gesorgt.

Sein ganzes Leben hatte er der Forschung gewidmet und war freiwillig in Rente gegangen, als er genug von der akademischen Welt gehabt hatte. Stattdessen hatte er beschlossen, seinen Lebensabend als Vogelbeobachter, Naturliebhaber und Gärtner zu genießen. Er verbrachte Stunden damit, die Besucher in seinem verwilderten Garten beim Fressen zu beobachten, Pflanzen zu bestäuben oder sich im Schatten auszuruhen.

Doch jetzt saß er plötzlich wieder im Büro und war erneut umgeben von Unmengen an Büchern und Artikeln. Er war nicht gerne in den düsteren Raum und zu den noch düstereren Dingen zurückgekehrt, die hier auf ihn warteten. Aber er wollte Laura Archer helfen.

Sie war seine beste Studentin gewesen, sein Star. Er hatte keine eigenen Kinder, aber wenn, hätte er eine Tochter wie Laura gewollt. Nach und nach war er zu einer Vaterfigur für sie geworden, vor allem nach seiner Pensionierung und als sie sich ihre Karriere aufgebaut hatte.

Sam grinste selbstgefällig. Er war stolz, dass er sie auf den richtigen Weg gebracht hatte. Sie war eine ausgezeichnete Psychologin, und ihre Arbeiten zur Traumaforschung waren sehr angesehen. Sein eigenes Spezialgebiet war das Gedächtnis in all seinen verschiedenen Formen gewesen. Es hatte ihn bereits während der Schulzeit fasziniert, und auch wenn er sich im Moment eher auf die soziale Kommunikation von Staren konzentrierte, tat es das noch immer.

Sam dachte an sein Treffen mit dem berüchtigten Carter McLean. Es hatte ihn aus dem Konzept gebracht, und er verstand nun Lauras Problem. Carter war zweifellos ein sehr charismatischer Mann, selbst in diesem aufgewühlten Zustand. Er zeigte Stärke und Schwäche zugleich. Sein Blick flehte um Hilfe, doch im nächsten Moment zog er sich zurück und schloss einen aus.

Sam Page, Professor der Psychologie am University College in London, Mitglied der British Psychological Society und hoch angesehener Autor von über sechshundert wissenschaftlichen Aufsätzen, wusste nicht mehr weiter.

Laura glaubte, sie würde etwas übersehen, und mittlerweile wusste er genau, was sie meinte.

Genauso, wie er wusste, dass es an ihm lag, herauszufinden, worum es sich handelte. Er grunzte genervt und widmete sich erneut seinen Nachforschungen.

Jackman und Marie gaben ihr Bestes, um ruhig zu bleiben, doch die nervöse Spannung im Verhörzimmer war deutlich zu spüren.

»Ich bin sehr früh aufgewacht – etwa um vier – und habe über die Nacht nachgedacht, in der die Frau verschwunden ist.«

Jackman wusste, dass sie Alan nicht drängen durften, aber er wollte unbedingt, dass der Mann endlich zum Punkt kam.

»Ich erinnerte mich, dass ich mir auf dem Nachhauseweg Sorgen machte, was mit meinem Hund passieren wird. Wenn ich sterbe, meine ich. Meine Frau wird sich zwar um ihn kümmern, aber ich gehe mit ihm spazieren, und er braucht seinen Auslauf.« Er hielt kurz inne. »Da merkte ich, dass ich nicht allein war.«

»Sie sahen den Mann mit dem Pferdeschwanz und seinen Begleiter«, half Marie ihm auf die Sprünge.

»Ja, und plötzlich erinnerte ich mich, was einer der beiden gesagt hat. Zumindest an einen Teil davon.«

Jackman lehnte sich nach vorne.

»Ich hörte einen Namen. Aber nicht den Namen eines Menschen ...«

Jackman verkniff sich ein Fluchen.

»Es war ein Ort. Amsterdam.«

Jackman richtete sich auf. Er spürte, wie sich Marie neben ihm versteifte. »Was ist mit Amsterdam?«

»Einer der beiden sagte: ›Wir müssen trotzdem nach Amsterdam.‹ Der andere protestierte, und es kam zum Streit. Da beschloss ich, weiterzugehen.« Er sah sie entschuldigend an. »Es tut mir leid, mehr ist es nicht. Aber ich hoffe, es hilft Ihnen trotzdem weiter?«

Jackman war sich nicht sicher, ob *helfen* das richtige Wort war, aber der Hinweis deutete in eine sehr konkrete Richtung, denn immerhin wollten die fünf Freunde in die niederländische Hauptstadt.

»Ich bin mir sicher, dass ich es mir nicht nur eingebildet habe«, fuhr Alan fort. »Hilft es Ihnen irgendwie weiter?«

»Danke, Alan. Sie verstehen sicher, dass wir zu den laufenden Ermittlungen nichts sagen dürfen, aber Sie haben uns auf jeden Fall geholfen, den Kreis der Verdächtigen weiter einzugrenzen.«

Nachdem Alan Pitt gegangen war, saßen Jackman und

Marie im Verhörzimmer und dachten besorgt darüber nach, was der Mann ihnen gerade erzählt hatte.

»Was machen wir jetzt?«, fragte Marie.

Jackman sah sie mit durchdringendem Blick an. »Das, was wir schon vor langer Zeit hätten tun sollen. Wir behandeln Carter nicht mehr wie ein rohes Ei und laden ihn zum Verhör.«

»Ich erreiche ihn nicht, Sir.« Marie starrte auf ihr Handy, dann beendete sie den Anruf. »Vielleicht arbeitet er auf dem Boot.«

»Hat er dort denn keinen Empfang?«, fragte Jackman.

»Doch, einen ziemlich guten sogar, wenn man bedenkt, wie abgelegen die alte Werft ist.« Sie sah ihn ängstlich an. »Soll ich hinfahren und nach ihm sehen?«

Jackman schüttelte den Kopf. »Warten wir doch besser bis morgen. Dann habe ich mehr Zeit, um mir eine Strategie zu überlegen, anstatt mich mit gezogener Waffe auf ihn zu stürzen. Wir reden gleich nach Dienstbeginn mit ihm.«

Damit musste sich Marie abfinden, auch wenn es ihr große Sorgen bereitete, dass sie Carter nicht erreichen konnte. Sie kehrte an ihren Schreibtisch zurück und ging noch einmal der Reihe nach die Ereignisse durch.

»Robbie, hast du mal einen Moment?«

»Klar, was ist los?«

»Du weißt besser über gewalttätige Beziehungen Bescheid als ich. Wir wissen, dass Tom Holland zu Hause ausgezogen ist und bei Ray übernachtet hat. Aber wäre er trotz Beziehungspause zurückgekehrt, wenn Suzanne ihn angerufen hätte?«

»Wie der Blitz, Sarge. Ich weiß gar nicht, wie oft mein Freund zu dieser Frau zurück ist. Es war schrecklich. Als

Außenstehender war es vollkommen klar, was da los war, aber er meinte nur: ›Es tut ihr leid. Sie schwört, dass es nie wieder vorkommen wird.‹«

»Aber genau so war es.«

»Jedes Mal. Und es wurde immer schlimmer.«

»Warum kehren die Opfer immer wieder zu ihren Peinigern zurück?« Marie verstand es einfach nicht.

Robbie lehnte sich an ihren Tisch. »Es ist wie beim Stockholm-Syndrom. Das Opfer identifiziert sich mit dem Täter und geht sogar so weit, ihn oder sie zu verteidigen.« Er zuckte mit den Schultern. »Sie hatte meinen Freund voll unter Kontrolle.«

»Das heißt, Tom war zwar angeblich nicht in der Nähe, als Suzanne verschwand, aber sie könnte ihn durchaus angerufen haben – und dann wäre er zu ihr zurückgekommen.«

»Vielleicht wollte sie reden, sagte ihm, wie sehr sie ihn liebte und vermisste – dann wäre er sicher zu ihr gefahren.«

»Aber er hat Carter nie etwas von seinen Problemen erzählt«, überlegte Marie. »Das finde ich seltsam.«

»Scham, Schuldgefühle – und würdest du dich ausgerechnet einem Polizisten anvertrauen?«

»Carter würde ich mich anvertrauen. Die beiden standen sich so nahe, fast wie Brüder.« Sie dachte kurz nach. »Warum hat er Ray angerufen?«

»Weil Carter mit einem Fall beschäftigt war. Tom konnte nicht zu ihm. Es war irgendeine Observierung, glaube ich. Er war jedenfalls nicht unterwegs.«

Marie gefiel nicht, was ihr gerade durch den Kopf ging. Sie musste überprüfen, wo genau Carter war, als Tom von zu Hause geflohen war. Es stand sicher sowohl in seinen eigenen Arbeitsaufzeichnungen als auch in dem Protokoll des Falles, den er damals bearbeitet hatte. Er musste ihr seine Unterlagen übergeben, wenn sie danach verlangte, aber sie fragte sich, ob sie vielleicht heimlich einen Blick hineinwerfen konnte. Oder sie bat Jackman, nachzusehen, welche Fälle damals gerade aktuell waren. »Danke, Rob. Ach, und übrigens: Was ist aus deinem Freund geworden?«

»Er ist an einer Überdosis gestorben.«

»O mein Gott! Das tut mir leid!« Marie fühlte sich schrecklich. »Ich wollte nicht indiskret sein.«

»Das ist jetzt schon zehn Jahre her, Sarge. Es wurde als Unfall zu den Akten gelegt, aber im Grunde hat sie ihn umgebracht. Ganz langsam. Bis er es nicht mehr aushielt.« Er sah sie eindringlich an. »Wenn dir je eine solche Frau begegnet, lass dich nicht für dumm verkaufen. Sie wollen keine Hilfe – sie sind sich gar nicht bewusst, dass sie sie brauchen. Männer und Frauen, die andere misshandeln, sind Tyrannen, Narzissten und Psychopathen. Glaub mir.«

»Und auf Suzanne passt diese Beschreibung.«

»Lies Harvey Cashs Aussage, es besteht kaum Zweifel.«

Marie bedankte sich bei Robbie und machte sich auf die Suche nach Jackman.

Sie berichtete ihm, was sie gerade erfahren hatte, und er erwiderte: »Ich weiß genau, wo Carter damals war, und Sie auch. Er war beim Drogendezernat und mit dem Heron-Bank-Fall beschäftigt.«

Marie warf die Arme in die Luft. »Natürlich! Die riesige Kokainladung auf dem Fischerboot!«

»Carter hat damals hauptsächlich mit DC Rusty Gates zusammengearbeitet. Es waren stundenlange Beschattungen notwendig.« Jackman spitzte die Lippen. »Ich könnte versuchen, Rusty zu erreichen. Er arbeitet als Zivilist in Peterborough. In seinen alten Aufzeichnungen steht sicher, wo Carter an dem Abend war.«

»Ich hasse das, Sir. Ich will endlich Gewissheit, dass Carter die Wahrheit sagt. In meinem Herzen glaube ich keine Sekunde daran, dass er lügt, aber …« Marie seufzte schwer.

Jackmans Stimme war voller Mitgefühl. »Ich weiß, Marie. Das muss die Hölle für Sie sein.«

»Es ist jedenfalls nicht gerade angenehm.« Sie schluckte. »Ich habe natürlich gewusst, dass er leichtsinnig ist und die Regeln manchmal bis zur Unkenntlichkeit verbiegt, aber er stand immer auf der richtigen Seite, wenn Sie wissen, was ich meine. Er konnte einige aufsehenerregende Verhaftungen verbuchen und damit eine Menge Abschaum von der Straße holen. Er ist nicht böse, nur …«

Jackman lächelte verzagt. »*Unkonventionell.* Aber leider sind unsere Vorgesetzten nicht gerade begeistert davon, und es passt nicht zu der hierarchischen Struktur, unter der wir hier arbeiten.« Er warf einen Blick auf die Uhr. »Es wird langsam spät. Fahren Sie nach Hause, Marie. Wir erledigen das morgen früh, okay?«

Marie beschloss, ausnahmsweise keinen Einspruch zu erheben.

KAPITEL 28

Um etwa halb drei Uhr morgens hörte Sam Page einen Igel grunzen. Er stand auf, schlüpfte in seine Hausschuhe und tappte ins Bad.

Der Igel weckte ihn beinahe jede Nacht. Ziemlich sicher hatte sich die Familie unter den Gartenabfällen eingenistet, die er für ein Lagerfeuer beiseitegelegt hatte.

Auf halbem Weg durch den Flur blieb er wie angewurzelt stehen. *Ein brennendes Lagerfeuer!*

Er eilte zurück ins Schlafzimmer, schnappte sich seinen Morgenmantel und ging ins Büro.

Eine Stunde später hatte er einen Zettel mit Fragen und Stichworten vollgekritzelt und war sich sicher, dass er in dieser Nacht keinen Schlaf mehr finden würde. Sein Gehirn lief auf Hochtouren, und er konnte nichts dagegen tun. Er ging in die Küche, kochte sich einen Becher Tee und setzte sich in seinen Lieblingsstuhl, um auf den Garten hinauszusehen und auf die Dämmerung zu warten.

Laura würde sich freuen, von ihm zu hören, ganz egal, wie zeitig er sie anrief. Vor allem, weil er glaubte, endlich auf etwas gestoßen zu sein. Auf diese eine Sache, die ihr schon so lange entgangen war.

Maries Telefon läutete um drei Uhr morgens, und zum ersten Mal beschloss sie, nicht abzuheben. Doch dann siegte ihr Pflichtbewusstsein. »Marie Evans.«

»Hi. Ich weiß, ich habe versprochen, dir das nie wieder anzutun, aber ...«

»Carter? Weißt du, wie spät es ist?«

»Mhm. Aber dieses Mal muss ich wirklich dringend mit dir reden.«

Irgendetwas war mit seiner Stimme. Marie setzte sich auf und schob die Decke ein wenig zurück. »Was ist los?«

Er atmete tief durch. »Ich muss dir etwas erzählen, und anschließend werde ich dich um einen Gefallen bitten.«

»Na ja, wenigstens kann ich mir sicher sein, dass du mich nicht um Geld anbettelst, also schieß los.« Sie versuchte vergeblich, fröhlich zu klingen.

»Ich bin nicht stolz darauf, aber ich muss es jemandem erzählen, und an wen sollte ich mich sonst wenden?«

»Nun sag schon – auch wenn ich mir nicht sicher bin, ob ich es wirklich hören will.«

Carter schwieg. »Ich habe etwas Schreckliches getan.«

Ihre Nerven waren zum Zerreißen gespannt.

»Ich werde es dir jetzt erzählen und versuchen, dir den Grund dafür zu erklären, und anschließend kommt der Gefallen. Ich kann dir versprechen, dass ich dich um nichts Illegales bitten werde. Ich will die Wahrheit sagen, und die musst du dann weiterleiten.«

»Du machst mir Angst.«

»Ich mache mir manchmal selbst Angst.« Er lachte trocken. »Aber jetzt im Ernst: Sobald ich wieder voll im Einsatz war, wollte ich unbedingt dem Holland-Fall zugeteilt werden. Doch dann begannen die Probleme mit Leah, und ich war eine Zeit lang mit anderen Dingen beschäftigt.« Er holte tief Luft. »*Ich* habe Danny Hurley dafür bezahlt, damit er ihr die Blumen, die Schokolade, die Karten und den anderen Mist vor die Tür legt.«

»Wie bitte?«, keuchte Marie.

»Ich wollte für einen Aufruhr sorgen, damit das Team in Arbeit versinkt und ich mit dem Holland-Fall betraut werde. Aber es ist total in die Hose gegangen. Ich hätte mir in hundert Millionen Jahren nicht träumen lassen, dass Ruth Crooke ausgerechnet *mich* um Hilfe bittet!«

»Das verstehe ich nicht, Carter. Sie ist wegen dir durch die Hölle gegangen.«

»Aber genau so war es den Großteil meines Berufslebens für mich! Sie hat mich an der kurzen Leine gehalten und dafür gesorgt, dass ich nicht befördert wurde. Nach dem Unfall hätte sie mich beinahe in Rente geschickt. Ich wollte es ihr heimzahlen und sie leiden sehen. Aber ich hätte nie gedacht, dass Leah tatsächlich in Gefahr gerät. Ich schwöre, ich hatte keine Ahnung, dass Danny von ihr besessen ist.«

»Deshalb warst du dir so verdammt sicher, dass die ganze Sache harmlos ist! Und ...« Nun war ihr alles klar. »Und deshalb hast du ihn so schnell erwischt!«

»Es war eine sehr brenzlige Situation, Marie. Ich hätte mir beinahe in die Hose gemacht, als ich herausfand, was er vorhatte.«

»Dann war es also kein Racheakt der Cannon-Familie.«

»Nein, sondern meiner.«

»Was ist mit deinem alten Direktor? Diesem Sidney?«

»Ich habe ihn dafür bezahlt, dass er lügt.«

Marie sah vor sich, wie Carter sich zu dem alten Mann hinunterbeugte und ihm etwas ins Ohr flüsterte, während er ihm ein paar Geldscheine zusteckte. Es waren zu viele gewesen – zu viel Geld für ein paar Informationen von einem Obdachlosen.

Marie explodierte. »Du verlogenes Arschloch! Weißt du, ich verstehe dich zum Teil sogar, aber trotzdem hast du mich tagelang angelogen und mich zu deiner Marionette gemacht. Das tut verdammt weh, Carter!«

»Es tut mir leid. Wirklich.«

»Na, super! Und jetzt ist alles wieder gut?« So wütend war Marie noch nie gewesen.

»Ich wollte es dir erzählen, aber dann ist alles aus dem Ruder gelaufen. Ich stand unter Schock und hatte schreckliche Angst.«

»Das Mädchen hätte sterben können, und das alles nur wegen deiner dämlichen Spielchen«, knurrte sie.

»Glaubst du, das weiß ich nicht? Ich habe kaum an etwas anderes gedacht.«

»Wie konntest du nur so bescheuert sein?« Die Wut ließ bereits etwas nach. »Und mich derart belügen?«

»Das traf mich am meisten. Es ist unverzeihlich.«

»Ja, das ist es.« Sie stieß die Luft aus. »Und jetzt hast du tatsächlich die Frechheit, mich um einen Gefallen zu bitten? Das kannst du dir abschminken. Ich bin fertig mit dir, Carter. Ich dachte, ich kenne dich. Aber ich habe keine Ahnung, was in deinem Kopf vor sich geht.«

»Glaub mir, das habe ich auch nicht. Manchmal weiß ich nicht mehr, was Realität und was Einbildung ist. Ich sehe Dinge, ich höre Dinge, ich rieche sie – aber ich weiß, dass sie nicht da sind. Ich bin ein Wrack, Marie, und ich kann verstehen, dass du mich hasst.« Seine Stimme war leise. »Aber ich bitte dich trotzdem um diesen einen Gefallen.«

Marie war zu Tode erschöpft. Sie konnte sich nicht mehr

gegen ihn auflehnen. »Ich hasse dich nicht. Das könnte ich gar nicht. Was willst du von mir?«

»Ich will, dass du Jackman und Ruth Crooke alles erzählst. Ich weiß, ich bin erledigt, deshalb bitte ich dich, mir vorher noch ein paar Stunden zuzugestehen. Am Nachmittag werde ich mich ganz ruhig und mit erhobenen Händen selbst stellen.«

Maries Kopf pochte. »Aber warum?«

»Wegen der *Eva May*. Ich will meinen Freunden zu Ehren noch die Jungfernfahrt machen. Aber ich muss auf die Flut warten, und das heißt, dass ich erst um etwa elf loslegen kann. Es dauert sicher nicht lange, maximal zwei Stunden. Ich muss das einfach tun, und ich schwöre dir, dass ich mich danach den Konsequenzen stellen werde.«

Marie dachte an die wundervolle Zeit am Kai. Sie würde ihm diese letzte Auszeit gönnen, denn danach würde seine Karriere vorbei sein und Tom Holland ihn vermutlich für den Rest seines Lebens heimsuchen. »Ich gebe dir bis vierzehn Uhr Zeit. Und lüg mich ja nie wieder an.«

»Danke, Marie. Für alles.«

»Ich bin eine Idiotin«, murmelte sie, doch da hatte Carter bereits aufgelegt.

KAPITEL 29

Es war vier Uhr morgens, als Carter am Kai ankam und den Land Rover in der Nähe der *Eva May* parkte, die stolz im Wasser hin und her schaukelte.

Die Stille war überwältigend.

Er saß regungslos da und sah zu, wie die Wolken über den Fluss zogen.

Die Stimmen in seinem Kopf schwiegen zur Abwechslung.

Er stieg aus dem Wagen und stand einen Moment einfach nur da, hörte dem Vogelgezwitscher zu und lauschte dem Schwappen der Wellen gegen den Bug der *Eva May*.

Als er sich umdrehte, kamen Silas und Klink auf ihn zu. Der alte Mann hatte ein flaches Paket unterm Arm.

»Heute ist es also so weit, Junge?«

Carter nickte.

»Ich komme mit.«

Carter atmete tief ein und wieder aus. »Nein, Silas. Dieses Mal nicht. Aber ich möchte dich um einen Gefallen bitten, und ich schwöre, dass es das letzte Mal ist.« Er fuhr sich mit der Hand durch die vom Wind zerzausten Haare. »Es ist allerdings nicht ganz legal.«

Der alte Mann schnaubte. »Seit wann kümmert mich das?«

Carter lächelte. »Ich weiß, du alter Gauner, trotzdem wollte ich dich eigentlich nicht mit hineinziehen.«

»Dann frag erst gar nicht. Du weißt ja, dass ich dir helfen werde, egal, wobei.«

»Erinnerst du dich an die alte Causley-Eau-Pumpstation?«

»Aye, am Entwässerungskanal von Saltern. Sie wird seit Jahren nicht mehr genutzt und verfällt langsam.« Silas überlegte. »Es soll gefährlich sein, weshalb niemand mehr hingeht.«

»Genau.«

»Dann machen wir uns besser auf den Weg, oder? Du willst sicher rechtzeitig zur Flut wieder da sein.«

Carter öffnete die hintere Autotür und rief Klink zu sich. »Rein da, Kumpel.«

»Der Kofferraum tut's doch auch für den dreckigen Köter.«

Carter schüttelte den Kopf. »Heute nicht. Ich brauche den Platz.«

Silas zuckte mit den Schultern und legte das flache, notdürftig verpackte Paket auf den Rücksitz.

Die Fahrt dauerte nur wenige Minuten, dann bogen sie auf eine Zufahrtsstraße und holperten etwa fünfhundert Meter den Entwässerungskanal entlang.

Die alte Pumpstation stand seit Jahren leer. Die Dampfmaschine, die das Wasser aus den Marschfeldern gepumpt hatte, stand in einem Museum, und eine neue Station hatte die Drainage und das Pumpen übernommen.

Carter fuhr im Rückwärtsgang bis zu dem Gebäude und stieg aus, dann holte er einen Schlüssel heraus und öffnete das Vorhängeschloss an der Tür.

Klink wollte nicht aussteigen und folgte auch nicht auf Silas' Befehl, und Carter entschied, dass es ohnehin besser war, wenn er im Wagen blieb.

Mit Silas im Schlepptau ging Carter langsam, aber bestimmt zum hinteren Teil des Gebäudes, wo er einen weiteren Schlüssel hervorholte und einen kleinen Lagerraum öffnete.

Falls Silas der Gestank schockierte, ließ er sich nichts anmerken, und Carter erwähnte ihn mit keinem Wort.

Das Bündel lag sorgfältig versteckt hinter ein paar alten, morschen Regalen. Es war in mehrere Lagen dickes, schwarzes Plastik gewickelt, das von einem verstärkten Klebeband fixiert wurde.

Sie zogen und schleppten das unhandliche Paket zurück zum Land Rover, wo sie es in den Kofferraum hievten.

Klink knurrte leise. Silas redete murmelnd auf ihn ein, aber seine Nackenhaare blieben aufgestellt.

Sie schwiegen den ganzen Weg zurück zum Kai, doch es war keine unangenehme Stille. Carter fühlte sich wieder wie ein Junge. Er war dort, wo er sein sollte: neben Silas Breeze, dem einzigen Menschen, dem er wirklich vertraute.

Kurze Zeit später hatten sie Suzannes Leiche auf die *Eva May* verfrachtet. Carter versuchte, nicht daran zu denken, wie sie nach achtzehn Monaten aussah. In seiner Zeit als Polizist hatte er so viele verwesende Tote gesehen, dass er es sich bildhaft vorstellen konnte. Trotzdem hatte er kein Mitleid mit ihr. Sie war eine grausame, herzlose Schlampe gewesen. Jedes Mal, wenn etwas nicht nach ihren Vorstellungen verlaufen war, hatte sie es an Tom ausgelassen. Sie hatte ihn geschlagen und misshandelt, und der sanfte Riese hatte kein einziges Mal die Hand erhoben oder etwas gesagt.

»Die Flut ist da, mein Junge.« Silas kletterte langsam zu Carter auf das Boot hinunter.

»Nein, Silas. Ich muss das allein tun. Für meinen vierten Freund. Für Tom.«

»Holst du Klink noch?«

Carter runzelte die Stirn.

»Bitte, bring mir meinen Hund!«

»O Silas. Nein ...«

»Er hat gestern Abend ein Kind gebissen, Junge. Sie werden ihn holen – und dann wollen wir nicht mehr hier sein.«

Carter spürte einen Kloß im Hals, als er nach dem alten Hund griff und ihn vorsichtig an Deck der *Eva May* hob.

Silas nickte. »Alles bereit?«

»Aye, aye, Käpt'n!« Carter salutierte.

»Ich meinte nicht das Boot.«

»Ich auch nicht.«

Carter musterte seine beiden unerwarteten Crewmitglieder, dann startete er den Motor.

»Sie schnurrt wie ein Kätzchen«, sagte Silas bewundernd. »Davon verstand der Junge etwas, nicht wahr?«

Carter steuerte die *Eva May* auf den Fluss hinaus, und der Wind fuhr in seine Haare. Es fühlte sich so herrlich an! Er atmete die salzige Luft ein und stieß einen Jubelschrei aus. »Wir haben es geschafft, Si! Die *Eva May* ist wieder dort, wo sie hingehört!«

»Aber sie sollte es mit Pauken und Trompeten tun! Mit einer ganzen Eskorte, bis hinaus ins Meer.« Silas' Augen funkelten.

»Dann hiss die Fahne, alter Freund, und wir trinken auf die *Eva May* und die Männer, die sie wieder auf Vordermann gebracht haben.« Er zog eine Flasche unter dem Sitz hervor und reichte sie weiter. »Ist der in Ordnung?«

»Ein Single Highland Malt! Fünfundzwanzig Jahre alt – und auch noch aus der Speyside! Das hat dir doch sicher ein ordentliches Loch in die Taschen gerissen, nicht wahr, Junge? Was hat der gekostet – einen Hunderter? Oder mehr?«

»Heute ist ein besonderer Tag, und wo wir schon dabei sind: Die Flagge gehört ans Heck.« Er grinste, und Silas begann mit einem freudigen Vortrag über die Flaggenetikette an Bord und die Flaggleinen. Carter wurde wieder einmal klar, wie sehr er den alten Mann mochte, und er war trotz allem froh, dass sein ältester Freund und dessen verrückter Hund bei ihm waren.

Sie gossen den Whisky in Plastikbecher und sprachen einen Toast nach dem anderen aus. Nur auf Suzanne Holland tranken sie nicht.

»Ich überlege schon seit einiger Zeit, ob ich ein Testament machen soll.« Silas wurde plötzlich ernst.

Carter starrte ihn an. Dann dachte er an das baufällige Cottage und alles, was dazugehörte, und begann zu lachen.

»Ja, ja. Aber da ist immerhin das Bild von dem Wilddieb.«

Carter verstummte und überlegte, worauf der alte Mann hinauswollte.

»In Ordnung«, meinte er schließlich. Er holte sein Handy wieheraus, schickte eine kurze Nachricht und machte es wieder aus. »Erledigt.« Er musterte seinen alten Freund eingehend. »Warum bist du hier, Si?«

»Ich war letzte Woche beim Arzt. Nicht, dass ich viel Vertrauen in diese Quacksalber und ihre neumodischen Maschinen habe, aber an den Ergebnissen der Tests war trotzdem nicht zu rütteln.« Er zuckte mit den Schultern und nippte an seinem Drink. »Eine Fahrt auf der *Eva May* erfüllt alle meine letzten Wünsche.« Er sah sich zufrieden um. »Außerdem haben wir uns einen herrlichen Tag ausgesucht.«

Die einzigen Geräusche waren das Brummen des Motors und das gelegentliche Rufen eines Wasservogels. Um sie herum waren nur das Wasser, die Marsch und der endlose Himmel. Carter atmete erneut tief durch. Hier gab es keine engen Räume, es roch nicht nach Feuer, und er hörte keine Stimmen, außer Silas' und seiner eigenen.

»Er hat sie umgebracht, nicht wahr? Dein Freund Tom?« Silas warf Carter einen eindringlichen Blick zu, dann wurden seine Augen schmal. »Oder etwa nicht?«

Carter nippte an seinem Whisky. Er sah alles ganz klar vor sich. Seine nächtlichen Unterhaltungen mit den Jungs waren nichts anderes als Erinnerungen gewesen. Alte Gespräche, alte Geheimnisse. Seine »toten« Freunde hatten ihm nichts gesagt, was er nicht bereits gewusst hatte. Dazu gehörte auch, was mit Suzanne passiert war.

»Er hatte endlich den Mut gefunden, sie zu verlassen. Doch nach ein paar Tagen rief sie ihn an und sagte, dass sie ihn wiederhaben wollte. Dass sie ihn lieben würde. Er wollte zu ihr, doch Ray hielt ihn zurück, und dann kam alles heraus. Er brach zusammen und erzählte Ray die ganze Geschichte. Von dem, was sie ihm angetan hatte. Von dem Martyrium, das er erleiden musste. Er war völlig verzweifelt. Ray rief mich an, doch ich war im Dienst und nicht erreichbar. Also verständigte er Jack und Matt, und sie beschlossen, zu Suzanne zu fahren und sie zur Rede zu stellen.« Carter seufzte. »Sie hatte einen Mann bei sich. Es war alles geplant. Sie wollte, dass Tom sie mit dem Typen erwischt, und dann hätte sie ihm gesagt, was für ein Verlierer er doch sei und dass sie losziehen und sich einen richtigen

Mann hätte suchen müssen. Der Kerl machte sich aus dem Staub, als er die Jungs sah, also versuchte sie es bei Jack. Er stieß sie angewidert von sich, und sie stolperte und schlug mit dem Kopf auf dem Kaminsims auf.« Carter deutete auf die Becher, und der alte Mann schenkte eilig nach.

»Als sie merkten, dass sie tot war, gerieten die drei in Panik und machten einen Fehler nach dem anderen.«

»Und diese Dummköpfe ließen es aussehen wie einen Mord?«, fragte Silas.

»Sie riefen keinen Krankenwagen, wählten nicht einmal den Notruf. Dafür versuchten sie, den Tatort zu manipulieren.«

Silas schüttelte den Kopf. »Dabei hätten sie doch nur ...«

»Ich weiß, ich weiß. Ray kam irgendwann zur Vernunft, und als meine Schicht zu Ende war, rief er mich an und erzählte mir unvorstellbare Dinge über Toms wunderschöne Frau. Sie hat überall behauptet, dass Tom sie schlug, betrog und sogar bestahl.« Er biss die Zähne zusammen. »Dabei war es genau umgekehrt.«

»Konnte Tom denn nicht das Gegenteil beweisen?«

»Nein, sie war viel zu gerissen für meinen liebenswürdigen Freund und hatte ihn einer regelrechten Gehirnwäsche unterzogen.« Carter nahm einen großen Schluck Whisky. »Ich sagte Ray, dass die anderen ungesehen verschwinden sollten. Dann bin ich hin und habe ihm geholfen, den Tatort neu zu inszenieren. Ich nutzte mein Wissen als Polizist, und wir ließen es so aussehen, als wäre sie überfallen und entführt worden.«

Silas sah ihn an. »Gab es denn kein Blut?«

»Doch, jede Menge, aber dagegen kann man nichts machen. Egal, wie sehr man sich bemüht, es bleiben immer

Spuren zurück, die das Luminol sichtbar macht. Da war es besser, es als Überfall zu tarnen.«

Er deutete mit dem Becher in Richtung der in schwarzes Plastik gehüllten Leiche, die sie mittlerweile mit einer schweren Kette umwickelt hatten. »Als wir fertig waren, brachte ich sie in die alte Pumpstation. Glücklicherweise wusste niemand, dass sie in dieser Nacht Besucher gehabt hatte. Die nächsten Nachbarn waren ein Stück entfernt, und es gab auch keine Videoüberwachung. Trotzdem trug ich eine Pferdeschwanzperücke und eine falsche Brille. Wir hatten uns die Dinger mal gekauft, um Suzannes perversen Bruder zu verarschen. Jeder mögliche Zeuge hätte mich mit ihm verwechselt. Ich habe erst diese Woche erfahren, dass Ray und ich tatsächlich von einem Mann mit Hund beobachtet worden waren.«

Er starrte in seinen Becher. »Am nächsten Tag trommelte ich die Jungs zusammen, und wir arbeiteten wasserdichte Alibis aus. Wir beschlossen sogar, den Junggesellenabschied in Amsterdam durchzuziehen, um uns nicht verdächtig zu machen. Tom hat nie erfahren, was passiert ist. Das Blut wurde erst Tage später entdeckt, und da waren die vier bereits tot.«

Silas grunzte, nahm noch einen Schluck Whisky und kraulte seinen Hund hinter den Ohren. »Tom wurde wahrscheinlich nie verdächtigt, oder? Obwohl sie solche Lügen über ihn verbreitet hat.«

»Es stellte sich heraus, dass ihr nur noch sehr wenige Menschen glaubten. Die meisten hielten sich lieber von ihr fern, und genau deshalb wurde Tom Holland tatsächlich nicht verdächtigt. Bis jetzt. Die Situation hat sich in eine komplett falsche Richtung entwickelt, Si, und deshalb muss ich die Sache abschließen. Ein für alle Mal.«

»Das Leben war mir schon immer ein Rätsel, Junge.«

»Mir auch.«

»Trotzdem ist es ein herrlicher Morgen, um mit guten Freunden zur See zu fahren.« Silas beugte sich nach unten und drückte seinen Hund an sich.

»Ganz genau.«

»Sag das noch einmal, Sam. Jetzt, wo ich richtig wach bin.« Laura setzte sich auf und fuhr sich mit der Hand durch die zerzausten Haare.

Sam begann von vorne – dieses Mal um einiges langsamer. »Wir haben Carter McLeans Problem von der falschen Seite aus betrachtet. Wir sind davon ausgegangen, dass er seine Freunde sieht und es dabei nach verbranntem Fleisch riecht. Aber das stimmt nicht.«

»Aber er schwört Stein und Bein darauf.«

»Dann irrt er sich. Er riecht *zuerst* das verbrannte Fleisch, und erst dann erscheinen seine Freunde.«

Laura kratzte sich am Kopf. »Was ist der Unterschied?«

»Phantosmie.«

Laura runzelte die Stirn und grub in den Tiefen ihrer Erinnerung nach ihrem medizinischen Fachwissen. »Olfaktorische Halluzinationen?«

»Genau. Phantomgerüche. Man riecht etwas, das eigentlich nicht da ist. Hast du Carters Krankenakte griffbereit?«

»Ja, unten im Büro. Am Computer.«

»Dann überprüf bitte etwas für mich. Es ist wichtig.«

Laura schlüpfte in ihren Morgenmantel, nahm den Büroschlüssel und lief die Treppe nach unten. Sie hatte Sam noch nie so drängend erlebt.

»Okay, ich öffne gerade das Dokument. Was willst du wissen?«

»Welche Verletzungen hat er bei dem Absturz erlitten?«

Laura scrollte zum ersten Bericht zurück. »Er hat sich den Oberarm gebrochen, direkt am Collum chirurgicum, außerdem hatte er drei gebrochene Rippen und einen Haarriss im Brustbein. Diese Verletzungen wurden dem Absturz selbst zugeschrieben. Dazu kamen noch kleinere, oberflächliche Verbrennungen, vorübergehende Taubheit und eine Gehirnerschütterung, hervorgerufen durch die Explosion des Flugzeuges.«

Sam stöhnte. »Genau das wollte ich hören, Laura! Eine Gehirnerschütterung. Denn du weißt sicher, was olfaktorische Halluzinationen auslöst?«

»Ein Tumor, Epilepsie oder ... eine Verletzung des Gehirns!« Sie stieß ein langes Seufzen aus. »Es war kein posttraumatisches Stresssymptom und auch keine Panikattacken. Er hat eine Gehirnverletzung.«

»Vielleicht ist es aber auch ein Tumor, der sich erst jetzt zu erkennen gibt. Es ist jedenfalls keine psychische Störung, sondern ein sehr reales, physisches Leiden.«

Laura war entsetzt. »Ich habe ihn vollkommen falsch behandelt, und es wäre mir nicht einmal in den Sinn gekommen! Was habe ich getan?«

»Keine Sorge, Laura. Falls ich recht habe – und das ist noch nicht bewiesen –, dann hat seine psychische Verfassung seine Krankheit überdeckt. Wichtig ist jetzt vor allem, dass er die Wahrheit erfährt.«

Laura beendete das Gespräch und suchte Carters Nummer heraus, erreichte jedoch nur den Anrufbeantworter. »Carter, hier ist Laura. Ich muss mit Ihnen sprechen. Es ist wichtig. Rufen Sie mich an, sobald Sie das hören.«

Sie versuchte es auf seinem Handy, doch das war aus. Sie war noch nie so frustriert gewesen.

Moment! Marie! Vielleicht war er bei ihr, oder sie wusste zumindest, wo er steckte.

Marie meldete sich nach dem zweiten Klingeln, und Laura erzählte ihr eilig, was Sam herausgefunden hatte.

Nach längerem Schweigen antwortete Marie schließlich. »Er will am späten Vormittag mit der *Eva May* zu ihrer Jungfernfahrt aufbrechen. Vielleicht erwischen wir ihn noch. Soll ich vorbeikommen und Sie mitnehmen?«

»Ja bitte, Marie. Und beeilen Sie sich. Er muss davon erfahren. Das ändert alles.« Sie brach abrupt ab. »Wann sagten Sie, dass er starten will?«

»Um elf, glaube ich.«

»Nein, das kann nicht stimmen. Es muss Flut herrschen, um über die Sandbänke ins Mündungsgebiet und aufs Meer zu gelangen, und die ist jetzt gerade.«

»Bin schon unterwegs.«

Marie fuhr mit Blaulicht zum Kai, und Laura trommelte die ganze Fahrt über mit den Fingern auf ihre Oberschenkel.

Sie sprangen aus dem Auto und liefen zu Carters Land Rover, der neben dem leeren Anlegeplatz der *Eva May* parkte. Der Motor war kalt.

Maries Herz wurde schwer. Sie wandte sich zu Laura. »Das Boot ist fort! Er ist bereits losgefahren. Wahrscheinlich hat er mich absichtlich angelogen. Wegen der Flut, meine ich. Er wollte mich nicht dabeihaben. Er hat mir heute Nacht einiges erzählt, und es reicht, dass er seinen Job verliert. Dabei ist der Job sein Leben!«

Laura biss sich auf die Lippe. »Dann hat er nichts mehr zu verlieren. Wir müssen ihn aufhalten.«

Maries Blick wanderte den Fluss entlang bis zum Mündungsdreieck, doch das Wasser breitete sich wie ein glänzendes Stahlband vor ihr aus, und nirgendwo war ein Boot zu sehen. Sie atmete tief durch und rannte zum Auto. »Wenn wir die Hauptstraße zurückfahren und dann in Richtung Arun Point abbiegen, sehen wir den Bereich, in dem der Fluss in das Mündungsgebiet eintritt. Vielleicht können wir ihm zuvorkommen.«

Die beiden Frauen schwiegen, während Marie das Auto konzentriert und so schnell wie möglich durch die engen, kurvenreichen Straßen manövrierte.

Am Aussichtspunkt angekommen, hielt sie mit quietschenden Reifen und schnappte sich ihr Fernglas vom Rücksitz. Dann eilten Laura und sie vom Parkplatz die steile Böschung hinauf, von wo aus sie auf das graue Wasser des Mündungsgebietes blicken konnten.

»Dort!« Laura deutete in die entsprechende Richtung.

Marie richtete das Fernglas auf ein kleines Boot. Ja! Es war Carter! Sie griff nach ihrem Handy und rief ihn ein weiteres Mal an, landete jedoch sofort auf der Mobilbox.

Laura winkte panisch. »Sollen wir die Küstenwache verständigen?«

»Und was sagen wir ihnen?«, stöhnte Marie.

»Keine Ahnung, aber es ist doch sicher ...«

Marie blickte erneut durch ihr Fernglas und sah, dass Carter nicht allein auf der *Eva May* war. Es war jemand bei ihm.

»Der verrückte Silas?«, flüsterte sie. »Und sein Hund?«

Hoffnung stieg in ihr auf.

Carter hatte Silas zur Jungfernfahrt des alten Rettungsbootes mitnehmen und Marie nicht verärgern wollen! Deshalb war er einfach früher losgefahren.

Mehr steckte nicht dahinter. Sie hatten die Flut genutzt

und feierten miteinander. Sie erzählte Laura, was sie gesehen hatte, und stieß die Luft aus.

»Natürlich wollte er außer Silas niemanden dabeihaben! Das hier ist ein ganz besonderes Erlebnis. Ein Tribut an seine Freunde. Silas hat sich nach dem Tod von Carters Mutter um den Jungen gekümmert, deshalb hat er ihn mitgenommen.« Ihr Lächeln wurde breiter. »Er lässt sie ziehen. Endlich lässt er seine toten Freunde ziehen!«

Laura stand bloß schweigend da und blickte auf das alte Holzboot hinaus, das sich tapfer der gewaltigen Nordsee entgegenstellte.

Marie beobachtete die *Eva May* weiterhin durch ihr starkes Fernglas. Doch dann war die Euphorie mit einem Mal dahin. Sie kniff die Augen zusammen und stellte das Glas schärfer, um deutlicher sehen zu können. Es schien, als hätten die beiden Männer etwas Schweres über Bord geworfen. Sie blinzelte mehrere Male, aber sie war sich nicht sicher, was sie da gesehen hatte.

Sie richtete ihr Glas auf Carter. Er starrte ihr direkt in die Augen.

»Er winkt! Er hat uns gesehen!«

Sie gab Laura das Fernglas, die es ihr schon einen Augenblick später wieder in die Hand drückte.

»Schauen Sie noch mal hin.« Ihre Stimme klang seltsam.

Marie gehorchte.

Carter stand an Deck und hatte einen Arm in die Höhe gestreckt, als wollte er nach den beiden Frauen am weit entfernten Ufer greifen.

»Er winkt nicht, Marie. Er verabschiedet sich.«

Marie wurde kalt. *Nein, bitte nicht!*

Laura griff nach ihrer Hand. »Mein Gott. Die *Eva May*. Sie sinkt.«

Marie schluckte. Sie konnte den Blick nicht von dem alten Rettungsboot abwenden. Es bewegte sich immer noch beständig vorwärts, doch etwas stimmte ganz und gar nicht.

Laura hatte recht.

Marie hob das Fernglas ein letztes Mal. Sie konnte kaum hinsehen. Das Wasser würde bald ins Boot schwappen, doch keiner der beiden Männer machte Anstalten, sich in Sicherheit zu bringen. Sie saßen dicht nebeneinander, der Hund zu ihren Füßen, und die Morgensonne fiel auf einen Gegenstand in Carters Hand, der kurz aufblitzte. Eine Flasche vielleicht?

Marie senkte das Fernglas. Sie hätte schwören können, dass die beiden lachten.

EPILOG

Marie setzte sich und seufzte. »Gary hat einen netten kleinen Bungalow ganz in der Nähe gefunden. Er wird umziehen, Jackman. Ich werde ihn vermissen.«

»Vor allem sein Essen«, meinte Jackman grinsend.

»Keine Sorge, wir haben bereits vereinbart, dass wir uns einmal in der Woche treffen und er alles kocht, was ich mir wünsche.«

»Sie sind ganz schön verwöhnt.«

»In mehr als einer Hinsicht. Haben Sie schon gehört, dass Robbie noch mal nach Spanien fliegt, um sich mit Harvey Cash zu treffen?«

»Wirklich?«

»Er hat einige Male mit ihm telefoniert und findet, dass es Harvey besser geht, seit er offen zugegeben hat, was Suzanne ihm angetan hat. Robbie bezeichnet es als reinigende Erfahrung. Seiner Meinung nach hat Harvey eine ordentliche Erklärung verdient und braucht vielleicht Hilfe, um seine Alkoholsucht zu überwinden. Also plant er einen Kurzurlaub in Sanxenxo.« Ihr Lächeln wurde breiter. »Und er hat mich gebeten, ihn zu begleiten.«

»Das ist die beste Nachricht seit Langem. Schön für Sie.«

»Kommen Sie ohne uns klar?«

»Ich werde mich bemühen.«

Sie sah sich im Büro um. Irgendetwas war anders. Als sie genauer hinsah, entdeckte sie, dass das Foto von Jackmans ehemaligem Pferd Glory mittlerweile hinter dem Schreibtisch hing. An seinen Platz war ein altes, ziemlich verblasstes Aquarell getreten.

Marie trat fasziniert davor. Es zeigte einen alten Mann und seinen Hund. Der Alte zog gerade einen Lachs aus einem Fluss. »Er sieht aus wie Silas Breeze.« Sie sah Jackman mit schief gelegtem Kopf an.

»Es heißt ›Der Wilddieb‹. Es ist also kein Wunder, dass der Mann Sie an Silas erinnert.«

Die Taucher hatten drei Leichen gefunden. Carter McLean, Silas Breeze und Klink. Die *Eva May* war auseinandergebrochen, aber nachdem sie keine anderen Schiffe gefährdete, würde sie am Meeresgrund ihre letzte Ruhe finden.

»Woher stammt das Bild?«

Jackman holte sein Handy heraus und scrollte durch die eingegangenen Nachrichten. Dann gab er es an Marie weiter.

»Bitte nehmen Sie das Paket vom Rücksitz des Land Rovers und passen Sie für uns darauf auf.«

»Carter?«

»Ja, wir werden wohl nie erfahren, warum es so wichtig für ihn war. Aber es war gewissermaßen sein letzter Wunsch, also ...«

»Haben Sie den Bericht der Seeunfalluntersuchungsbehörde bereits bekommen?«

Jackman wollte offensichtlich nicht darüber reden.

»Machen Sie sich keine Gedanken«, sagte Marie. »Es

hilft mir, die ganze Sache in die richtige Perspektive zu rücken, und dann kann ich endlich damit abschließen.«

»An mehreren Stellen im Rumpf wurde erst vor Kurzem ›herumgedoktert‹.« Jackman wirkte ehrlich betrübt. »Er hat das Boot manipuliert, sodass er lediglich ein paar Pfropfen entfernen musste. Er hat es mit voller Absicht versenkt.«

Marie nickte. »Ich dachte, ich hätte es mir eingebildet, aber offenbar war es tatsächlich so. Sie haben miteinander getrunken, während das Wasser immer höher stieg.«

»Die Flasche trieb noch im Wrack.« Jackman deutete auf eine Akte auf seinem Tisch. »Sind Sie sicher, dass Sie schon dafür bereit sind, Marie? Das hat doch noch Zeit.«

»Schon, aber ich möchte es trotzdem hinter mich bringen.«

»Die Obduktion hat ergeben, dass Professor Sam Page recht hatte. Carter hatte tatsächlich eine Verletzung am Temporallappen. Vielleicht hatte er sie schon lange vor dem Absturz, vielleicht war sie aber auch eine Folge der Gehirnerschütterung. Es wäre jedenfalls ziemlich sicher inoperabel gewesen. Trotzdem. Wenn er es gewusst oder einer von uns etwas geahnt hätte ...«

»Wir können die Uhr nicht zurückdrehen, Sir. Carter hatte eine Entscheidung getroffen, und ich glaube nicht, dass die Gehirnverletzung sie beeinflusst hat.«

»Vermutlich nicht.« Jackman sah auf. »Die Staatsanwaltschaft hat den Brief zurückgewiesen, den er hinterlassen hat. Er hat darin zugegeben, Suzanne Holland ermordet zu haben, weil sie Menschen emotional und körperlich misshandelt hat. Aber er war zum Zeitpunkt ihres Todes im Dienst, und die offiziellen Aufzeichnungen belegen das. Der stellvertretende Chief Constable vermutet, dass es ein letzter Versuch war, einen seiner Freunde zu schützen, vermutlich Tom Holland.«

Marie dachte nach. Carter hatte so viele Lügen erzählt, dass sie nicht mehr wusste, wie die Wahrheit aussah.

»Angesichts der Ereignisse wurden die Ermittlungen eingestellt. Die beiden streitenden Männer vor dem Haus sind ein Indiz dafür, dass Suzanne überfallen und die Leiche beseitigt wurde, und Rorys Simulation anhand des Blutes am Tatort weist ebenfalls darauf hin. Es ist sehr wahrscheinlich, dass ihre Leiche von einem oder mehreren Unbekannten fortgeschafft wurde. Aber nachdem alle Verdächtigen tot sind, kam die Superintendentin zu dem Schluss, dass wir nicht genug Ressourcen haben, um den Fall noch weiter zu verfolgen.«

Marie nickte. »Ich glaube, sie hat recht, Sie nicht auch? Man sollte die Sache ruhen lassen.« Sie schwieg einen Moment, dann fragte sie: »Wie geht es ihr eigentlich? Wie hat sie es aufgenommen, dass Carter Leahs Stalker engagiert hat?«

Jackman verzog das Gesicht. »Verhalten. Sie meinte, es wäre niemandem geholfen, wenn wir die Sache an die große Glocke hängen. Vor allem, weil Carter mittlerweile tot ist. Sie will seinem Ruf nicht noch weiter schaden, und sie hat mich gebeten, es nie wieder zu erwähnen. Fall abgeschlossen.«

Sie schwiegen eine Weile, und Marie dachte daran, was sie kurz vor dem Untergang des Rettungsbootes gesehen hatte. Hatten Silas und Carter tatsächlich etwas über die Reling ins Wasser gleiten lassen, oder hatten sie nur eine letzte Änderung an der *Eva May* vorgenommen? Hatten sie womöglich die Pfropfen entfernt, damit das Boot sank? Ihr Blick wanderte zum Schreibtisch. »Darf ich Sie etwas fragen, Jackman?«

Er sah sie an. »Natürlich.«

»Haben Sie jemals beschlossen ... schlafende Hunde nicht zu wecken?«

Er überlegte, und Marie vermutete, dass er sich an eine bestimmte Begebenheit erinnerte.

»Ja.« Er hob eine Augenbraue. »Wollen Sie mir noch etwas sagen?«

Marie lächelte. »Nein, nichts. Rein gar nichts.«

ENDE

HANDELNDE PERSONEN

DI Rowan Jackman

Jackman ist ein Gentleman. Er ist groß, schlank, gebildet und hat einen Abschluss in Anthropologie und Soziologie an der Universität von Cambridge. Abgesehen von seiner Arbeit bei der Polizei, gilt seine Leidenschaft dem Reiten. Er ist ein fairer Vorgesetzter und hat die Gabe, die Stärken eines jeden Einzelnen zu sehen und dadurch das Beste aus seinem Team herauszuholen.

DS Marie Evans

Marie ist so etwas wie eine Amazone. Sie ist sechsundvierzig Jahre alt, groß gewachsen und hat lange, kastanienbraune Haare. Sie erinnert Jackman an eine präraffaelitische Schönheit in Ledermontur, da sie eine sehr erfahrene Motorradfahrerin ist. Marie ist Witwe. Ihr Mann wurde bei einem Motorradrennen getötet. Bei der Arbeit vertraut sie vor allem auf ihren Instinkt. Sie wird vom ganzen Team gemocht. Trotz ihrer unterschiedlichen Hintergründe verstehen Jackman und Marie sich ausgezeichnet.

DS Carter McLean

Carter ist ein talentierter Detective, der stets exzellente Ergebnisse erzielt. Allerdings ist er besessen davon, die bösen Jungs hinter Gitter zu bringen, und lotet dafür die Grenzen des Gesetzes voll und ganz aus. Marie und Carter sind alte Freunde, denn Carter war der Partner ihres verstorbenen Mannes. Er ist ein reicher Mann, der eine schreckliche Tragödie erleben musste. Er ist der einzige Überlebende eines Flugzeugabsturzes, bei dem seine vier besten Freunde ums Leben kamen. Er versucht, damit fertigzuwerden und nicht auch noch das Einzige zu verlieren, das ihm geblieben ist – seinen geliebten Job bei der Polizei.

DC Max Cohen

Max ist ein junger Detective mit starkem Cockney-Akzent. Er hält seine Meinung nicht zurück und führt einen ständigen Kleinkrieg mit seinem jüngeren Partner Charlie. Er stammt aus einer Großfamilie aus dem Osten Londons und musste sich oft allein durchschlagen, was auch sein überbordendes Selbstvertrauen erklärt. Und auch wenn er Charlie immer wieder aufzieht, stellt er sich voll und ganz vor ihn, wenn es jemand anders versucht. Max' Loyalität gegenüber dem Team ist unerschütterlich, und er ist immer für die anderen da, wenn es mal eng wird.

DC Charlie Button

Charlie ist ein ziemlich ungepflegter und jungenhaft wirkender Polizist. Er ist der Jüngste im Team, aber er ist bemüht und begierig darauf, Neues zu lernen. Er ist gutmütig und steckt es locker weg, wenn jemand über ihn Witze macht. Charlie hat immer wieder brillante Geistesblitze und sieht Dinge, die so offensichtlich sind, dass sie die anderen übersehen haben.

DC Robbie Melton

Robbie kam nach Saltern-le-Fen, nachdem seine Partnerin und Freundin DS Stella North bei einer schiefgelaufenen Razzia angeschossen wurde. Danach hatte er Schwierigkeiten, in seinen Job zurückzufinden, doch seit er mit Marie und Jackman zusammenarbeitet, ist er wieder voll bei der Sache. Er sieht aus wie ein Teenager, obwohl er bereits über dreißig ist, und hat einen guten Draht zu Menschen. Er ist eine echte Bereicherung für das Team.

Superintendentin Ruth Crooke

Ruth ist eine furchtlose Polizistin, die sich die Karriereleiter hochgearbeitet und in ihrem administrativen Posten ihre Erfüllung gefunden hat. Sie hat das Budget fest im Griff und sorgt dafür, dass in der Dienststelle alles glattläuft. Sie ist keine einfache Vorgesetzte, barsch und leicht reizbar, doch sie hat eine Schwäche für DI Jackman, den sie als Einzige Rowan nennen darf.

Professor Rory Wilkinson

Rory ist Chefpathologe und wird von alle Detectives sehr geschätzt. Er lebt mit seinem Partner David zusammen und steht offen zu seiner Homosexualität. Er hat einen abgründigen Sinn für Humor, doch er ist überaus intelligent und behandelt alle, die auf seinem Tisch landen, mit höchstem Respekt und Feingefühl.

Laura Archer

Laura ist als Polizeipsychologin für die Dienststelle in Saltern-le-Fen zuständig und hat sich auf posttraumatische Belastungsstörungen und Bewältigungsmechanismen spezialisiert. Carter ist einer ihrer Klienten, um den sie sich besonders sorgt. Sein Fall fasziniert sie, bereitet ihr aber auch Kopfzerbrechen. Sie will ihm unbedingt helfen, gleichzeitig hat sie aber Bedenken, ob er tatsächlich in der Lage ist, einen derart fordernden Job auszuüben.

Orla »Orac« Cracken

Orac arbeitet in den Kellerräumen der alten Polizeidienststelle. Sie leitet die IT-Abteilung und ist Expertin im Programmieren. Ihre weißblonden Haare und die seltsamen Augen verleihen ihr eine außergewöhnliche Aura. Sie ist ein Mysterium, und niemand weiß Genaueres über sie. Ganz zu schweigen von dem Grund, warum es ein solches Genie in eine ländliche Polizeidienststelle verschlagen hat.